读客® 知识小说文库

读小说，学知识

山海经密码

一部带您重返中国一切神话、传说与文明源头的奇妙小说

第5部：商朝建立，众神归隐，神话时代结束。

苍茫大结局

阿菩 著

上海文艺出版社

目录

“自然知道。”有莘不破道，“当年大禹治水，划定九州，以神州万国青铜之英华，铸成九座巨鼎，作为镇国之宝，从此得九鼎者得天下。”

师韶又道：“那你可知道九鼎之上，铭刻的是什么？”

有莘不破道：“九鼎之上，铭刻的是九州的山川湖海、地理见闻、民风习俗乃至英雄传说，九鼎所记载的所有种种加在一起，便是一幅《山海图》。铭刻在九鼎上的《山海图》有图无文，为了让子孙明白图画所蕴含的深意，辅佐大禹治水的伯益写了一本用来解释《山海图》的经书，这本经书就是《山海经》。”

昆仑又叫昆仑之虚，在华夏最古老的神话中，诸神之王叫做帝俊，号称天帝，昆仑就曾经是天帝在人界的都城，同时又是诸神在人界的居处，因此被人族称为神界。

江离本人也未到过昆仑，他是到九鼎宫之后，根据《山海经》的记载才知道了一些昆仑的情形，知道昆仑其实并不是一座山，而是一个“万物皆有”的空间，神话传说中最珍贵的宝物、最厉害的神兽、最神奇的植物，几乎都能在昆仑找到。

大禹铸九鼎，制《山海图》，传《山海经》，华夏文明在他的手里达到新的巅峰。他即位十年后，东巡到会稽时病死了。

大禹曾经指定伯益作为继承人，按照禅让制度，他死后就该是伯益继位，但伯益辅佐大禹时日尚短，势力未曾巩固，大禹之子启为了自己登基，就杀死了伯益，即天子之位。

江离道：“这就是家天下的肇始。”

第四章 众神大战昆仑之巅 /133

有莘不破拔出了鬼王刀，仔细打量周围的环境，却是一个又一个的坟墓。坟墓上写的都是自己认识的名字：札罗、蛊雕、水王、水后……

无数幽灵在坟墓上游荡着，看见有莘不破，纷纷飞了过来，诱惑他、威吓他、捉弄他、羞辱他。但有莘不破一拔出手中之刀，他们便吓得远远逃开。

有莘不破怒道："什么破玩意儿！装神弄鬼的！"他知道这次的对手一定不是雒灵，雒灵不会使用这么低劣的手段。他一路斩杀过去，遇妖杀妖，遇鬼杀鬼，坟墓一个个裂开，那些死掉的人一个个跳出来，但就连札罗也挡不住他的一刀。

第五章 鸣条之战：大夏覆灭 /174

妺喜逃下昆仑，然而呈现在她面前的，却是一座改易了旗帜的血火之城。

鸣条之战，是成汤的精锐突入完全没有准备、临时组织起来的夏朝防守军，尽管履癸勇猛善战，却也已经无力回天。

夏军完败！

王都，此刻也已经陷落了！

第六章 商朝建立，众神归隐，神话时代结束 /228

忽然，神龙们动了，江离大惊道："别！不要！等等！"

然而来不及了，九道龙息一起喷出时，一尊比九大神龙更伟岸的身躯出现了。

那是龙族中的王者，是龙神中的龙神，混沌之界连时间都静止了一般，整个儿陷入黑暗，跟着一点光明从那最伟岸的龙祖口中发出，才照耀了整个昆仑。

烛龙——竟然出现了！

这一尊龙神的存在，似乎连整个天地都容纳不下，哪怕此刻出现的只是祂（tā）的影像，也足以主宰整个时空。

第一章
遗失千年的《山海图》真相

刑天之尸

前四部讲了商国储君有莘不破在商国南方的大荒原不经意邂逅了大夏王朝太一宗的传人江离，两人结为好友，一起踏上蛮荒征程，在《山海图》所记载的神州大陆上闯荡。

他们一路上降服了怪兽蛊雕，击败水神共工之后，化解了水族“水漫天下”的阴谋，不料走到天山时，江离却被血祖劫持带往夏都，一对至交好友从此陌路。有莘不破为了救出好友他毅然东归，踏入对他来说无比危险的大夏王都。

有莘不破不知道，这时候江离的身份是大夏王的儿子，已经入主九鼎宫，为了挽救倾颓在即的大夏王朝，为了遏制如日方中的商国，为了实现近乎不可能的夏商和平，江离决定扣下有莘不破作为人质。

江离没有救出来，有莘不破反而陷入了死地。然而江离还是疏忽了，箭神后羿的血脉羿令符用了拼死的代价，巧妙地将有莘不破送出夏都，在那里，商国的后援也赶到了。为了拦截商国援军，大夏九鼎宫中射出了一道光芒，《山海图》的世界重现了……

由于《山海图》的出现，时空混乱，王都之内，马蹄突然感到一阵地动，心道：“莫非又出了什么事情？又是狂风，又是地震的。这些家伙都不是人，一打起架来总是地动山摇。”

“我迟早也要成为他们那样的人！”想到动动手指山河崩坏、万人授首的威风，他竟然激动得微微发抖。得意了一小阵，他心中又道：“唉，我又来了，那威风离我还远着呢，先做完了眼前的事情再说。”

他追蹑着巨蛇的残踪，见一路都有官兵搜捕，他不敢靠近，眼见越走越向西北，心中隐隐觉得不妥，想了好久，蓦地想通了：“地上留下的这些踪迹阿三看见了，夏人也看见了。如果沿着这踪迹能找到人，羿令符老早被夏人拿住了。如果我是羿令符，那么……”他一拍脑袋，骂自己道：“笨！这些踪迹一定是故意留下的。既然这些血迹指向西北，那羿令符就一定不会在西北，可是他会逃到哪里去呢？嗯，先往东南瞧瞧。”想到东南，他蓦地想起：“阿芝那口可以通往城外的古井不也是在东南吗？羿令符这家伙比老子还鬼十倍，虽然我骗他那水道只能通往城内，可谁知道他看出了多少我没说的事情！如果说他看破了那水道的秘密而往那里逃走……嗯，大有可能！”

马蹄才想起要回头的时候，阿三、老不死、马尾三人已经到了他们在夏都的临时寓所，他们从偏门进去，门竟没从里面上闩。但阿三、老不死、马尾三人都没什么警觉性，进了门也没觉得不妥。

三人里里外外走了一遍，屋里却一个人也没有。

老不死道：“可能他们都走了。”

阿三道：“这么乱，他们能到哪里去？”

老不死道：“就是因为夏都乱，所以才要逃啊。”

阿三问马尾道：“马尾大哥，你看怎么办？”

马尾说道：“我今天走得好累，想找个地方歇一下，睡一觉。”

阿三想了想说道：“这样吧，马蹄兄弟说这里有个地下密室，我们就到里面躲躲吧。”

但马蹄这次可失算了！他上次潜入，一来有声音作为牵引，二来主人因为从未发生过意外少了警觉性，三来马蹄是个极伶俐的人——因此能找到那个地道口。但那事过后，房东为防意外，早把地道口改了地方，又加了重重掩饰，一个粗枝大叶的阿三，一个老迈昏庸的老不死，再加上一个连打哈欠的马尾，哪里找得着？

三人找了好一阵没找到，阿三道："会不会是马蹄兄弟弄错了？要不我们先回头跟他汇合了再说。"

马尾听说要回去找马蹄，忙附和着点头，老不死也没意见。

三人才踏出门槛，两条人影从暗处闪出，却是一男一女。

那女人道："怎样？我说躲起来能听到更多东西吧。"

那男人道："现在如何？"

那女人道："他们或许还有同党。我跟着去把他们的同党抓出来，你留在这里看看是不是真的有地下室。"

那男人却道："不！我去！你留下。"

"这……好吧。快点，别让他们溜了。"

男人闪身出门后，那女人望着他的背影冷笑道："乌悬啊乌悬！早知道我的提议你一定会反对的！"

出现在石雁房中的那对男女正是镇都四门小一辈的传人。那男的叫乌悬，是东君的弟子，在巴国南界和江离交过手并被折服；那女的叫杜若，是云中君的徒弟，也曾在那一战中被羿令符杀败。

九鼎宫外那场大乱之后，大夏恃着有血祖压阵，因此并未派其他大将高手压阵。都雄魁向羿令符下了杀手之后连仔细看看的工夫都没有，连句话也来不及交代，便率领镇都三门向东追去，九鼎宫外立马大乱。乌悬和杜若威望不足，压不住场面，银环蛇拖着羿令符的尸体在混乱中竟然闯了出去。

他们两人也顾不得收拾九鼎宫外的混乱局面了，匆匆追来，没走出多远便看见满地的官兵尸首，每一个都身中一箭——一箭毙命！

乌悬当时便惊道："他头都断了，居然还没死！"

杜若却道："就算没死！也只剩下半口气了！追！"

他们俩终究与大夏普通的官兵不同，没追出多久就发现往西北去的若干痕迹是有人故布迷阵，看破了这诡计之后，竟然凭着一些蛛丝马迹找到石雁这小院来。来到之后两人多方勘探，却没发现这间屋子有什么异常，正要离开往别处去，阿三等人就来了。

按照乌悬的意思，就要捉起来拷问，但杜若却示意他藏起来。阿三等人的功夫比他二人差得远了，根本就没发现还有两人窥伺在旁，不知不觉中竟然泄漏了地下室的秘密。

此时屋内只剩下杜若一人，她踏了踏地面，喃喃道："地下室……羿令符，你就在里面了吗？"手一挥，一阵湿气弥漫了整间屋子，随即湿气化成水珠，跟着又化成了小水流。那女人细心盯着小水流的去向，琢磨良久，终于展颜笑道："是这里了！"

她拍开了掩饰地道出入口的机关，但闻风声急响，一支箭射了出来。她一闪避过，盯着出口，心中又是害怕，又是紧张。但见倏倏几声，几支箭射了出来开路，跟着一个人跳了出来。

杜若不用看那人，只看到这用箭开路的举措便知道出来的不会是羿令符。"那男人行事向来出人意料，哪会用这样的寻常伎俩？"心中竟感到一阵失望，这才放眼看跳出来的那个男人：那人浑身是血，五官面目缠满了麻布，只露出一双鹰一般的眼睛。

杜若冷冷道："你是要假冒羿令符吗？算了，虽然你的眼睛很像他，可是我知道你不是。"扫了一眼他身后的入口，又道："羿令符还在里面吗？是活着？还是死了？"

那男人不答，跨上一步，张开弓瞄准了她。

"落月弓！"杜若冷冷道："这弓是羿令符的，你不配用！"

那男人的手本来很稳，听到这句话却忍不住颤抖起来，那一箭竟然射不出手！他却不知道这并不仅仅因为他心神荡漾，更因为一股湿气正悄悄地侵入他皮肤，腐化他的经脉和内脏。

马蹄在往回走的路上遇见了阿三。一见面他就觉得不对劲，阿三把在石雁家的见闻说了，马蹄道："奇怪，难道他们把地下室给堵住了？"心中却暗骂："这阿三是个窝囊废，就算这些天石雁把密室的入口更改了，也一定会留下些痕迹才对！咦！有人！”他的感官本来就灵敏，这些天来连得奇遇，触觉听觉更是加倍的敏锐，一发觉有人靠近脑子已经转了好几圈：“此时夏都应该都是夏人的天下了。来的就算不是大夏朝廷的高手，多半也是偏向夏人。这人的行踪被我发现，本事就算比我高也高不到哪里去。”

当下道：“好了好了。我们先别说这些了，先找个地方躲起来吧，刚才可把我给吓死了，那么多的乱兵，要是撞在他们的刀下，就算不死也剥层皮。刚才我还遇到一个头领呢！带着十几个人左右搜捕，那眼睛像刀一样，好厉害，还好我避过了他的耳目……”

老不死听马蹄说他如何在一个小头领手下逃生的事情，顿时看不起他：“这个马蹄吹得自己多厉害，遇到几个小兵就怕成这个样子。”

他一念未毕，一个声音喝道：“你们几个小喽啰，敢来夏都捣乱，到底是谁派来的奸细！”

众人大惊，便见一个满脸皱纹、背负长剑的男人迈了出来。

阿三握住了刀柄，马蹄则把阿三送给他的破邪刀拔了出来，拦在马尾面前，一副色厉内荏的样子，喉咙有些发颤地喝道：“你是什么人！”

乌悬扫了一眼他手上的匕首，知道是一把作过法的兵刃，但这等兵器在他眼里自然是一文不值，冷冷道：“我乃大夏镇都四门东君门下，你们几个小喽啰行迹诡异，是商人的奸细吗？乖乖给我招出来，免得受苦。”

马蹄心道：“这人是个草包！”不过他没和高手正面对决过，对自己的实力信心不足。

阿三和老不死听说是东君门下，吓得面面相觑。马蹄却逞强道：“东君门下又怎样！我……我……我们夏人有断头的勇士，没有投降的懦夫！”说着便向乌悬冲来。

阿三惊道：“马蹄兄弟，不可！”哪里还来得及？只听乌悬冷笑道：“找死！”身子稍侧，马蹄便刺了个空，乌悬在他背上一推，马蹄顿时整个人飞了出去。头撞在一堵墙上，竟然没墙而入，身子扭了几扭便不动了。

马尾吓得呆住了。阿三却几乎哭了出来："你……你……你杀了他！"

乌悬冷笑道："若不老实，他就是你们几个的下场。"

阿三心中害怕，但眼见马蹄英勇赴难，也鼓起勇气，向上一步要和乌悬拼命。

乌悬侧眼看他，冷笑道："猫鼠之辈也敢捋虎须！"突见阿三眼神有异，还没反应过来，两臂一紧，已经被人抱住，跟着双肋一痛，环手抱住他那人十根手指像是装了毒针一般刺入自己的皮肤，片刻间便制得自己动弹不得。

他看不见背后那人，只是怒吼道："是谁！敢暗算老子！"

却听阿三道："马……马蹄兄弟……你没死！"

马蹄用靖歆给他的万毒钉制住了乌悬，有心把这糟老头吃了，却不好在阿三等人面前动口，便对阿三道："你们快走，快走！"

马蹄道："不要管我！快走！我快抱不住他了！"

阿三挺刀要上来杀乌悬，马蹄叫道："不要过来！他的脚还能动！带上我哥哥，快走！"

阿三不忍，马蹄又道："你再不走，大家一起死在这里，连我哥哥的性命也误了！"阿三这才下定决心，泪流满面，道："马蹄兄弟，你保重！"拉了马尾要走，马尾却不肯离开。马蹄趁着阿三和老不死没注意，给哥哥使了个眼色，马尾也不知道是看懂了还是误会了，也不再挣扎，跟着阿三走了。

乌悬被马蹄制住，全身疲软，脚虽然还能动，却没有多少力气。马蹄见阿三等走远这才把乌悬拖入暗处，笑道："这下好了，没人打扰老子用餐。"

"用餐？"乌悬怒道："你小子到底搞什么鬼！"

马蹄笑道："你说呢？说实在的。对你这糟老头子我实在没什么胃口，但看在你是镇都四门传人的分上，我也就将就了。"伸口撕开乌悬颈项上的领子，赞道："你的脸长得老，这脖子倒是光鲜得很。"

乌悬感到他的舌头在自己的脖子上舔了舔，又是恶心，又是害怕，那感觉让他突然想起都雄魁的徒弟血晨和雷旭来，当下若有所悟，大叫道："你……你是血宗传人！"

马蹄笑道："让你说对了！"

乌悬本来还企盼能够脱困，但一听对方是血门中人，顿时万念俱灰，但觉喉咙一痛，鲜血急剧外流，嘴巴张了张，勉强道："师父……为我……报……"脸上的假皮噗噗而下，掉在地上，显出他年轻的面目来。

马蹄抬头看见他的本来面目，大喜道："原来你这么年轻精壮！妙极！"

杜若手也没动，拦在地道口的蒙面男人却已经死了——被她散发出来的雾气腐蚀而死。

她正要去撕下他蒙面的麻布，看看这男人什么样子，突然有人道："别动！"

地道口又走出一个人来，却是一个女人，身材窈窕，容貌妖艳。

杜若喝道："你是什么人？"

这个女人，就是寿华城的名妓石雁，而倒下去的蒙面男人就是羿令符的弟弟羿令平，他们两人从寿华城一路逃到夏都之后，本来应该能够过一种逍遥安逸的生活，但羿令平却偏偏被自己的良心折磨得无法平静，每天晚上都要石雁鞭打自己才能稍解心中的痛苦。今天夏都大乱，羿令平不顾死活将羿令符的尸体抢了回来，不想却还是死在了这里。

杜若的话，石雁仿佛没有听到，只是呆呆地看着地上的羿令平，她俯身抱住了他，说道："其实，他很傻，对吗？"

杜若冷冷道："我不知道你在说什么。"

"你不用知道。"那女人道，"唉……真傻。他是，我……也是。"

说完了这句话她也倒了下去。

周围的湿气，连羿令平都抵挡不住，何况石雁？

杜若静静地看着她，对这两人的生死完全不放在心上。她搜寻着，终于在地下室最隐秘的地方找到了一具无头尸体。尸体的附近，还匍匐着一条受了重伤的巨蛇。

虽然没有了头颅，但杜若却一眼就认出了那魁梧的身材——没错，那就是羿令符！

“你在这里，你在这里！现在你是我的了，现在你是我的了！无论是死是活，都是我的了！”

杜若忽然发出了一声不知道是哭还是笑的声音，周围的空气随着她情绪的失控而变得阴湿，羿令符身上的衣服迅速腐烂，露出了赤裸的胸膛，但神奇的是，羿令符的身体竟然未受湿气半点影响。这个绝世的男子，难道就连死了之后也如此强大吗？

杜若有些怔了，走上两步，猛然间，羿令符的双乳忽然裂开，变成了一对鹰眼，竟为阴暗的地下室带来了诡异的光芒。

“啊！”杜若吓得倒退了两步，喘息了一会儿，却见羿令符胸膛上的双眼又慢慢阖上，似乎极度困倦而要沉睡一般。

“难道是……刑天之尸？不死族？”

杜若忽然又扑了上去，抱住羿令符叫道：“你没死……你没死！”

这个时候，在这个院落的隔壁，那个叫阿芝的寂寞女子正在自己的房间里发呆。她早听见外面闹哄哄的声响了，却没心思去理会。

“应该不会闹到我这里吧。”她想着，更何况，“就算闹到这里又怎么样呢？”

突然间，外面一阵巨响，似乎有什么事情就发生在左近。阿芝忍不住把窗掀开一条缝隙，一看却惊得呆了：她的邻居——那个指点马蹄来勾引她的邻居的房子，竟然整个儿坍塌了！没有爆裂的痕迹，也没有受到什么撞击的样子，倒像是房子年代久了，柱子腐烂而自然坍塌。

如果阿芝此刻去翻看瓦砾，她就会发现瓦砾下埋着一男一女两具尸体。当然，阿芝没这个兴趣，也没这个心情。她关好窗子，伏在桌子上睡着了。

这天她做了一个梦，梦里的她并不知道从这天开始，这个世界有一男一女彻底消失了。同时失踪的，还有一条蛇。

《山海图》真相

江离站在高高的祭台上往下望，底下空无一人。

他的身周是九座悬浮的巨鼎，巨鼎之上铭刻着山河荒海，九座巨鼎联成一体，构成了一个无比瑰丽的独立时空。

“这是什么地方？”

周围没有狂风，没有乌云，连通往虚空无底洞的巨大裂缝也不见了。明日在天，白云朵朵，山高河阔，万物欣然——哪里像是在甸服？分明是一个世外桃源般的境地。

有莘不破突然想起了九尾狐布下的幻境，心想莫非这也是一个幻境？

果然师韶在他身边叹息道：“没想到我们居然有机会见识这子虚乌有的山海图幻境。唉……”

有莘不破道：“山海图幻境？是那个山鬼弄出来的吗？”

师韶道：“不是。她一个人哪有这么大的本事？不破，你可知道大夏的镇国九鼎？”

“自然知道。”有莘不破道，“当年大禹治水，划定九州，以神州万国青铜之英华，铸成九座巨鼎，作为镇国之宝，从此得九鼎者得天下。”

师韶又道：“那你可知道九鼎之上，铭刻的是什么？”

有莘不破道：“九鼎之上，铭刻的是九州的山川湖海、地理见闻、民风习俗乃至英雄传说，九鼎所记载的所有种种加在一起，便是一幅《山海图》。铭刻在九鼎上的《山海图》有图无文，为了让子孙明白图画所蕴含的深意，辅佐大禹治水的伯益写了一本用来解释《山海图》的经书，这本经书就是《山海经》。九鼎虽在夏都，但铭图和经文却曾流出，我亳都之内也有一份摹图，小时候师父曾拿着这幅摹图和《山海经》教过我。”

师韶道："亳都的《山海图》摹本，还有伊挚大人所得到的《山海经》都并不完整，完整的《山海图》在九鼎之上，完整的《山海经》也秘藏在九鼎宫中。经、鼎、图三位一体，不但是天子的象征，而且三者合一还能发挥出难以想象的威力。这云日山河、子虚幻境，就是太一宗的绝顶高手利用九鼎之神力方能布成。云日山河，就是这山海图幻境的四根庭柱！"

"太一宗绝顶高手？"有莘不破惊道，"难道江离的师父也来跟我们为难？"

师韶奇道："祝宗人大人已经仙逝了，你不知道吗？"

有莘不破大惊道："什么？"

师韶道："祝宗人大人与伊相相约补天，祝宗人大人力尽而逝，伊相元气大伤，直到最近方才恢复元气。这已经是很久之前的事情了，大概是你们还在巴国就发生的吧。"

有莘不破一阵惘然，又是一阵难过，他忽然想起了江离，他那个孤独的朋友原来不只失去了他的师兄，连他的师父也离他而去了。他突然想起一事来："江离的师父和师兄都已逝世，那么当世除了师父，哪里还找一个太一宗的绝顶高手去？"

师韶叹道："多半是江离。"

有莘不破脸色一沉，道："江离不会与我们为难的！"

师韶道："听芈压说了你们在天山和部城的事情后，伊相猜测说，都雄魁大人此举多半是另有阴谋。"

"什么阴谋？"问的却是川穹，他竟然也关心起这件事情来，连他自己也不知道为什么。

师韶道："祝宗人大人离开夏都之前封闭了九鼎宫，九鼎镇压天下的神威虽然未失，但九鼎之力无法借用，功用不免减半。"

有莘不破接口道："所以都雄魁就把江离捉了去重开九鼎宫！"

师韶叹道："我们原来也只想到这一层，但现在看来事情还没那么简单。都雄魁大人多半还用什么办法控制了江离，也许江离现在已经成了他的傀儡了。"

有莘不破大急，仰天叫道："师父，我们这就杀往夏都去，救了江离和羿令符再回去。"

白云中人哼了一声，并不答话。

有莘不破又道："我回去之后再也不任性了，我……我听爷爷和你的话，好好干我该干的事情，好不？"

云间人嘿了一声，道："你以为你还能见到羿令符？"

有莘不破心头大痛，他不是没见到都雄魁座下那异化了的龙爪秃鹰，然而心里总不肯相信这个还未经证明之事，但空中传来的那句话却已把这层纸无情地戳破了。

云间人叹了一口气安慰他说："你懂得不再任性，那很好，羿令符若能听到你这句话，也能瞑目了。"

有莘不破听到瞑目两字，胸口如被撕开，怒道："不！他那样厉害的人……"

师韶叹道："羿兄确实是年轻一辈中屈指可数的英才，可他再神通广大，在夏都之内也难有作为啊。别说他了，就算是伊相，现在不也束手无策了吗？"

有莘不破一怔，道："束手无策？"仰头道，"师父，真有那么严重吗？"虽然感觉上四周甚是安宁，半点危机都没有，但有莘不破也知道没那么简单，只是很难相信连师父也会"束手无策"。

云间人道："藐姑射若处此境，以他的绝大神通或能逃出去。独苏儿在此能做到不为诸幻所动。都雄魁与我们易地而处能自保不死。我若单独一人，也能拖到云散日消、山坏河竭之时，拖到九鼎撤阵，现在却难了。"

川穹奇道："加上我们几个反而不行吗？"

师韶道："伊相所言的拖，并非正面对抗，而是以他畅游无殆的神通躲避这山海图幻境的三灾六难，一直拖到云日山河气竭撤阵。你们几个的修为都还没有达到圆满无碍的境界，伊相反而要分心回护你们。你没发现到此之后覆盖着我们的紫光一直未散吗？"

有莘不破道："我们不行，那你呢？"

师韶沉吟了一会，道：“难说。”

有莘不破道：“师父，难道我们就没办法逃出去吗？”

云间人道：“若是祝宗人亲自主持，九鼎压阵，我带着你们没有半点机会。现在……嘿，都雄魁无法发挥此境的三灾六难，九鼎不在，单凭云日山河也支持不了多久。我们还有机会。”

有莘不破抽出鬼王刀道：“师父，是不是找到这鬼幻境的边缘，劈破界限就能出去？”

师韶笑道：“这子虚幻境没有边界的。你怎么劈？咦——来了！”

有莘不破和川穹心中一凛，果见山水之间游走着一道血光！

川穹道：“其他人却都不在。镇都四门都哪里去了？”

师韶道：“我师父藏在那血光之中，至于镇都四门，他们本身就是这幻境的支柱，所以是不会出现的。”

那血光看着也不甚大，论威势远远比不上在幻境外都雄魁所凝聚的血潮。但在外边白云紫气敢与之正面对撼，但这时一见血光游近，白云马上带着有莘不破等人远远避开。

有莘不破道：“师父，我出去和他混战一场，你再趁机反攻。”

师韶道：“不行。在这里我们斗他们不过。”

川穹道：“想来这幻境不仅仅是为了困我们吧？应该还有别的神通。”

师韶道：“不错。这幻境最可怕的地方在于发动者能够制定这个领域的规则。”

“规则？”川穹惊道，“那他不成了这里的造物之主了吗？那我们哪里还有活路！”

师韶道：“规则当然也不是能乱定的。基本上，这个子虚幻境是模仿外面那个真世界所造。规则也只能是外界所有的规则。”

有莘不破道：“那对他们有什么好处？”

川穹脑中灵光一动，道：“平衡！”

“不错。”师韶道，“外界的规则基本上是维持平衡的，有日就有夜，有黑就有白，有往就有复，盛极而必衰。在这里却可以有夜无日，有黑无白，有往无复，盛而不衰。比如祝宗人大人在此，受困者是藐姑射大人的话，那祝宗人大人就会依着自己与对方的长短定下有利于自己的规则，比如令这个幻境的时间是倒流的。不过规则定下之后直到幻境撤除都不可再改。所以像伊相这样的高手在参透这个子虚幻境的规则之后，还是有抵抗的余地的。”

川穹听得悠然神往：“如此说来，这幻境可真神啊。”

师韶叹道：“太一宗以九鼎四门，一宗压三宗五百余年，自然有他的道理。”

云间人却道：“放心！九鼎不在这里，这里还不算是完整的《山海图》子虚境界，主持此境之人只是利用九鼎遥控。现在这个幻境只是尽量限制我们的力量罢了。”

那道血光已越游越近，听到这话笑道：“哈哈，伊挚！你在安慰小辈，还是在安慰自己？你我间只要有一线之差，胜负立决！身处此境，你斗不过我的！若非如此，你何必逃？”

有莘不破叫道：“老魔头！你到底把江离怎么样了？”

血光中都雄魁笑道：“江离？哈哈，那小子现在得意得紧。他坐镇九鼎宫，擒拿你的计策是他定的，这《山海图》子虚幻境也是他布下的。哈哈，好小子，好小子，大过我望！”

有莘不破怒道：“你少胡说八道！一定是你用了什么手段控制了他。”

都雄魁笑道：“就算是又如何？其实我很想看看你们面对面斗起来是什么样子，可惜啊，你没机会了。”说着大喝道，“起！”

血光暴长，如山一般压了过来。紫气立即沦陷在血光之中，在血光压迫下越来越萎缩，就像海浪中的独木舟，随时都有可能覆没。

师韶取出竹笛，却吹不出半点声音来，叹息道：“师父动用了‘封乐’！唉，在外面他本来封不住我的。”

有莘不破道：“川穹，你自己逃吧，你应该可以出去的。”

川穹摇头道：“不行，我感应不到外面的气息，仿佛这个世界就是全部了。”

有莘不破见紫气越缩越小，叫道：“我试试用大旋风斩！”

“那没用！”云间人道：“不破，还是试试召唤玄鸟吧。”

师韶精神一振，有莘不破道：“玄鸟？我还不行。”

“我们身处死境，行不行都得试试。好徒儿，我以数十年生命交修之真力贯你之顶！不要犹豫了！动手吧！”

有莘不破感到一股清凉从百会上直透进来，全身真力充沛，但心中却一片迷惘。召唤？记得羿令符说过他曾召唤过祖神玄鸟的，可他却完全不记得。

师韶道：“怎么？”

有莘不破道：“我不知道怎么召唤。爷爷他没教过我。”

师韶道：“你是玄鸟之后，这种事情不用教的。”

“不用教？”

“嗯。你想想玄鸟的声音，想想对祖神的感觉。再把你的感觉、还有你的希望传达给祂（tā）。”

“玄鸟的声音？”有莘不破摇头道：“我没有听见过。”

“那怎么会？”师韶道，“对你来说，那应该是与生命一样深刻的印记，比母乳更加遥远的感觉啊。”

有莘不破听到这话心中若有所动，自己真的没听过玄鸟的声音吗？不，不是的。自己听过？可是在哪里听过呢？不是在泰山，不是在东海，不是在沙漠，不是在雀池，而是在……有莘不破闭紧了眼睛，手抚心房，他的神情那样迷离，又是那样沉醉。

川穹心头一震：一个连他也不知道的空间之门打开了。

师韶耳际一清：一种连登扶竟也封不住的声音回荡在云日山河之间。

有莘不破睁开了眼睛，他没有看见玄鸟，因为那就是他自己。

翼折

“玄鸟……”

江离眺望东方，他虽然没法透过重重墙壁看到前方战事，却仍能想象到凤凰的雄姿。

燕其羽也停住风，回头东顾。

水族一役之后她回到天山，仇皇曾告诉她：在大相柳湖上空令她敬畏的，正是守护东方商人的始祖神兽——玄鸟。

“有莘不破……你终于还是醒了。”她只为那位对她不甚重要的友人犹豫了一下，便依着迷縠手镯的指示直冲了下去。下面是大夏王宫一个偏僻的所在。这个时候，这个地方，根本就没人能够阻止她！风裹着她撞破了屋顶，闯了进去。

屋内一片凌乱，正在死命相搏的两个人见到她来，同时吃了一惊。

马蹄仿佛也能感应到玄鸟，然而他根本没考虑到这些事情，用完大餐之后便匆匆追上了阿三等三人。

“弟弟！”马尾第一个发现了他。

阿三也大感奇怪：“马蹄兄弟，你……”

“那人突然死掉了，我估计是重病发作。”马蹄轻轻一句话带了过去，说道，“别说那么多了，快跟我来！”

“去哪里？”

“别多问，跟我来就是了。”

“马蹄兄弟，怎么又向东南走去？”

“因为那里有出口！”马蹄一边跑一边回答着。

“出口？”

“嗯，也许羿令……那个……羿台侯也在那里也说不定。”

“什么？”

“总之别问那么多，相信我就是。”

乌悬的出现让马蹄警惕了许多。他觉得石雁的秘密有可能已经被人察觉，因此到了东南坊间之后并不直接前往，而是兜了个圈子，要从远处窥望清楚再伺机行动。哪知一看之下，几个人都呆住了：刚才还好端端的一座房子，转眼间竟然变成了一堆瓦砾！

“这……这是怎么回事啊。”

马蹄道：“一定发生过打斗之类的事情。”他眼力远胜其他三人，远远察看了一会断壁残垣的景况，说道，“多半是高手干的。或许他们已经找到台侯了。”

阿三惊道：“什么？”

“没办法了。”马蹄道，“在这样的情况下，我们只能想办法自保了。营救台侯的事情只能交给东方的大援。”

阿三心中一阵迷茫，他来这里本来就是要来赴难的，只因为想着或许能在营救羿令符的事情上出一分力，因此便没有冲入九鼎宫外负隅顽抗的行列之中。哪知到头来还是什么也没做成。

马蹄道：“现在我有两条路，一是偷出城外去，二是找到一个地方躲起来，等风声过后再……”

“不。”阿三摇头道，“我要到九鼎宫去。”

马蹄骇然道：“九鼎宫？你去那里干什么？”

阿三道：“去找我的兄弟。”

“你这是去送死！”

“我来夏都，本就是来送死的。”

听了这句话，马蹄大骂这人死蠢。

阿三对老不死道：“老兄，你……”

“我陪你去。”

“你没这个必要。那些都是我的兄弟……”

“你本来也没这个必要的。”老不死说，“台侯不是让你随大队东归的吗？”

“那是我的耻辱！”阿三道，“所有被选入那小谷的人里面，只有我一个东归……我不能回去，回去了我也没法做人！”

“那我还是陪你去吧。”老不死仿佛想起了一百年前的情景，“我当年也是像你们一样精壮的小伙子呢！我也有我的战友，现在他们已经死得一个不剩了，只剩下我一个人，也不知为什么会留在这世界上。”

“那你……”

老不死道：“其实我很早以前就很想结束掉这半死不活的老命了。只是一直没有勇气，也没有个名目。让我上吊自杀？那多没出息啊，怎么说我一百年前也是个勇士呢！现在好了，可以做一件听起来很厉害的事情。”

看着他们两个，马蹄突然间像被什么东西触动了：“他这不是蠢，而是……”他自己也说不清楚是什么，只是隐隐觉得那东西自己没有。

“马蹄兄弟，”阿三取出一颗明珠来，“这是我身上最值钱的东西了，是有莘台侯送给我的，我已经用不上了，你拿着吧。这些日子你帮了很多忙，谢谢。”

马蹄拿着那明珠，低着头，也不知为什么，他忽然不想让这两个人白白去送死了。难道是因为自己不知不觉中真把他们当成朋友了？

“其实，还有一件事情你们应该做的。”马蹄说。

“我们应该做的？什么事情？”

马蹄道：“在九鼎宫外，我看见弟兄们的尸首散乱得满地都是……”

一提起这个，阿三捶胸顿足道：“我……我也看见了！”

马蹄道：“夏人不会善待他们的，所以我们得想办法去把他们的尸首抢出来，好好安葬。”

阿三道：“怎么抢出来呢？”

马蹄摇头道：“我不知道。而且我和哥哥还有另外一件紧要的事情去做，所以这件事情只能靠你们俩了。”

阿三道：“你有什么紧要事情啊？”

“我要想办法把我们见到的事情去通知有莘台侯啊。”马蹄道，

“也许能对营救羿台侯起到什么作用。”

阿三马上道：“不错！这件事情的确很重要。”

马蹄道：“至于抢兄弟们遗体的事情……”

老不死抢着道：“就交给我们吧。”

“可这件事情很危险啊。”

阿三毅然道：“最多再添上两具尸首就是了。”

看着他们两人离开的背影，马蹄喃喃道：“这两个人怎么也做不成大事吧。不过……我认他们做朋友。”他笑了笑，对马尾道，“哥哥，我今天好像做了一件好事啊，真是奇怪。”

“有什么奇怪的？”

“不知道。”马蹄道，“不知从什么时候开始，我以为自己会是个坏人的。我拜了两个师父，一个是靖歆，一个是都雄魁，这两人一个比一个坏，而且他们背后的门派好像也没什么好名声。”

“哦。”马尾应了一声，其实他听不懂。

“哥哥，你说我以后要不要试着做一个好人？”马尾还没回答，马蹄就自己否定了，“算了，看祝融火巫给他的弟子立下的那么多条条框框，做个好人多半很麻烦。我还是……嘿！管他好人坏人，就凭着我高兴做就是了。”

“嗯。”马尾又应了一声，也不知到底是听懂了没有。

大夏王宫的一个偏僻院落中。

桑谷隽本来已经占尽上风。

妹喜这些年来养尊处优，大夏王又对她千依百顺，凡是有利于她增进修为的奇珍异宝不知道为她搜刮了多少，甚至连最纯净的天蚕丝也设计为她弄到手，又有都雄魁在旁明着帮忙吹捧，实则有心导她入歧途，谋害桑谷馨抽丝剥茧的主意其实就是他出的。妹喜自己觉得功力日进，以为自己得到天蚕丝袍等异宝之助后已能与四大宗师并驾齐驱。富贵无极的她竟然忘记了：心宗追求的本来就是舍弃所有羁绊灵魂的一切，以达到绝对的自由，到达终极境界的时候连身体——甚至这个世界都要舍弃掉，何况是身外之宝？当她自以为渐渐接近心宗大道的时候，其实却是在迷失自我。

不过此时此境，千辛万苦得来的天蚕丝袍终于还是派上了用场，虎魄的精金之芒虽然号称无坚不摧，但要刺破凝聚着桑谷馨生命精华的天蚕丝袍终究不是易事。

桑谷隽站在旁边，心情复杂无比：既希望马上置妺喜于死命，又有些不忍大姐的遗物受损。躲在天蚕丝袍光华之内的妺喜比他更难过，虽然暂时躲过了被虎魄兵解的危机，可谁知道这天蚕丝袍还能支持多久！她的心神一直因死亡的压迫而不能镇定下来，直到屋顶被风刃击破。

“燕姑娘！”由于躲在天蚕丝袍后面，妺喜一时间看不清周遭的变化，但却听见了桑谷隽的一声惊呼。

燕其羽匆忙地搜索着屋内的一切，叫道：“羿令符呢？”

桑谷隽一怔，道：“羿老大……他不在这里啊。”

“不在……”燕其羽把眼光落在那团五彩斑斓的光芒上。桑谷隽忙道：“那里面不是，里面是我的大仇人！燕姑娘，外面现在怎么样了？”

燕其羽道：“不在？他怎么会不在！”她举起手腕道，“如果不是他在这里，这手镯为什么会带我到这里来？”

桑谷隽看见了那手镯，下意识地摸了一下挂在腰间的另一个迷縠手镯，这个动作虽小，但燕其羽却注意到了。

突然间，两个人都明白过来了。

桑谷隽心中感激：“原来羿老大送我这礼物是这个意思。送我们这礼物可不仅仅是‘提前的贺礼’这么简单。如今兵荒马乱的，他是怕我和燕姑娘失散了不能相遇。”

而燕其羽呢？她又是什么心情？

当初羿令符将这手镯送给她的时候，她还以为那是定情信物——但现在桑谷隽腰间出现的手镯却一下子揭开了真相，这真相就像刀一样，将燕其羽的心撕裂成了几十片。

“羿令符！”燕其羽喃喃着，“你好……你好……”声音很低，却是充满了失望——不，是绝望！

桑谷隽听到这句话不由一阵迷惘，抬头看燕其羽时，只见她泪流满面，蓦地想起一事，惨叫道："不！不！燕姑娘！不要哭！不要流泪！"

这周围，有着心宗的伤心诀啊！

一切都来不及了，流下眼泪之后，燕其羽眼睛一阖，从空中直掉了下来。

天地间的风，也渐渐小了。

妹喜放声大笑，天蚕丝袍的光芒一弹，从屋顶的破洞中溜了出去。

桑谷隽伸手接住了燕其羽的身体，反反复复只说着两句话："我还要报仇，不能流泪，我还要报仇，不能流泪，我还要报仇，不能流泪，我还要报仇，不能流泪……"胸口一痛，哇的一声又是一口鲜血吐出。他守住灵台最后一点理智，收了虎魄，沉入地底，待出了大夏王宫的禁制范围，终于忍耐不住，晕死过去。

招魂

玄鸟初生时候的光芒盖过了子虚幻境中的一切色彩，祂的声音回荡在山水之间，连登扶竟也听得如痴如醉。

不过这种优势并没有持久，当玄鸟稳定下来之后，都雄魁的血光便迅速反扑。他的力量并不显得比在外面时更加强大，然而无论是什么样的招数，使出来都比在外界有效得多，就像整个环境在主动配合他一般。

师韶道："还是不行啊，我们的力量被那个主持幻界的人限制住了！"

有莘不破也开始理解到这个子虚幻境的可怕，不敢和都雄魁硬碰，双翼一振，冲出了暂时屈居弱势的血光重围。

都雄魁在后面狂笑道："伊挚！有莘不破！你们能逃得了一时，逃不了一世！"

师韶回应道："何必逃一世？怕只怕云日山河连一时半刻也撑不住！"

斗到这般境地双方都已经十分明白：谁能撑下去，谁就能赢！

来到这个世界之后，血光的游走速度本来已经快过了白云紫气，玄鸟出现之后形势有所改观：血光没能赶上玄鸟，而有莘不破也甩不掉都雄魁。

师韶道："主持幻界的人竟然没有在沿途给我们设置些障碍，多半是他们心有余而力不足。看来这个幻境果然不完整，我们还有机会。"

川穹忽然道："我能感应到外界的气息了。"他没有说他感应到了江离。不知道为什么，川穹觉得自己和江离之间存在着一种能够突破任何时空阻隔的联系。

有莘不破喜道："真的。"

"不过……"川穹道，"出口在九鼎宫，要出去吗？"

有莘不破一阵愕然，随即道："算了！去那里只怕比这里更糟！"

突然后面铮铮之声大作，一座山岳隆了起来，挡在前面。玄鸟急忙侧身，堪堪避过，又有彗星流火从天而降，拦在他们面前。

川穹道："是云日山河动的手吗？"

师韶哼了一声道："不是。这个幻境就是他们自己，他们四个是不能自己出手的。那是我师父的杰作。听见那乐音没有？那是《重黎颂》。"

有莘不破道："前有流火，后有追兵，怎么办？"

师韶还没回答，从天而降的彗星流火突然左右分开，竟然让开了一个巨大的通道让玄鸟通过！更有一半空中转折，竟然向血光扑去！有莘不破大喜，随即大惊："有人控火！是谁？"

川穹向下望去，只见地面上有一个小影子起伏于山林之间，正遥控着流火向都雄魁攻去。

"是芈压！"有莘不破大叫道，"他怎么也被卷进来了？我明明叫他回去的！"

师韶叹道："我们也让你不要回来，你何曾听过？"

玄鸟冲过流火地带之后一个俯冲，飞近了一些才看清楚：地面上那人果然是芈压，被卷入这个幻境之后他惊讶地发现自己控火竟然无比自如，此时正兴高采烈地指挥火焰向都雄魁攻去。

有莘不破大声叫道：“芈压！不要玩了！快逃！”

距离太远，芈压听不清楚，往上一看却不见有莘不破，只见到无比华丽的玄鸟凤凰，芈压叫道：“不破哥哥！这头大鸟就是你吗？呵呵，可比我家毕方威武得多了！”有莘不破自然也听不清楚他说什么。

血光中都雄魁冷笑道：“登扶竟！你未免老过头了！竟然被一个小屁孩玩弄于股掌之间。”

登扶竟嘿了一声，也不作答。乐音忽变，那流火的颜色忽然化作蓝紫，竟然都冒着冷气。

芈压正在得意，忽然发现周围冷飕飕的。那些变了颜色的火焰反过来向他冲来。他拼尽全力想命令那些蓝色火焰回头，却哪里有用！

有莘不破道：“那是什么东西？”

师韶道：“是冥火！要是给碰上了，芈压这条小命就完了！”

有莘不破怒道：“这小子就会给我惹麻烦！”眼见没法赶到冥火前面，轰的一声向身边一座山撞去，那座千丈高峰被有莘不破一头撞塌，泥沙土石纷纷落下，把芈压给埋了起来，隔开了冥火。

登扶竟乐音一转，冥火掉头化作弧形，拦在玄鸟前面。眼见有莘不破已经无路可逃，川穹手一指：冥火前方的空间忽然裂开，那道裂缝只有黄豆大小，但雄伟堪比高山的玄鸟竟然一头撞了进去。

有莘不破只觉眼前一黑，道：“川穹，这里是什么地方？”

师韶笑道：“是他的洞内洞吧？”

“洞内洞？”有莘不破道，“你还有这招啊，怎么之前都不使出来？”

川穹道：“我刚才灵机一动，突然悟出来的。”

有莘不破道：“但这个洞内洞到底是什么地方呢？”

川穹惘然道：“我也不知道。”

“什么？”有莘不破不由得有些生气，“开什么玩笑！师父，你知道吗？”

“我们其实还是在原来的地方。”

“原来的地方？”

“嗯。这里是幻境中的幻境，空间内的空间，是川穹凭空借来的。入口在哪里，出口就在哪里。川穹的力量难以长久支撑，我们在这里避上一避，终究还是得出去的。”

有莘不破大为失望，但立刻又振作起来，发狠道：“好吧！没法突出重围我们就出去跟他们正面拼过！川穹，你能召唤无底洞吗？”

川穹叹道：“只怕不行。”说完忽然想起，如果藐姑射在此，祂会怎么做？

有莘不破也想起一件事情来：“创造《山海图》幻境这样一个地方，不像太一宗的手笔。论起来应该是洞天派的本领才对啊。”

川穹道：“洞天派？我可做不到这么高明。你看我这个空间，空荡荡的什么也没有。”心道：“却不知师父的洞内洞是怎么样的。”

师韶道：“这个《山海图》幻境，说到渊源本该是四宗共同努力的结果。”

有莘不破问道：“四宗？”

师韶道：“具体如何我不如伊相清楚。伊相，你可知道吗？”

“大体情况如你所言。不过那件事情太久远了，史册失载，详情如何我也不知。”

师韶道：“这个《山海图》子虚幻境虚实相参，是想象与神力的混合体。在这里时间可以倒流，可以停滞。空间可以无限延长，所以这个幻境没有边界。这个幻境如果完整，似乎还能孕育生命与灵魂！若能掌握到其中的规则，甚至可以凭借想象创造出超越自己的力量。因此羋压刚刚才能展现出在外面无法达到的能力。都雄魁大人也是如此。而相应的，伊相的力量则被大大限制住了。不过按理说我和师父应该是对等的才对，为什么他用了‘封乐’，自己却能奏乐攻击我们。这不对劲！一定有什么破解之法！”

能回答他问题的自然不是有莘不破和川穹。“我琢磨着，他用的应该是异界演奏法吧。”

师韶道：“异界演奏法？”

“嗯。他把自己的乐器留在子虚幻境之外，然后……”

师韶恍然大悟，接口道：“然后他遥控幻境外的乐器，再以无上乐理令音乐穿透虚实障碍传回子虚幻境！”

有莘不破骇然道：“这也行？”

“这个幻境现在和外界唯一有联系的就是九鼎宫，登扶竟用的多半是九鼎宫的乐器。”

师韶叹道：“如果是这样，那我就算知道了也没办法。”

川穹若有所思，忽然道：“你在这里试试能不能奏乐。”

师韶一怔，随即喜道：“不错！这里是洞内洞，子虚幻境的章法约束不了你创造的空间！”

“这小子才活了多久，居然能开辟出自己的天地来！”

都雄魁对洞内洞的了解并不在伊挚之下，和登扶竞布开冥火与血光，把有莘不破等人消失的地方重重围住，要等着有莘不破等人出来自投罗网。

登扶竞突然咦了一声道：“奇怪？这是什么声音……啊，不好！他竟然想到在洞内洞奏乐！”

肃穆的钟声不知从何处传来，部分冥火突然不受登扶竟的约束，在高天上变成一个大门的形状，大门打开，无数鬼魂冲了出来，撞向血光。

曲子是《招魂》，打开的是冥界的大门，大门的彼端便是地狱！

都雄魁大笑道：“老子不敬天地，不惧鬼神！纵横三界，万邪不侵！就算把地狱中的饿鬼全招来，也休想老子会退一步！”

登扶竟道：“这《招魂》如此肃穆，召唤来的只怕不是饿鬼那么简单。”

都雄魁冷笑道：“就算把满天神魔请来，我也不怕！”

蓦地门内传来一声虎吼。都雄魁身躯一震，便见一个男人冲了出来，双眼烁电，白虎随身，都雄魁全身一震，作色道：“是你！”

一直静立不动的江离支持不住，坐了下来，心道：“隔空布界果然太勉强了。都雄魁大人和登扶竟大人怎么还没得手啊。”屈指数道：“一、二、三……嗯，除了不破、川穹、师伯、师韶和都雄魁、登扶竟六人之外，还有两人，一个是芈压，另一个是谁？这么飘忽，难道是她？”

登扶竟对血祖道：“都雄魁大人，那是幻象，不要心动。《山海图》是四宗心血，内中含有精神力量，子虚幻境暗含心幻之玄奥，若心动便会令幻象成真。”

都雄魁怒道：“我自然知道，可是这家伙……妈的！登扶竟，你把他们先围住，等我把有莘羖宰了再来助你。”

登扶竟惊道：“不可！在这里你若承认他是有莘羖，那他便真的成了有莘羖了，莫要无端端多造一个大敌！”却哪里来得及阻止，血光一冲，都雄魁已经站在了有莘羖的对面。

虎吼声中，蓝紫色的精金之芒越来越凌厉。

洞内洞中有莘不破见血祖上钩心中大乐，问师韶道：“这个幻象真的具有和我舅公同等的力量？”

师韶道：“都雄魁大人若认为有，那就有了。”

有莘不破大喜道：“那就妙了，有舅公在，血祖就是再横也别想占到上风！”

“真是这样吗？”云气中的声音却充满了忧虑，“我只怕会弄巧成拙。”

灵幻

和登扶竟所担心的完全不同，都雄魁并未暴怒，也没有立刻和有莘羖的幻象动手。他面对着紫色的白虎，竟是出奇的安静。

登扶竟看不到都雄魁的神情，然而他的耳朵却能听到许多明眼人看不到的东西。

“他在怀旧。”登扶竟心想。

都雄魁的眼神，确实充满了怀念，似乎想起了少年时的许多事情。面对着有莘羖的幻象，喃喃自语：“有莘啊，有莘。嘿，哈哈，哈哈……”

登扶竟默听都雄魁的呼吸声，竟是前所未有的沉稳，心道：“真是奇怪，都雄魁大人的狂暴哪里去了？这不像是他啊。难道他刚才是故意上韶儿的当？”

只听都雄魁对有莘羖的幻象道：“唉，师韶那小子毕竟太年轻，他只道我和你是数十年的仇家，却哪里清楚我们之间的往事？说来真是讽刺，只有面对着你，我才能成为真正的都雄魁啊！”

《山海图》幻境中所有的人似乎都觉得自己的身体失去了控制，就连有莘不破也觉得自己的生命本源似乎被某种力量抽离。

掌控生命最深层的奥秘，这就是血宗。

登扶竟忽然间感到连呼吸也困难起来，跟着全身上下不受自己主宰，连体内的真气也不听使唤，仿佛整个肉身忽然间都变得不是自己的，一个失足，竟然从半空中跌了下来，挂在一棵大树的树枝上。

但听砰砰砰几声巨响，几个人跌落在地，却是有莘不破、川穹和师韶。玄鸟却已经不见了，天空上有一片白云勉强稳住，然而却也萎缩成直径不足一丈的一小团。

都雄魁默默对着有莘羖的幻影，良久，才道：“你不是真正的有莘羖，有莘羖不会听从任何人的召唤！他就算死了，也是连死神也管不了的英魂！”

有莘羖的幻象一阵扭曲，随风散去。高天之上，都雄魁傲然下望，有如天神。

“赢了。”江离舒了一口气。心道：“都雄魁大人利用有莘羖的幻象激发起自己的巅峰战意。师伯的力量被我以九鼎限制住，刚才那下子他只怕元气消耗得不轻。不破的生命之源被都雄魁大人完全瓦解，玄鸟回到了远古。洞内洞既已关闭，师韶再要奏乐已无可能。我们赢了。”

子虚幻境已经接近极限，撑不了多久了。不过这一点江离并不担心，因为他知道幻境内已经没有人能抵挡住血祖一击了。

然而江离竟然并不感到高兴："死了这么多人，甸服中至少有上百里变成废墟，得来的却是一个比预想中更糟糕的结果。在这种情况下把不破捉回来，也很难和平地和成汤交涉吧。"

他不禁有些丧气，心道："把不破捉回来真的有用吗？我们……"越想越是丧气。九鼎突然一阵微微震动，江离大吃一惊，他本来不应该在这个时候产生动摇的。"有人在扰乱我的心神！能穿透子虚幻境，借着九鼎和我的联系影响我，这种能耐……难道真的是她？"

失去了紫气作为力量之源，川穹只觉得全身空荡荡、虚飘飘的。这时候别说施展悬空挪移之术，就是夏都一个寻常士兵也能打倒他。

师韶的状况好些，然而在无法奏乐的情况下，他和川穹的力量差距几乎可以忽略。"输了。"师韶叹道，"我们输了。"

他们的情况空前的糟糕，而头顶上的都雄魁却是空前的强大。那是一个集合二十岁青春与六十岁老辣的可怕敌人。而且这个敌人因为有莘羖的出现而处于一种巅峰的战斗状态。在他面前，连白云紫气都要引身退避。

"还没呢！"有莘不破不知哪里来的信心，挺刀挡在两人面前，大声道："都雄魁！有种下来！"

都雄魁冷冷道："有这个必要吗？"

有莘不破脚下的地面突然抖动起来，山移位，水改流，把他们三人围了个实。有莘不破挥刀向冲过来的山石流水劈去，那些石头竟然懂得避开，绕了个圈又撞了过来。

有莘不破愕然了。

师韶道："不破，没用的。现在整个幻界所有东西都被都雄魁大人赋予了生命，我们斗不过他的。"

"赋予生命？"问的是川穹。

"对。"师韶道，"不但这山，这河，连我们耳边的风都成了都雄魁大人的奴仆了。”

一丝轻风吹过，吹到川穹耳边突然变得劲急，竟然把他的耳朵割出了一道血痕。“这不大可能吧，难道他能控制天地万物？要知道像我姐姐那样，也只能控制风而已啊。”

师韶叹道：“在别处他只能控制有生命的东西，可在这里……现在整个幻界都已经和他合而为一了。这个世界，就像变成了他身体的一部分。”

血宗之主竟然还有这等本领！有莘不破听得怔了，而高空中都雄魁却一点也不着急。他知道这个幻界还能维持多久，也知道自己完全能够在那之前解决掉所有反抗他的人。他的血气已经渗入幻界的每一个领域，现在子虚幻境的山川河岳形同他身体内的器官。看着有莘不破在那里做着无谓的反抗，都雄魁充满可怜地道：“小王孙啊，师韶的话你又不是没听见，你就不能省省力气吗？”

有莘不破所在的地面突然合起，把他牢牢夹住。有莘不破正想挣扎，突然自己的影子倒盘上来裹住自己。身体任何部位只要被影子覆盖住，马上就变得不听使唤。他才明白过来，身体已经完全被都雄魁控制住了，脖子一僵，双膝一软，跪了下来，抬头面向空中的都雄魁。他想闭上眼睛，却连眼球也不听话。

师韶叹道：“我以为成为他奴仆的只有这些风云泥石，谁知道连我们的身体也被他控制了。”说话间，他也朝着都雄魁跪下了。

都雄魁笑道：“你现在才知道吗？嘿，小王孙啊，看你的眼神好像还不服气。可是到了这种地步，就算是季丹洛明或者有穷饶乌也无法自救了啊。”

师韶道：“虽然如此，不过你也只是控制了我们的人，而未能控制我们的心。”

“没那个必要！”都雄魁转眼望向空中的白云，紫气已缩成很小的一团，但也还未放弃。他叹道：“伊挚啊，你们两师徒可真是臭脾气，到了这个地步还不肯认输吗？”

云间的声音笑道：“九鼎限制了我的力量之后便难及其余。这时候只要再来一位和你对等的帮手我们就有可能反败为胜。我为什么要放弃？”

“对等的帮手？”都雄魁大笑道，“你想找谁来帮你？有穷，还是季丹？”

“她早就来了。”云间人嘿了一声，淡淡道，“你自以为控制了整个幻境，却还是被她瞒过了。如今的状态下你虽能够控制一切生命，却无法控制一个纯粹的灵魂！”

都雄魁脸色一沉，因为这一瞬间中他发现对方并非虚张声势。

“嗯，看来你也发现不对劲了。可又能如何呢？利用这风云变幻的压力一时半会还杀不了我。你若要尽全力来对付我，那人就会趁机侵入你的心田。哼！你现在能做的就是尽快把我徒儿杀了——若再迟些，我怕你想杀人也无能为力了。”

都雄魁哼了一声，他可不愿就此杀掉有莘不破。虽然杀掉有莘不破也能狠狠地打击成汤，但以当前的形势看，活人比死人价值要大得多。

他略一沉吟，已经定下了取舍，决定放弃杀伊挚，对登扶竟道：“乐正大人。拿了有莘不破，我们走吧。”

登扶竟道：“甚好。”

都雄魁一动念，有莘不破凌空飞起，向他飞去。他伸手一抓，却拿了个空。那个“有莘不破”竟然是一个幻影，而真正的有莘不破已经不知所踪。

都雄魁勃然大怒，他知道能做到这一步的，天下间只有一个人。他在空中咆哮道：“独苏儿！别忘了你大徒弟可是有望窃取天下权柄的。现在就倾向商人，太早了吧？”

一个笑声在每个人脑海中响起，冰冷冰冷的，如同回春寒中的细雨。“我自然知道。不过这孩子若现在就被你捉回去，我可就太被动了。唉，本门两个女婿之间的事情，还是他们自己解决吧。你就别插手了。”

这声音，这口吻，果然就是无上精神力的修为者心宗之主独苏儿。

都雄魁怒道：“没见墙头草做到你这分上的！我告诉你，就算有莘不破得了天下，你以为伊挚会让你心宗独霸吗？”

“呵呵，我可从来没这么想过啊。我门下全是娇弱女子，说什么独霸啊？我只是希望两个徒儿日子能过得舒坦些，也就安心了。什么天下啊争霸啊，那是你们男人的事情。我们女人家可从来没想过。”

都雄魁怒火冲天，可又无可奈何。要他就此离去，哪里甘心？只要子虚幻境尚在，他也不怕伊挚和独苏儿联手，略一沉吟，对登扶竟道：“这臭女人乱我心神，让我感应不到有莘不破的所在，乐正大人，你不出手，还等什么？”

登扶竟鹿角杖一点，《大搜神曲》从九鼎宫传了过来，飘向子虚幻境的每一个角落。这搜神曲并无攻防之效，只是要把有莘不破给找出来。

“呵呵，是《大搜神曲》啊，好曲子，还是乐正大人和气，哪像无瓠子！对女人也这么凶巴巴的。”

师韶听《大搜神曲》突然乱了，心中大为佩服：“心宗宗主果然了得。不过她扰乱师父的曲子，只怕也会暴露自己的藏身之处。”

果然，都雄魁冷笑道：“好啊，独苏儿，你这是和我干上了。”

“那便如何？”

都雄魁冷笑道：“你能乱我的心神，我也能兵解你的身体！我现在已经知道你藏在哪里了，哼哼！却看到头来是谁吃亏！”就要出手，突然间一声剑鸣划破长空，心幻与魔音一起止息，登扶竟屏住了呼吸，云间人收紧了紫气，连云日山河也被这声剑鸣震住了。

这一声剑鸣，竟似出自天下第一高手血剑宗！

师韶一怔之下大喜过望，川穹却是一阵惘然。

如果只是独苏儿还好，但若再加上一个子莫首……

都雄魁握紧了拳头，眼神不住地闪烁，终于咬牙切齿道：“走！”

江离心中一阵恍惚：“怎么会这样，完全没感觉到那个人也在幻境中的，他什么时候进去的？”出神良久，终于叹了一口气，喃喃道，“不破啊，你这就叫天命所归吗？唉，站在你的对立面，真是头疼啊。”

三宗

百里战场，一片狼藉。

旋风已息，通向无底洞的裂缝也已弥合，但视野所及，遍地都是倒下的树木和成堆的瓦砾，谁知道这场对抗中甸服有多少无辜的人丧生。

“如果江离看到这个一定很难过吧。”

站在一个小丘上，有莘不破一阵怅惘，似乎忘记了周围的一切，也忘记了刚才在子虚幻境中九死一生的境遇。一双手从后面轻轻搂住了他，一张脸贴在他背上。有莘不破似乎没有察觉到这一点，只是很自然地让这双手搂着，心情安定了很多。

川穹对有莘不破道：“怎么样？你还去夏都吗？”

有莘不破脚伸了一伸，但这一步始终没有踏出去。

“算了。”他脸上没有痛苦，也不是苦笑，但却显得很低落，似乎失去了什么东西。“我不能再让更多人为了我的任性而痛苦，甚至……”他忽然意识到自己现在说的这句话竟有一种似曾相识的感觉，是谁说过同样的话吗？

“哦。”川穹的眼神荡漾了一下，似乎起了一个涟漪，“那你打算……”

“回家。”

有莘不破知道自己如果一意向西，无论是师父还是师韶都不会放任他一个人行动的。“羿老大，你一定很高兴吧。因为你终于让我‘想通’了。”他笑了，笑出了一脸的眼泪。“连我爷爷和师父都没能阻止我离家出走，可你做到了。你可真了不起啊！”

“既然你要回家。”川穹说道，“那我们就再见吧。”

“再见？你要去哪里？”

“夏都，当然是夏都。”川穹道，“我姐姐还在那里。”他看到有莘不破关切自己的样子，微微笑了一下，说道，“别这样，我不像你，他们捉住了我也没什么价值，所以我去了不一定是送死。”

“可是……”

“你还是顾好你自己的事情吧。”川穹道，“我答应过一个人，这次的事情我本来不想管的，可到最后还是被卷进来了。唉——今天之后，你的事情我再也不会碰了。”

有莘不破看着眼前这个少年，他是如此脱俗，根本就不该沾染尘世间的争斗。所以当他听川穹说“以后，你的事情我再也不会碰”时，并不觉得反感，反而感到本应如此。

“如果找到你姐姐，”有莘不破道，“替我谢谢她。”

川穹抚摸了一下手中的燕羽，喃喃道：“这片羽毛虽然颜色变得有些黯淡，不过还没有凋零。姐姐暂时应该没什么危险吧。”

有莘不破道：“她一定会平安的！”这句祝愿何其空洞，但他现在却只能这样空洞地祝愿了。他不敢说“我陪你去救她”，羿令符已经让他明白到东方有千千万万的人会因为他的安危而置生死于不顾，他无法再任性地踏出那一步。

“不破，”师韶一直没有开口，这时才道，“我们快走吧。都雄魁大人被三大高手同时现身惊退，但若起了什么变故惹得他卷土重来可就不妙了。”

有莘不破哦了一声，突然想起在子虚幻境内最后的情形，说道：“对了！血祖撤退之前我好像听见了一声剑鸣，那是怎么回事？”

师韶微笑道：“如果我没猜错的话，那应该是子莫首大人的眷顾。”

“子莫首？”有莘不破惊道，“血剑宗！”

川穹也是心头一震，这个名字他似乎听过。

虽在大战之后，但这个谜一般的名字依然有着令人激动的魅力，有莘不破道：“血剑宗也来了吗？他为什么要帮我们？他现在还在吗？”

师韶微笑着摇了摇头，他不是在否认，而是因为不知如何回答。

有莘不破抬头叫道：“师父。”

“那声剑鸣之后他的气息便消失了，想来莫首兄已经走了吧。至于他的事情，你回去问你爷爷吧。”

有莘不破对这个回答很不满："你们每次都这样推脱！"

"这次我不是不愿告诉你，可是这件事情说来话长，不是三言两语能说清楚的。再说，你爷爷知道得比我更清楚！不破，此地不宜久留，你快快东归吧。"

有莘不破听他这句话竟有让自己先上路的意思，忍不住道："师父，你不和我们一起走吗？"

"你的朋友为你敢冒大险，我们岂能无情无义？你先回去，我留在这里接应。"

有莘不破道："我也留下。"

"不行！刚才的险情难道你就忘了吗？羿令符的苦心你难道还不能体会？再说你留下也只能误事，我一个人独来独往，只要不入夏都，谁能留难我？"

有莘不破知道师父说得有理，不敢再抗辩。

师韶道："伊相，我……"

"你也回去。不破一个人上路我还不大放心。"

师韶微笑道："你怕他心念一转又跑回来了？"

"不错！快走快走。让都雄魁发现真相只怕又起变故。"

"真相？"有莘不破道，"什么真相？"

师韶道："独苏儿宗主其实没来，子莫首大人好像也离开了，如果都雄魁大人和师父现在杀回来，我们只怕难以抵挡。"

有莘不破奇道："雒灵的师父没来？那不对啊！刚才明明是她救了我。"

师韶道："关于这点，我也不甚了了。"

"不破，救你的不是独苏儿，而是独苏儿留下的灵幻。"

有莘不破道："灵幻？是一件宝物吗？"

"不是。是一个假象，一个只能使用一次的假象。大概是独苏儿留给她徒弟用以救命应急的吧。唉，灵幻既然出现，独苏儿怕已经前往昆仑了吧。"

有莘不破只觉腰间一紧，那双手微微颤抖，他一把抓住，一回头，叫道：“灵儿！你什么时候来的？咦，你怎么哭了？”

雒灵在他肩头上擦干了泪水，却不说话。

师韶听到有莘不破的话不由得莞尔，就要说：“她一直都在，还搂着你，你怎么才发现？”然而感应到雒灵的情绪，便不好开口，心道：“她大概是想起她师父了。”

有莘不破仿佛也察觉到了，他不知道师父所说的“前往昆仑”意味着什么，但估计不是什么好事，否则雒灵不会如此。伸手给她擦干泪水，柔声道：“不要想太多。你一路跑来，一定吃了不少苦吧。我们回亳都。我不会再让你受苦了。”

雒灵怔怔地听着，突然把头埋在他怀里，却不说话。

有莘不破轻轻抚摸着她，雒灵此时的体态已经看得出有身孕了，他更不敢耽搁下去，说道：“师父，那我们先回去了，你保重。”

白云上的声音充满了自信：“放心。”

有莘不破才要启程，突然惊叫道：“不好！芈压！芈压！”

师韶一怔，也随即道：“糟！我怎么也忘了！”

有莘不破道：“他会不会被留在那什么见鬼的子虚幻境里面了？”他在幻境中推倒了山峰埋住了芈压，那是保护之意。但之后险情迭起，竟然把他忘了。

雒灵突然扯了一下他的衣领，向一个小土包一指，有莘不破心领神会，举手凌空一劈，土包炸开，露出半截身体来。芈压抬起头，那样子仿佛刚刚被吵醒。看见有莘不破，迷迷糊糊道：“不破哥哥，雒灵姐姐，哎哟，我刚才做了个好长的梦，哎哟，头好痛……”

都雄魁怒气冲冲，直闯九鼎宫。祭台上，江离一脸的倦色，看见了他，淡淡道：“都雄魁大人，什么事情这么生气啊？”

都雄魁怒道：“什么事情？有莘不破跑了！甸服和夏都又搞成这个模样，你叫我怎么交代！”

江离道：“善后的事情我已经交代下去了，民政方面自有六卿接手，不必我们烦恼。”

都雄魁冷笑道："我是说怎么向大王交代！"

"能怎么交代？照实说啊！就说我们把事情搞砸了。"

都雄魁瞪着他，怒极而笑道："要真照你这么禀报上去，我们俩都没好果子吃！"

江离淡淡道："要不然，你说该怎么办？"

都雄魁沉吟道："这一次我们虽然败了，不过也不是失策所导致。敌众我寡，非战之罪。伊挚也就算了，那个子莫首竟不知从哪里冒出来！还有独苏儿，竟然帮着商人和我们作对！我这就进宫去问娘娘，她心宗到底打的什么鬼主意！"

"不必了！"宫门外传来一个妩媚中带着三分不满的声音，一个丽人走进门来，江离和都雄魁都微微一惊，随即一起行礼。

礼毕，都雄魁不冷不热道："娘娘，令师到底打的什么主意？她这样做，分明是弃娘娘于不顾！"

妹喜冷笑道："都雄魁大人！你是老糊涂了？你遇到的根本就不是家师。"

都雄魁一怔，顺口道："不是令师？"

妹喜冷笑道："不错！那是我师妹。都雄魁大人，亏你自夸天下无敌，竟然被一个黄毛丫头给骗了，传了出去，会让天下人笑掉了大牙！"

都雄魁呆了半晌，冲口叫道："灵幻！灵幻！怪不得我总觉得有点怪怪的，这……"说着神色转为凝重，道，"这么说独苏儿她已经……"

妹喜道："家师已经前往昆仑。"

都雄魁怒道："这是什么时候的事情了？为什么你现在才说？"

妹喜淡淡道："这是最近的事情，这些天看你们都忙着有莘不破的事情，我也就没通知大家，谁知道却出了这篓子。"

都雄魁怒形于色，心道："最近的事情？我看多半就是你以'离魂术'前往西北期间发生的。若不是那样的大事，你千里迢迢跑去干什么？"

他和江离都知事有蹊跷，但一时没有证据，也不好反驳。

都雄魁道：“若是你提前跟我说起这事，你师妹有灵幻在手也瞒不住我！这事情有一半坏在你手里，大王那边由你去交代。”

妺喜点头道：“可以。”

都雄魁心中一宽，想起另一件事情来，说道：“独苏儿走了，可曾留下心维？是交给了你，还是交给了你师妹？”

妺喜微笑道：“在我处。”

得到了心维，那就是心宗掌宗的象征了。

都雄魁嘿了一声，道：“如此就恭喜了，宗主大人！”

江离知道的事情比都雄魁少得多，然而听两人的应答也猜到了八九分，随口道：“恭喜娘娘。”

妺喜道：“如今天下形势虽然不利，但四大宗派中我大夏已居其三，显然天命还是站在我们这边的。”

江离心道：“虽居其三，但人心不齐，各怀鬼胎，这事情却难……咦，那是什么！”

都雄魁和妺喜也感应到了，江离微笑道：“好像第四位宗主也来了啊。今天可真是热闹。”

离心

有莘不破离开之前，川穹一直拿不定主意要不要跟他说江离的事情。几次想开口，却总不知道从何说起，终于不了了之。

“怎么了？”

空中传来的声音充满了暖意，紫气能令他身体舒坦，而这声音则能令他心境安宁。

“没什么。”川穹道，“我只是想起了另外一个朋友。我答应过他一些事情，却不知道该不该遵守诺言。”

“如果你答应过，那便应该遵守。”

“嗯。”川穹感到自己似乎放下了一个担子，但另一种不安却又袭了过来。“难道……”

“好像是你师父来了。”

川穹吓了一跳，抬头一望，天空中果然出现了扭曲。

“我想他早该来了，你逃入我紫气中的那次玄空挪移，用的是凌空借力之法吧？他大概是感应到了，所以……你怎么了？”

“我……”川穹道，“其实我早该知道他会来的。”

“你在害怕？”

“嗯。”川穹道，“他要杀我。”

“杀你？为什么？”

川穹道：“我也不是很明白，好像说我如果活着，季丹就得死。”

“岂有此理！藐姑射怎么变得这样偏执。你过来，躲到我白云下面。”

在紫气的帮助下川穹已经恢复了些许体力，一闪躲入白云之中。他才躲了进去，高天上便出现了一个飘逸的身影，美得连春日也不敢与之争辉。

“伊挚，怎么是你？”

“藐姑射，别来无恙。”

“无恙？”藐姑射的声音如同天山上的积雪，“我就是那个样子，没什么有恙无恙的。你看见我的徒儿没有？”

“你徒儿？”

藐姑射道：“我刚刚睡醒，醒来后发现有人趁我沉睡借走了我的力量，想来能做到这一点的，就只有我那徒儿了。嘿，他居然能够回来，倒也出乎我意料。伊挚，你为什么不回答我的问题？你到底见到他没有？”

“你找他做什么？”

藐姑射道：“你这人傲气，宁死也不肯说谎的。你既然这么说，那就是看见了。我也不瞒你，我要杀他。”

“杀他？他是你徒儿，你为什么要杀他？”

“为什么？”藐姑射道，“不为什么。连山子说季丹会死在他出现之后。我想想这个预言虽然有多种解读，不过杀了他的话，或许会令事情有所改变。”

“就为了一个可能？”

藐姑射道：“就为了一个可能。这个理由已经足够了。”

“你太偏激了。”

“是吗？”藐姑射叹道，“我自己不觉得，为什么你们都这样说呢？你们这样看也就罢了，为什么还要影响他？”

“不是我们影响了季丹，而是你的所作所为……”

“够了。”藐姑射的话说得很轻，但语气却那么坚定，“我不需要你来教训我。我只问你，我徒儿在哪里？嗯，如果他在这附近我不可能感应不到他的，大概是你把他藏起来的，是吧？”

“藐姑射，你本来不是这样的。当年……”

“伊挚，你怎么变啰唆了！”藐姑射道，“我今天不是来和你聊天的，把川穹交出来，我们就各走各的路。”

“办不到。”

“哦。”藐姑射笑了，笑里透着伤心，“这句话我好像在什么时候听过啊，不过那时候说话的不是你。唉，往事多想无益，伊挚，我看得出你真元不旺，刚才是和谁打过一架吗？”

躲在白云中的川穹暗暗担忧，只听藐姑射道：“伊挚，我们当年交情总算不坏，今天你斗不过我的，还是不要理我师徒俩的事情了吧。”

“原来你还记得当年。那我问你，你认识的那个伊挚会因为形势恶劣就屈服吗？”

藐姑射黯然道：“不会。”

“既然如此，你就不必多说了。”

藐姑射道：“既然如此，那好！你不交人，我自己来拿！他就躲在你那白云之中，没错吧。”他本来位于白云西方，说完这句话他突然消失了，跟着出现在东方。

藐姑射手中多了一团云气，而白云紫气则出现了一个空洞，但很快就弥合了。

藐姑射奇道："伊挚，你这团云气有点怪异啊。"略一沉吟，说道，"这不是你的本尊，是吧？"

川穹听到这句话吓了一跳，云间的声音却笑道："没错，无瓠子没看破，倒让你看穿了。"

"那大概是因为你现在已经真力不济了。"藐姑射道，"你这元神出窍、紫气分身，好像不是太一宗范畴了吧？难道……伊挚，难道你一直在钻研心宗的能力？难道你一直想混一四宗不成？"

川穹听得心头剧震："混一四宗，这怎么可能？"

只听云间的声音叹道："我是有这个心，可还没能做到。"

"能做到你现在这样子已经很不容易了。"藐姑射道，"不过，你现在还是没法胜过我的。你的分身能发挥你本尊的几成功力？"

"十成。"

"十成？那你的本尊在亳都可就什么也做不了了。既然如此，何必分身？"

云间的声音叹道："我王近日染疾，我若不在，人心不稳。"

成汤已经老了，储君有莘不破又不在，在这个关键时刻，亳都实在不能出一丁点的事故。

"你有这样的大魄力，我十分钦佩。"藐姑射道，"我虽然很想看你的企图能达到哪种程度，可今天……伊挚，虽说你这紫气分身具有你本身的十成功力，但临战之际，比起本尊亲至只怕还是有些不便吧？"

云间人没有回答，川穹心道："这就怪不得了，方才我们和都雄魁激战，他一直没有使用什么绝招，只是尽力做我们的力量之源。原来是这个原因。"

藐姑射道："伊挚，靠着这个分身你斗不过我的。更何况你这分身现在损耗得这么严重。"

云间的声音很淡然："那又如何？"

"伊挚啊，我若把你这分身送往至黑之地，只怕你的本尊就成为一具行尸走肉了……"藐姑射沉默了一阵，终于叹道，"算了，我和你多说什么。你虽然通达，但到了某些节骨眼上，那份执著却并不比我差。”说完这句话，藐姑射便不再开口。

“伊挚居然还没走。”都雄魁笑道，“而且还和藐姑射打了起来，妙极妙极，你们要不要去看看热闹？”

江离道：“还是不要吧。”

都雄魁心念一转，点头道：“不错，藐姑射为人怪异，若我们去了，也许他们反而打不成了。”

云中君捏着落日弓，看着从瓦砾中挖出来的尸体，神情呆滞。

“这是杜若？”

听到这个声音，云中君回过神来，看见了东君。

“不知道。”云中君的声音藏着悲痛，“尸体被湿气侵袭，腐烂得太厉害了。”

“那这湿气……”

“是若儿的功夫，没错。”

“那这具男的尸体……”

“看身材骨架的形状，或许真是羿令符。”

“难道羿令符头断了也还能动弹吗？这样看来，他们两人是同归于尽。”东君捡起地上的落月弓，手一紧：就是这把弓射死了他弟弟。而如今，那个鹰眼年轻人已经倒毙在他脚边。

“你还在恨他？”云中君问。

东君沉默。

东君是日族的后人，羿令符是射日神将大羿的后代，射日者与日族之间，似乎总是有不可避免的命运纠缠。

云中君道：“这些年来，你一直都为这件事耿耿于怀，为什么突然……”

“他都死了，还有什么好恨的。”东君略一伸手，说道，“我要火化他，你徒儿……”

“一起吧。”云中君叹道，“和这个男人死在一起，不丢脸。”

看着幻日的火焰中，东君道：“接下来，你打算怎么办？”

“什么怎么办？”

“有莘不破这一逃脱，无论是天下还是夏都，都有一场大变吧。”

“那又能怎么样？”云中君黯然道，“当年宗主出走，我不得已依附血门。但看到他的所作所为，根本都未曾为王室、为天下着想，我的心早就冷了。”他睨了东君一眼，说道，“你呢？镇都四门里面，你可是和他走得最近的。”

东君拳头一紧，颤抖着从怀里摸出一张皱巴巴的脸皮来。

云中君惊道：“是乌悬！”

“是！”东君痛心疾首道，“他是我弟弟留下的唯一骨血，我也未能保住。”

云中君道：“是谁下的手？”

“血宗传人。”

“血门？雷旭已死，血晨听说也被他杀了。血门还有其他什么传人？”

东君道：“不知道。不过不会错的。乌悬……这孩子现在只怕连骨头也没剩下半点了。我为无瓠子做了这么多事情，到头来我唯一的徒儿、我唯一的亲人却死在他门下！”

云中君对都雄魁心中不满，但却不愿说昧心话，想了想道：“按他们血门的传统，每一代师徒互相都不对头，这件事都雄魁大人只怕未必清楚。”

“虽然有那种传说，可他们门中之事，谁知道！”东君连眼睛也红了，“他若真的怕被他传人所杀，为何却接二连三地收徒弟？那家伙能吃乌悬，功力已经不俗，肯定经过无瓠子的精心培养。这件事他又瞒着我们，可见用心良苦！或许他已经找到了破解那诅咒的法子也未可知。无论如何，这笔账总是得算到他血宗头上！”

云中君叹道：“就算你把账算到血门头上又能如何？你难道还能去找他报仇不成。”

东君冷静了下来，话锋一转，说道：“你看我们这个新宗主如何？”

“新宗主？”云中君眼神闪了两闪：“你是说江离……江离大人？”

“不错。”

云中君沉吟半晌，道：“我看不透他。”

“我一开始很看不起他。可是现在想想，他完全不愧是祝宗人大人的传人！”东君道，“这次鏖战，无瓠子被洞天派那小子打了措手不及，何其狼狈！可山鬼出现之后，形势马上逆转。在《山海图》的子虚幻境里面，我们可差点就把他们逼入了死境！”

“你说得不错。”云中君道，“若不是心宗宗主出现，还有那声剑鸣……也许我们已经赢了。”

东君道：“他才多大年纪！可是凌空布界，便制得伊挚大人左支右绌，这份能耐，比起祝宗人大人只怕也不差多少了。”

云中君眉毛扬了扬，目视东君：“你难道想……”

空流

白云紫气的外围布满了密密麻麻的空间裂缝，数量接近百个，但每一个都很小，而且伊挚无法将之连接成一个巨大的裂口。不过川穹知道，一旦这些裂缝连成一片，那他所藏身的白云紫气将处于那个大裂缝的中心，再也无法逃脱被吞噬的命运。

川穹担忧地从白云中探出了头，望了望外面的情形——这种情况下他已经不怕被藐姑射看到了。谁知道才露了一下脸，便觉得身旁一阵异动，他赶紧缩了回来，方才那个位置的一小块云气已经被藐姑射攫在手中。

“师父占了上风。”川穹想。

那上百个空间裂缝正一张一缩的蠕动着。张是由于藐姑射的催动，缩是被伊挚以逆转时间之法压制了回去。不过深悉玄空之法的川穹却能隐隐感应到各个空间裂缝正缓慢地扩大。

“怎么办？”川穹曾想用大搬运法连同白云紫气一起带离这个困局，却被云间人阻止了。川穹知道，这位前辈是怕自己会落入师父的圈套之中。

“该怎么办？难道就这么拖下去？”

“伊挚好像落了下风啊。”妹喜道，“而且藐姑射也没传说中那么厉害。”

“哼！那是因为双方都在克制。”都雄魁道，“在四宗里面，藐姑射那个疯子是最危险的。他的玄空术，随时会连祂自己也控制不了。”

江离突然道：“也许不完全是这样的。也许……”

妹喜道：“也许什么？”

“也许，藐姑射是在等什么吧。”

“唉——”

耳边那个叹息声令川穹心惊，这个叹息附带着许多信息。川穹仿佛从中听出了云间人认输了。果然，一个微笑的声音在他耳边说道：“用玄空挪移术，逃出去。”

“什么？你是说用大搬运吗？”

“不，不是，带着白云紫气你没法逃的。”

川穹惊道：“你是说我自己走？”

“对。”

“不！不行。你留下来帮我，我怎么可以……”

“没有我在这里拖住你师父，你能逃出他掌心？”

川穹怔住了，想起了上次的经历，也叹了口气，但仍然坚持道：“我不走——我不会一个人走的。”

“放心吧，这片紫气只是我的分身，我的本尊不会有事的。”

“你骗人。”川穹道，“虽然我对你这神通不是很了解，但如果你的分身被送往至黑之地，那本尊也一定会受到相当的伤害，是吧？也许会变成一具行尸走肉，也许……总之我不走。我们还没陷入绝境，或许还有其他的办法。”

“其他的办法？现在这种情形，除非是他来了……咦，难道藐姑射一开始就……”

川穹奇道：“一开始就怎样？”

云间人还未回答，川穹便觉周围一阵剧烈的空间震动。那震动是这样剧烈、这样可怕，甚至连白云紫气也无法稳定下来。剧震过后，川穹惊讶地发现：那数十个空间裂缝正在弥合。

九鼎宫内，都雄魁脸色一沉，江离眉毛一扬，两人同时脱口而出道：“是他！”

川穹还没搞明白怎么回事，已经被白云紫气送了出来，脚一着地，便发现自己站在一个高大男子的身旁，川穹还没看清他的面目，便已经欢呼起来：“季丹！是你！”

那男人笑了笑。

藐姑射看着他，有些痴。

季丹洛明对川穹道：“没事吧？”

“没事。”

季丹洛明抬头道：“伊挚，你怎么来了？”

“我来带那个调皮的徒弟回去。”

“不破也来了夏都吗？”

“刚回去了。季丹，你来夏都何事？”

季丹洛明道：“九鼎宫好像开了，我本想来接有穷出去。”

“你这件事只怕会有些阻滞。”

季丹洛明道：“不破既然回去了，你还待在这里干什么？是为了川穹这小子吗？”

“可以这样说。”

“那你回去吧。这小子我来照料就是。”季丹洛明道，“什么时候你忙完了俗务，我们再喝一杯。”

“嘿！却不知要等到何年何月？”

白云向东飘去，对这一切，藐姑射就像看不到似的。

紫气东归后，季丹洛明拉着川穹坐下来，问他别来之事。

川穹道：“等等，我要去接应我姐姐。”

“别忙。”季丹洛明道，“等天黑了再去。”

川穹想了想，便坐在他身边。

身边的季丹不说话，藐姑射在天上也不说话。川穹便讲述起别后之事。季丹洛明静静地听着，不置一语。藐姑射一直望着他，却不知在看什么。

川穹讲述完，季丹洛明却似乎对这些事情全不关心，只是点了点头。

川穹望了望高空中的藐姑射，道：“师父好像很冷。”

季丹洛明道：“你的功力去到哪个地步了？嗯，能承受伊挚的紫气发动无底洞了，那大概也够了。”

川穹道：“师父的头发，被风吹得干枯了。”

季丹洛明道：“看来我和有穷的约定又要推迟了。”

川穹道：“师父在发抖。好像病了的样子。”

季丹洛明道：“现在主持九鼎宫的是江离？你确定他不是被都雄魁控制吗？嗯，其实被都雄魁控制还好对付一些。如果不是的话，只怕我要进九鼎宫没那么容易。”

川穹站了起来，大声道：“你不用说这些不知所谓的话了，我不想听！”

季丹洛明闭上了嘴。

川穹道：“你为什么要这样对师父？”

季丹不说话。

川穹道：“师父其实很可怜的。为什么你就不能……”虽然藐姑射一直要杀自己，但不知道为什么，川穹就是无法恨藐姑射，甚至还在为藐姑射说话。

季丹洛明突然暴喝道："够了！"

川穹吓得全身发抖。季丹洛明脸皮抽搐着，沉声道："我们的事情，你不懂，最好也不要懂！"他举起了右手，眉毛突然粗了起来，整张脸都变了形，右上方凝聚起一个暗黑的能量团。当季丹洛明把这个内里不断爆裂的光团放到川穹眼前的时候，川穹感到这个光团仿佛是半个宇宙的力量压缩而成。

季丹洛明道："拿着。"

川穹不敢拿。

"拿着，你应该承受得起的。"

川穹尝试着把右掌变成虚空，包住这个光团。季丹洛明一放手，川穹只觉一阵恶心直透咽喉，体内被某种压力压得几乎连心脏都要吐出来。

他翻滚在地，挣扎着，翻滚着，季丹洛明却不管他，任他挣扎。这痛苦一直延续到太阳西下，他才停住了喘息，抬头道："这是什么东西？"夕阳下看清了季丹洛明，大惊道："你……你怎么了？怎么这么憔悴？"

"放心。休息半年就好。"季丹洛明道，"如果你师父再要杀你，我又不在，你可以用这个保命。"

"我不要。"

"不要，为什么？"

川穹道："你是不是要去做什么危险的事情？"

季丹洛明摇头道："是，也不是。"

川穹道："你要去找那个叫有穷的人决斗吗？"

"嗯。不过你放心，我会等真力恢复了再去。"

"那个人很厉害，是吗？"

"嗯。天底下最好的对手。"

"能不能不打？"

"当然不行。"季丹洛明道，"这一战已经拖了太久了。如果不是因为你，我本来连半年也不愿意等的。"

说完这句话，他终于抬起了头，川穹心头大震，看他和藐姑射四目相交，藐姑射脸上的孤傲消失得干干净净，脸像凝固的石雕，眼睛却如荡漾的秋水。季丹洛明却像面对一个死人。

“半年后，或者九个月后，我要和有穷决战，到时你别来搅和。”

“在哪里？”

季丹洛明沉默了一下，道：“不知道。”

“我替你安排吧。”

季丹洛明不开口。

藐姑射道：“那可能是你的坟墓，你连坟墓也不肯给我？”

季丹洛明的鼻息粗重起来，良久，才道：“好吧。”

藐姑射道：“把川穹交给我，我有些话和他说。”

“不行。”

“你不相信我？”

季丹洛明道：“你能相信你自己吗？”

藐姑射沉默中，川穹道：“我相信。”

季丹洛明道：“不行！”却动摇不了川穹的坚定。

过了好久，季丹洛明终于妥协了。他与藐姑射、川穹三人之间相处的时间不多，但三人间却存在着一种极其微妙的关系，一种极其微妙的信任。

“好吧。”说完这句话，季丹洛明就走了，走得不快，却走得决绝。

夜风中，川穹道：“你们到底发生了什么事情？”

“你想知道？”

“我……算了。”

天上一个人，地上一个人，一起望着一个已经消失了的背影。如果这时候有人远远望去，一定分不清楚谁是川穹，谁是藐姑射。

第二章
江离定计战商国

奇胎

眼见洞天派的事情无处插手，大夏三宗主便不再理会，商量好如何应对夏王盘问，各自归歇。

都雄魁察知日间和他对阵的乃是伊挚的分身而不是他本人，知道白白丧失了许多致胜良机，心中懊恼，回长生殿发了一通脾气，又向东南坊间而来。

他敲开了门，便一头闯了进去。阿芝在他身后道："最近你怎么都这么晚了才来……"都雄魁猛地回头，吓得她不敢说下去。

两人到了房中，阿芝不敢给他酒喝，煮了些槠（qiū）叶[1]服侍他喝下，都雄魁这才心情转宁，鼻子动了动，说道："怎么有点异味，你又招惹男人了？是不是叫你姐姐的那小子回来了？"

---

① 槠叶：茶叶，是茶最早的名字。据陆羽的《茶经》记载，茶在古代有五种名字，第二个称之为"槚"。按《说文解字》解释，"槚，楸也。""楸"就是《山海经》中提到的"槠"。

阿芝愠道："你这说到哪里去了！哪有什么人？唉，这一天里你不在，夏都乱糟糟的，隔壁那栋小楼竟无缘无故塌了，吓得我三魂无主，七魄无依……"

都雄魁截口道："行了行了！你怎么变得这么啰嗦！直截了当，这味道怎么回事？嗯，好像是药味。"

阿芝道："是我从井里捞起一个人来，那人昏迷不醒，我一时好心，就给她上点药，保住她性命。"

都雄魁道："男人女人？"

阿芝道："女人。"

都雄魁挥手扇鼻道："你救人怎么救到房里来了！这院子虽小，又不是没有客房！"

阿芝道："谁说我把她放这屋子了？"

"那哪里来的味道？咦？"他往阿芝身上一嗅，皱眉道，"原来在你身上！快去快去，洗个澡再来！"

阿芝不敢违拗，先取出些点心说道："你先吃点东西，喝点糒汤。"都雄魁点头应了，阿芝这才出去。

阿芝出去后，都雄魁果然依她吩咐吃了些点心，喝了点糒汤，此刻的都雄魁，感觉上便如一个忙完公务回家休息的都城小吏一般，他自己似乎也很享受这种感觉。

吃喝毕，阿芝却还没洗浴完，都雄魁嘟哝了一声："女人动作就是慢！"四下无聊，他便朝客房走来，要看看阿芝救了个什么人。一推门，好大一股血腥味，床上趴着一个女子，裸露的背上两片好大的翅膀，翅膀半羽半肉，大部分已经腐烂。都雄魁眉头微皱，走过去抓住那女子的头发一提，看清了她的面目：竟然是胆敢发动昊天飓风阻拦自己的那个女子！

"啊，你怎么进来了？"阿芝穿着件宽松的便服走了进来。

都雄魁瞄了她一眼，说道："你知道你救了什么人吗？"

"不知道。"阿芝说，"你干吗用这种语气，莫非这女孩子曾冒犯过你不成？"

都雄魁冷笑道："不错，若不是她阻我去路，我……"但这事在他却有几分丢脸，便不说下去。

阿芝奇道："难道她是被你伤了？"

"不是。"

阿芝点头道："那就是了，若是你对她下杀手，就是神仙也逃不掉性命。"

都雄魁微微一笑，心里有了三分得意。阿芝又道："这么说来，这女孩子我倒是救对了。"

都雄魁一愣，随即怒道："你说什么！"

阿芝笑道："敢跟你作对的女子啊，我听你说只有一个，还是个积年的老妖怪。这女娃子这么点年纪就敢捋你虎须，你可知道她叫什么名字？是什么来历？"

都雄魁看了床上那少女一眼，道："好像叫什么燕其羽，是我那老头子用飞廉的血因做出来的一个人。"

"燕其羽……好名字。老头子？你是说仇皇大人？啧啧，你们师徒可真厉害，人也做得出来。"

都雄魁笑道："那有什么难？只要有你帮忙，造他十个八个人出来也没问题。"

阿芝骂道："你少给我不正经了。"指着燕其羽道，"这女孩子我看着顺眼，决定要认她做妹妹了。你帮我救醒她吧。"

都雄魁不悦道："救醒她？我救她干吗？救醒她来跟我作对？"

阿芝道："只要你愿意，这女孩子能有多大能耐？还不是随便就手到擒来，就是要把她收拾得服服帖帖，对你来说也不是什么难事。"

都雄魁道："那说的也是。"

阿芝又道："你平常总自夸长生不老、起死回生的本事，现在让你救个女孩子就推推托托的，莫不是让人以为你是在吹牛！"

都雄魁笑道："你不用激我，我若没心救她，你用什么心计也没用。"

阿芝似乎被他看破，脸上有点尴尬，都雄魁十分喜欢她这模样，伸过手就要来调戏她。阿芝推了他一把说："我知道你厉害，什么都被你看破，但你就不能偶尔假装上我的当吗？"

都雄魁笑道："怎么上当法？"

"那个啊，你自己想去！"推他到床边道，"先把她的血给止了吧。我上什么药都阻不住这对翅膀继续腐烂，弄得屋里臭臭的。"

都雄魁道："嫌她臭，扔出去就是了。"

"不行！我说过了要救她，就得做到。我还要认她做妹妹呢。"

都雄魁笑道："只怕你这个妹妹没那么好管教。"一伸手，把燕其羽两片翅膀撕了下来，阿芝吓得大叫，都雄魁笑道："叫什么叫！"随手一抚，燕其羽背上那两道伤口便愈合了。

阿芝松了口气道："你这人，治病也这么粗鲁！"

都雄魁道："这不叫粗鲁，这叫直接。"手指往燕其羽天灵上一点，要激发她的生命之源。经他这一指，就是寿元已尽的垂死老人也能多活个三五年，哪知道燕其羽却半点动静也没有。

都雄魁愣了一下，扒开她的眼皮一看，心道："糟糕，这下子在阿芝面前可丢脸丢大了。"

阿芝辨颜察色，追问道："怎吗？她的伤很重？"

都雄魁哼了一声道："什么伤很重，她根本就已经死了！"

阿芝惊道："那怎么会！她的呼吸脉搏可还好好的，就是有点紊乱而已。"

都雄魁道："你不知道，这小妞是中了心宗的'伤心诀'，早已魂飞魄散了。嗯，下手的多半就是妹喜那婆娘。"

"我不管是谁下手的，那和我有什么关系？我又不想替她报仇。总之她这伤你是治得好，还是治不好？"

都雄魁大感脸上无光，说道："都告诉你她不是伤了，是死了！"

"死了怎么还会有呼吸脉搏的？"

都雄魁给她问得一愣，顺口道："是啊，死了怎么还会有呼吸脉搏？肉体灵魂，两者不可或缺。魂离肉身久则必散，肉身失魂久则必僵。这小妞怎么还能撑到现在？"手按她背心，感应了一会，恍然大悟道："原来如此，原来如此。"

阿芝有点兴奋道："怎吗？"

都雄魁道："这小妞怀孕了。是她肚子里的小种保住了她肉身不灭。"

"怀孕？啊，她有孩子了！那是不是有救了？"

都雄魁皱眉道："没救没救。这小种生命力好旺，所以连带着母体也保住了。不过等到分娩之日，孩子一出世，这小妞的小命也就完了。"

阿芝一听不禁有些难过："这么说她只有几个月的性命了？"

"几个月？哪止！这小妞是个半妖之身，给她播种的好像也不是普通人，那小崽只怕要个三五年才能出世吧。"

阿芝道："孩子一生下来就没娘，多可怜啊。还有三五年时间，你就完全没办法救她？"

都雄魁道："她就是给人砍成一团肉泥，粉身碎骨，只要灵魂尚存，我也能把她的身体拼好。这魂飞魄散可就不是我所能主宰的领域了。嗯，若她离散的魂魄未灭，藏在某处，那……或许心宗的高手能够修复。不过那也渺茫得紧。"

"心宗的高手？"阿芝道，"就是你跟我提起过的独苏儿吧？"

都雄魁道："她已经死了。"

"死了？怎么死的？你不是说这女人连你都奈何不了吗？还有什么人能杀她？"

都雄魁道："不是谁杀了她，而是她自己死的。其实按照她们心宗的看法，那也不算死。她们心宗的宗师练成魂游物外之后，依照宗门传统，便会前往昆仑，把肉身寄存在灵台方寸山。脱窍的灵魂则强渡弱水，去探询人类未知的奥秘。但千百年来，渡过弱水的灵魂个个有去无回，你说这不是死了是什么？"

阿芝悠然神往，说道："也许，弱水那边另有一个世界。她们不是不能回来，而是不想回来了。"

都雄魁骂道："真是胡说八道！这样虚无缥缈的事情你也信？这个世界有什么不好？要去追寻那种连是否存在都是疑问的东西！"

人父

阿芝听都雄魁说燕其羽难救，心中黯然，突然感到燕其羽的气息略有起伏，心中一动，正要问都雄魁是不是有什么变化，却发现都雄魁的气息突然消失了。

不错，血祖仍然站在都雄魁面前，但阿芝却半点也感应不到他的存在。“他在收敛气息？是不是出了什么事情了？”

都雄魁见她疑惑，说道：“有人感应到了这小妞的气息，现在正找来哩！”说着看着一面空荡荡的墙壁。阿芝心道：“这墙壁有什么好看的？难道会有人用穿墙术穿过来不成？”一念未已，那面墙壁忽然扭曲起来，出现一个空洞，跟着一个美少年从墙壁里走了出来。

阿芝毕竟曾是水族的执事长老，心里有准备，因此虽然好奇，却不吃惊。但那美少年陡见都雄魁却大吃一惊，身子缩了一缩，就要躲回去，但一眼瞥见床上的燕其羽，却又僵住了身子。

都雄魁笑道：“小伙子，好大的胆子，连我家也敢闯！”

那美少年自然就是川穹，他鼓起勇气，说道：“我不知道这是你家。”

都雄魁道：“若是知道呢？”

川穹迟疑了一下，说：“若是知道，也要来的。都雄魁大人，我斗胆，请你放我姐姐一马。”

都雄魁冷笑道：“你凭什么！”

川穹道：“不凭什么。只是斗胆请求。”

都雄魁哼了一声道：“你连自己也陷在这里了，还有什么资格来求我？”

川穹道：“我知道硬要从你手上救人很难，但你要留住我也未必十拿九稳。”

“是吗？”

川穹道："我现在还不是你的对手，不过要奋力一拼，逃出这间屋子也是可以的。"

都雄魁冷笑道："逃出这间屋子，也逃不出夏都！"

川穹没有反驳，只是道："我师父现在就在上面。"

都雄魁脸色一沉，知道川穹说得不假，却仍冷冷道："你这算是威胁我吗？哼！就算藐姑射亲至，也胜不过我。"

川穹道："但都雄魁大人你也未必能胜过家师，是吧？"眼见都雄魁的脸色越来越难看，怕他撕破了脸发作，语气转为温和，说道："都雄魁大人，协助有莘不破出城一事，非我本愿。我们姐弟二人无心卷入夏商之间的争斗，只是当时形势所迫，不得已而已。具体如何，我也不多说了，冒犯之处，还请你见谅。"

都雄魁感应到藐姑射确实就在上空，他也不愿在这种情形下再和藐姑射大战一场，见川穹至少在语气上服软，便见好就收，冷冷道："难道就这么算了吗？"

川穹道："我们坏了你的事，但你也伤了我们，这笔账也很难说清楚，不过我已经下定决心，绝不再帮不破或者江离。你若能高抬贵手，便请放我姐姐一马，我带着她马上回天山去。"他没有说否则如何如何，但眼睛里却透着坚定：否则的话，我们就再打一场吧。

都雄魁哼了一声，正要说话，突然远处一个没有声响的呼唤隔空传来，他聆听着，暗暗皱眉。

阿芝道："好像有人在叫你。"

都雄魁不悦道："妹喜这婆娘，又出什么事情了！"对阿芝道，"看好门户，我去去就回。"瞥了一眼川穹，冷冷道："老子现在没空理你们，若是识相就赶紧滚回天山去！"说完转身化作一道血影出门去了。

看见他出去，川穹和阿芝都长长地舒了一口气。川穹看到阿芝的样子，奇道："你不是他的人吗？怎么好像也很怕他的样子。"

阿芝微微一笑，说道："谁不怕他呢？"指着床上的燕其羽，道，"她是你姐姐？"

"嗯，我要带她走，你不会拦我吧？"

“不会。不过……你等等。”双手结印，默念咒语。川穹心道：“这咒语也没什么了不起的，好像在牵动地下泉水的运作，不过威力不大，没什么用处。”没过多久，他便感应到地下稍有异动，心道，“原来有人躲在地底深处，她这是在给那人发信号。”一念未已，一个男人跳了出来，冲阿芝道：“怎么样？他怎么说？”蓦地见到川穹，两人一起道：“是你！”

阿芝见两人认识，但心想他们都和燕其羽有密切的关系，心中也不奇怪。

桑谷隽道：“你怎么在这里的？”

川穹道：“你又怎么……算了，说来话长，这里不是久留之地，我们先走吧。”走到床边，推不醒燕其羽，心中担忧，忙问道：“我姐姐受了什么伤？”

桑谷隽神色黯然，目视阿芝作询问之意。他方才躲在地底深处，听不见上面的对话。阿芝道：“他刚才这一走，没那么快回来的。我把情况说说吧。嗯，桑谷隽，我还不知道这位小哥怎么称呼。”

“我叫川穹。看这样子，你是在帮我姐姐吧？我先谢谢你了。”

“不用。是否帮上忙还很难说呢。”阿芝指着桑谷隽道，“他和你姐姐也不知道在哪里惹上了什么大敌，一个伤了，一个晕了，被地下河冲到我小院中的古井里。我弄醒了他，却帮不了燕姑娘。”

川穹见燕其羽情况还算稳定，本来也不是很担心，但听到这话却隐隐不安。只听阿芝继续道：“他告诉我说燕姑娘中了什么‘伤心诀’，一脸的绝望，我虽然不知道伤心诀是什么，但想来也是一种很厉害的法术吧。只是看他那个样子，当时也不好细问。”

“伤心诀？”川穹头上那根头发动了动，突然大惊失色道，“伤心诀！那姐姐她……”

阿芝道：“你也知道吗？唉，我们正手足无措，他——那个我们都怕的人——就回来了。我当时念头一转，决定行险，要桑谷隽躲入地下，由我出面求他，或许能让他出手相救。”

阿芝说的虽然简略，但川穹何等聪明，念头一转已猜到了前因后果，点头道：“都雄魁大人若能为你救人，那他对你可真不错。”

阿芝淡淡一笑，桑谷隽却已经抢道：“他到底怎么说？燕姑娘背上那对不断发脓的翅膀是他已经治好的吧？那伤心诀呢？他有没有办法？”

“你别急啊。等我一一说来。”跟着把都雄魁疗伤、论伤的事情一一说了。川穹越听脸色越沉重，桑谷隽听到燕其羽居然怀孕了便马上呆在当场，仿佛连魂也丢了。

“姐姐怀孕了……”川穹喃喃道，“是谁的？难道……”他想起了羿令符，还没出口，便听桑谷隽黯然道：“是我。”

川穹惊道：“你！怎么会是你？”

“是在天山时候的事情。”桑谷隽道，“那时候你好像还没觉醒。我们……唉……”

川穹心道：“这件事姐姐没跟我提过，想来是因为不好开口。可是看姐姐拼命的样子，她分明喜欢的是羿令符啊。”问桑谷隽道，“今天我和姐姐分手之后，她便回夏都来找……找你们。后来到底发生了什么事情？”

“今天？”桑谷隽道，“你今天和你姐姐见过？那怎么不拉住她，还放她一个人回来？”

川穹听他有责怪的意思，但见他气急败坏的样子，知道他是关心所至，也不怪他，平下心来，三言两语把城外的事情说了，只是把燕其羽回来的目的转成“来找失陷在夏都的朋友”。若是平时，桑谷隽一定听得津津有味，非要对那些细节刨根问底不可，但此刻却没心情，等川穹说完，便把燕其羽如何中“伤心诀”的情形说了。他自己不明白燕其羽最后那句话是什么意思，川穹却马上意识到了，心道：“羿令符太过分了！姐姐，还有眼前这个男人却都很可怜。却不知道他们在天山上发生了什么事情，竟让姐姐怀上了他的孩子！”

见两人都不说话，阿芝打破沉默，说道：“好了，该说的都说清楚了，你们也该走了。这里毕竟不是久留之地。虽然燕姑娘的情况很不乐观，不过总算还有希望。”

川穹把燕其羽抱了起来道：“我先把姐姐送回天山安置好，再想办法找到心宗的传人。”

桑谷隽道：“天山？你要送你姐姐去天山？不行！”

“不行？”

“对！天山何其荒凉，燕姑娘怀着身孕，怎么可以去那种地方。我要带她回家。”

“回家？我姐姐为什么要跟你回家？”

桑谷隽愣了一下，道：“为什么不跟我回家，再怎么说我也是孩子的父亲。”

川穹冷笑道：“孩子的父亲！你们害得我姐姐还不够吗？”

阿芝见两人起了争执，正要劝阻，空中突然传来一个空旷的声音：“川穹，上来！”

桑谷隽怔了一下，川穹道：“我师父叫我，我去去就来，你别乱动！”他以玄空挪移术来到了高空，进入藐姑射营造的无形空间。

“师父。”

藐姑射没有看他，望着白月，淡淡道：“都雄魁都离开了，你还在里面折腾什么？”

川穹道：“我姐姐她……”

藐姑射没等他说下去，截口道：“其他人的事情我不想知道。都雄魁不在，这里没人拦得住你。现在我要去九鼎宫看看，你自己的事情，自己看着办吧。”

“九鼎宫？师父你去九鼎宫干什么？”

藐姑射不答，转身就要离开，川穹忙道：“师父！等等！”

“还有什么事情？”

川穹迟疑着，问道：“师父，上次你要杀我，是真的，还是假的？”

藐姑射不答。

川穹又道：“下次呢？下次见面，你会不会还要杀我？”

藐姑射随手抓住了一飘夜风，叹息一声，消失了。

一统

川穹回到房中，却只见到阿芝一人。他一转念便明白过来，问阿芝道："他带我姐姐走了？"

"嗯。"

川穹怒道："夏都禁制重重，四门紧闭，他带着一个昏迷不醒的人，怎么出去？"

阿芝道："不用担心，有一条水道可以出去的。入口就在小院的那个古井。"

川穹一听，忙要追去，却又停了停，问阿芝道："你呢？你怎么办？"

"我怎么办？"阿芝微微一笑，说，"又有什么怎么办？我已经开始习惯这里的生活了，就在这里继续待下去呗。"

"都雄魁大人来了问起，你打算怎么应付？"

"就说燕姑娘被你带走了。其实，这是他默许了的。"

川穹沉吟了一会，说道："你帮过我姐姐，我不能不提醒你：夏都不久后有可能会有大乱，如果你愿意，我可以……"

"那是我的事。"阿芝截口道，"每个人都有自己的生存方式，在你们眼中，我也许只是一个无足轻重的小女子。但在我看来，你们的处境也未必比我如意多少。"

川穹当场愣住了，收起了对眼前这女人的轻视之心，想说什么，却始终无言，好久，才说了一句："保重！"便追桑谷隽而去。

阿芝躺了下来。屋子里，又只剩下她一个人了。

突然间她想起了很多事情：水族、有穷商队、桑谷隽、都雄魁、马蹄……这些人和事，在她一生里都只是过客，但她的一生，对这个世界又何尝不是？傍晚的时候，她拒绝了马蹄；刚才又拒绝了桑谷隽和川穹——这三个男人都想给她某种承诺，给她某种庇护，可她没让他们开口。

“现在……我不需要了。”这个水族的女人有些倔强地想。她还是那样的温婉，就像那眼古井的水一般；但她又被洗落得这般骄傲，就像那眼古井的栏石一样——都雄魁已经变得有些依赖她，高贵如桑谷隽，狡猾如马蹄，骄傲如川穹，这些男人都受过她的恩惠，而她并无求于他们。

除了这个小院，阿芝已经一无所有。可她自己知道，心中深藏着的那一点骄傲，足以支持她活下去。

都雄魁并不知道阿芝的这些事情，他也没兴趣知道。那个女人对他来说既不重要也不必要，只是最近有些喜欢她罢了。相对的，这座都城里对他来讲最重要的女人，是碰都碰不得的妺喜。她是他平衡玄界与人界、威权与政权的一个支点。从妺喜进宫以来，两人就在没有任何协议的情况下很默契地配合着，各取所需地攫取着权力，影响着、甚至曾支配过天下九州。

不过现在都雄魁已经开始有些烦她了，因此一进九鼎宫，便没好气地问她道：“又有什么急事，叫得这么急？”

妺喜哼了一声，道：“大王发脾气了。”

都雄魁一怔，看了看祭台上的江离，他正抱着双腿，下巴支在两个膝盖之间，仿佛一个少年在考虑一个青春期的问题，对妺喜和都雄魁的对话没有一点反应。祭台下列站着东君、云中君、河伯和山鬼，也都默默无语。

都雄魁道：“怎么会这样？你就没转圜几句？”

“没用，这次什么法子都没用。他是真的发脾气了。我从来没见他这样过。”

看妺喜显得有些烦躁的样子，都雄魁心中暗叹，知道妺喜因为那个男人卷入世俗太深了，已经失去了心宗所具备的超然。“如果独苏儿只有这个徒弟的话……”他想起了妺喜的师妹，那个竟能用灵幻骗过她的女孩，“如果独苏儿是把心维交给了她的话……嘿，算了，想它作什么？”

妺喜道：“大王很急，把宫里的东西都砸烂了。都雄魁大人，你是大夏国师，在这件事情上负有不可推卸的责任，可得好好想个办法替大王分忧啊。”

“替大王分忧？”都雄魁冷笑道，“有江离大人在那里呢！他的主意向来是最多的，我们请他来出主意！”

“他？”妹喜冷笑道，“乳臭未干的一个小子，能有什么主意？”

河伯东郭冯夷听得脸色大变，他不是不知道都雄魁和妹喜心里其实都看不起江离，可以前这种轻蔑都只是放在心里，哪像今天，妹喜竟然直接说了出来。

江离抱膝而坐，仿佛没有听到这句话。

妹喜斜了他一眼，冷冷道：“这次的事情，不都是在这小子的计算下进行吗？结果还不是搞得一团糟。都雄魁大人，大夏的事情到底还得倚仗你！”

都雄魁听到这句话心中微感得意。对于当前的局势他早有主意，尽管今年来世事变化如风起云涌，但他的想法一直也没有改变过。在他心里，其实已经承认大夏复兴已不可为。他可从没想过要负起中兴这种在他看来极为可笑的担子，在他心里最理想的结局，是利用大夏的垂死一击重创商人，让天下大乱，变成一个没有共主的局面，那对他都雄魁来讲才是最有利的。

他睨了一眼妹喜，知道这个女人心里已经被那个男人塞满了。她也不是想振兴大夏，更没有那样的眼光和魄力。“她只是想她的男人开心罢了。”

至于江离……都雄魁抬头望了一眼，这个仰望的姿势令他十分不悦，艺成之后，从来都只有别人仰望他，什么时候仰望过别人了？而更令他发火的是，江离也正看着他和妹喜，这臭小子的眼睛里，竟然透着一种悲悯。

“干什么！他以为他是祝宗人么！就是祝宗人也没资格这么俯视我！”心头大怒，指着江离喝道，“你给我下来！”

“哦？”江离淡淡道，“都雄魁大人，我坐上这个位置，好像是你推上来的。我师父逝世了，是你以国师和血门前辈宗主的身份承认我太一宗宗主地位的啊！现在怎么又让我下来？”

都雄魁冷笑道："在别人面前，你高高在上可以。但娘娘在此，我在此，你怎么还敢坐在上面让我们仰视你！"

江离淡淡道："太一宗是大夏道统所在。娘娘在后宫地位再尊，压不到九鼎宫头上。至于都雄魁大人你，在长生殿我敬你是国师，在九鼎宫你则应该敬我是太一嫡传——我在九鼎宫高坐祭台，并没有不合礼数的地方。别说都雄魁大人，就是大王来了，也没权力要我走下去。"

都雄魁听得眉毛倒竖，妺喜火上添油，笑道："我早说这个小伙子不听话，谁让你一意孤行的了？现在倒好，搬起石头砸自己的脚！"

都雄魁怒极反笑道："他不听话！哈哈，我能捧他上去，就能把他踢下来！他是什么东西，真以为自己是四宗领袖了吗？"

东郭冯夷忍不住出列道："都雄魁大人！我九鼎宫上代宗主为补天大业力竭而崩，来不及交接九鼎宫事务。您主持仪礼推江离宗主登台，九鼎宫上下感激不尽，但说到底，这是一个仪式，并不是您真有废立太一宗宗主的权力。太一宗是四宗之首，说江离宗主是四宗领袖，那也没什么不对！"

都雄魁眼中杀机陡起，眉毛倒竖，喝道："你是什么东西，这里轮得到你来说话！"

东郭冯夷刚才那一番话只是一时激愤，被都雄魁眼神一逼，忍不住退了一步，心中有千般抗拒的言语，但在他积威之下竟不敢再发一言。

山鬼却走上一步，语气平静地说道："我觉得河伯刚才的话并没有错。"

都雄魁一怔，看了妺喜一眼，妺喜也大感奇怪，不知对师门一直忠心耿耿的山鬼为什么突然倒到江离那边去了。

都雄魁心道："这两个老奴是想造反了！"他觉得如果亲自和他们吵闹大失身份，目视东君要他出头。谁知道一向听话的东君这次竟然犹豫起来，都雄魁大怒，虽然还没说话，但眼光中的威胁意味已经不言自明。

东君心中害怕，指着东郭冯夷就要破口大骂，突然斜眼看了江离一眼，只见他的瞳孔仿佛笼罩着一团雾，似乎完全不把这祭台下的争吵放在心上。东君心头剧震："这眼神，只有当年的祝宗人大人才有这样空灵的眼神！”他不知哪来的勇气，一句平常绝不敢说的话竟然脱口而出：“我觉得山鬼说得对，河伯刚才的话没错！”说完之后反而一阵轻松，再面对都雄魁的眼光，竟然不再害怕，仿佛身后有什么东西支撑他挺直了背脊。

这次不但都雄魁和妺喜，连山鬼、河伯，甚至祭台上的江离都感到吃惊。

云中君看着东君，似乎觉得不可思议，但他只犹豫了那么一下，便跨上一步，站在东君身边。

突然间，都雄魁的怒气完全消失了，取而代之的是对江离强烈的戒心。他突然想起天山上独苏儿在切割江离灵魂之前对他说过的话来：“太一宗要是没有感情拖他们的后脚可是很可怕的！要让他统一了镇都四门，说不定到时连你也制他不住。你可想清楚了？”

当时都雄魁回答说：“一个魂也不整个儿的小伙子，我会怕他！”然而现在连他自己也怀疑起当初那个决定来。面对着能够在百里外遥控子虚幻境的江离，就算是身为四大宗师之一的都雄魁也没有把握。更何况江离的脚下还有方才归心的镇都四门，而他的背后，则是那威震九州的龙纹九鼎。

议战

在都雄魁由发怒到平静这段时间里，妺喜一直静静地看着。从气势上她仿佛置身事外，任由这一老一小两个男人对抗去。

然而都雄魁和江离的对抗并没有继续升温，很快两个人便似乎有默契似地冷静下来，都雄魁冷冷地对妺喜道：“娘娘，你可有什么办法为大王分忧吗？”一下子把话题转到夏商对抗上去了。

听了这句话，妺喜皱了皱眉头，山鬼的眼角却笑了。都雄魁的这一退让那是自认实力无法压制拥有四门九鼎之助的江离。她知道，从这一刻开始，无论是东君还是云中君都将被绑在江离的车驾上，既为江离护航，也以江离为靠山，再也难以脱离了。

妹喜没有回答都雄魁的话，转而问江离道："江离宗主，这里是九鼎宫，你是地主，可有什么主意没有？"

江离淡淡道："我资历浅，年纪轻，就算有什么主意，也轮不到我来决定。"

妹喜道："先说说看吗，你资历浅决断不了大事，自然有资历深的都雄魁大人来拍板决定。"

江离道："既然如此，何不先听听都雄魁大人的主张？"

都雄魁冷笑道："兵来将挡，水来土掩！"

江离道："都雄魁大人，现在大夏的兵力，还能挡住成汤的精锐？大夏的威望，还能调动几方诸侯？大夏的钱粮，还能支撑多久的战争？"

都雄魁哼了一声道："这些，让六卿去考虑！大不了我们一起上战场便是了。"

江离道："若都雄魁大人上前线，那伊挚师伯多半也会上战场。我们为了擒拿有莘不破，已经把甸服东部百里之地变成废墟。夏商决战关系重大，只怕到最后诸位宗师和前辈高手都会被卷进来。这一战打下来，规模只怕空前浩大，逼得哪位宗师一怒之下启动终极灭世，那岂非同归于尽的局面？再说，就算几位宗师都克制得很好，可到最后也定是尸山血海的局面！我们身处高位，于心何忍！"

都雄魁道："若有人想启动终极灭世，那是谁也没办法。至于那些蚁民，死多死少又有什么所谓？他们会生得紧，今天死掉一千，明天能多生一万出来。这一点你倒不用担心。"

江离听了这两句话只觉气血上涌，身子一震，几乎要从祭台上跌下来，转头看妹喜时，只见她脸上淡淡地也不以为意，愤然道："好！好！"

妹喜道："好什么？"

江离怒道："没什么！"

妹喜咯咯笑道："没想到我们的江离宗主也会生气啊。既然你说没什么，那是同意了都雄魁大人的意见了？”

江离心中一凛，告诫自己不要气急，稳住了声音，说道：“都雄魁大人的话虽然……虽然也有些道理，可那样我们毕竟胜算不大。”

都雄魁道：“那要怎么样胜算才大？”

江离道：“商人得巴国、郃人归心，又有朝鲜作他们的后方，眼下的势力比我们大。但我大夏五百年基业，毕竟不是那么容易动摇的。如今我们兵力不如他们，财力不如他们，士气或也有所不及，但玄宗的力量却或许能压倒他们。如果我们能瓦解他们玄门的力量，重创拥护商人的玄门高手，成汤没有胜算之下，必然不敢轻易启衅。那时大夏便有机会休养生息，重振旗鼓！”

都雄魁沉吟道：“我们的玄门力量比他们强吗？未必吧。桑鏖望和公刘且不去说他，这两人多半只是观望，不会直接出手。可是季丹洛明一直和伊挚走得太近……”

江离道：“季丹与有穷还有一战未了，只要我们能安排这一战与夏商玄战同时进行，那他就没空来和我们为难了。”

都雄魁道：“就算洞天派置身事外，成汤年老不堪，商人也有伊挚和子莫首在，有莘不破、桑谷隽这几个年轻人也有可能下场……我算来算去，并无绝对的胜算。”

江离道：“莫忘了我们还有九鼎。如果可以不考虑玄战对人间的影响，那……我有把握把血剑宗、伊挚师伯全部困死。”

妹喜大吃一惊，都雄魁也颇为惊愕。

只听江离道：“都雄魁大人，你应该知道，我有可能做到的。”

都雄魁沉吟道：“理论上似乎可能……不过得在那个地方！”

妹喜道：“神界昆仑？”

“不错。”江离道，“开启昆仑之路，一战定胜负。在那边我们就算斗个天翻地覆，也不会影响到人间界。到时候不管哪一方胜出，至少能保证留下来的神州不是一个糜烂的大地。”

过去几日在甸服发生的事情，让江离痛心疾首，失败固然令人难受，但因为玄战而引发的天地之威将甸服百姓都卷了进去，这却是江离最不愿意看到的。

妺喜道："可是你真有把握把伊挚和血剑宗困死？莫忘了他们可是和都雄魁大人齐名的高人啊！你现在敢说你能胜过都雄魁大人？"

江离还没回答，都雄魁道："他或许能够的。"

妺喜讶然，只听都雄魁道："昆仑的时间相对独立，他若在那里施展大宙逆，未必会影响到这个世界的时间运行。不过……嘿，那也危险得很。"

妺喜又道："如果对方不愿在那里应战，那又如何？"

江离道："成汤会去的。"说完这句话他叹了一口气，就连自己也不得不承认成汤是一代仁君，与之相比，夏桀尽管是自己的父亲，却从来不将天下百姓的生死当回事。

果然都雄魁也笑道："不错，以成汤的性格，他一定也会答应的。"

江离道："我们以九鼎镇昆仑，如果胜了，那么大夏的国祚当能继续延续。"如果输了呢？那就九鼎易主。这句话江离没说出来，也不必说出来。无论如何，在昆仑决战对这个世界来说已经是最好的结果了。他曾目睹有莘羖和桑鏖望大战之后那狼藉的地表，他不敢想象，如果规模更大的夏商玄战发生在神州的精华地带，那会造成什么样的惨剧！

都雄魁没有说什么，仿佛默认了江离的提议，可他心里究竟在想什么，又有谁知道。

妺喜道："最后一个问题是，要开启昆仑，似乎只有我们三个还不能够。"

昆仑又叫昆仑之虚，在华夏最古老的神话中，诸神之王叫做帝俊，号称天帝，昆仑就曾经是天帝在人界的都城，同时又是诸神在人界的居处，因此被人族称为神界。

江离本人也未到过昆仑，他是到九鼎宫之后，根据《山海经》的记载才知道了一些昆仑的情形，知道昆仑其实并不是一座山，而是一个"万物皆有"的空间，神话传说中最珍贵的宝物、最厉害的神兽、最神奇的植物，几乎都能在昆仑找到。也是在这个地方，天帝与日族女神羲和[①]生下了十个儿子，十个儿子都是太阳神，他们也就是东君的祖先。

由于天帝的这十个儿子太过强大，因此必须轮流当值，否则大地会承受不住，然而他们不守规矩，为了争夺昆仑竟然同时出现，这就是《山海经》记载的“十日并升”之祸。

这场内乱到后来发展到不可收拾的地步，以至于帝俊竟然忍痛下了命令，让箭神大羿用彤弓素矰（zēng）[②]将他的十个儿子（太阳）杀死九个，只留下一个。这就是神话中“大羿射日”的传说。

这场射日战争毁掉了昆仑之虚，令得这个昔日无比繁荣之地变成一个虚无的空间。同时，射日战争还截断了人族与神界的联系，这场大战之后整个世界就只剩下大羿能够借由着通天之树——建木——往返天上人间了。

而在大羿之后，通天之树也消失，如今要开启前往昆仑的道路，只有四宗中达到绝顶境界的高手联手才能做到，可现在祝宗人已逝，独苏儿灭度，天下间有这个能力的，只剩下伊挚、都雄魁和藐姑射。

都雄魁问江离道：“如果真要开启昆仑，你是去告知伊挚，还是要自己出手？”

江离道：“我有九鼎相助，可以发动。”

都雄魁道：“独苏儿的心维留在娘娘这里，心宗这一脉也没问题。”突然想到，“独苏儿这女人可真了不起！难道她灭度前已经料到今日形势了吗？”

却听妹喜道：“就算如此，我们还是欠缺最关键的一位啊。”

“第四位宗主吗？”江离道，“好像来了。”

九鼎宫的门开了。

虽然藐姑射要进来，那道门也拦不住，但江离还是在感应到气息之后大开中门。五百年了，洞天派的宗主还是第一次踏足九鼎宫。

---

① 羲和：中国的太阳女神，东夷少昊族的族长，也是上古至上神——帝俊的妻子，羲和与帝俊生了十个太阳。《山海经》中有这样一个故事：“东海之外，甘泉之间，有羲和之国。有女子名羲和，为帝俊之妻，是生十日，常浴日于甘渊。”

② 矰：古代对箭的另外一种叫法。

宫门合上，镇都四门都莫名其妙地激动起来。天下四宗宗主会聚九鼎宫，这是五百年间从没有过的事情。

但四个当事人却显得很平静，藐姑射浮在半空中，扫了一眼都雄魁，两人交换了一下眼神，随即不肯再看对方第二眼。

藐姑射望向江离，说道：“你就是祝宗人的徒弟？”

江离站立起来，说道：“不错。忝为地主，有失远迎，还请宗主恕罪。”

藐姑射不和他客套，开门见山道：“我今天来九鼎宫，是来接一个人。”

江离道：“箭神有穷饶乌？”

藐姑射点了点头，江离道：“是季丹大侠的意思吗？”

“算是吧。”

江离道：“却不知季丹大侠想在哪里决战？”

藐姑射道：“这不干你事。”

江离道：“有穷前辈当年自托于先师，这件事情，和我太一宗还是有些关系的。”

藐姑射颔首道：“那说的也是。实话说吧，我还没想好地方。如果他们愿意的话，我把洞内洞借给他们也可以。”

江离道：“若在洞内洞，只怕形势会偏向季丹大侠。”

藐姑射凝视着他，说道：“听这话，倒像你有什么主意。”

江离道：“不如将战场设在昆仑如何？”

“昆仑？”藐姑射怔了一下，环视四周，笑道，“小伙子，你想开启昆仑，打的是什么鬼主意？”

江离道：“商人叛逆朝廷，我朝待要征伐，只恐涂炭天下生灵，所以……”

藐姑射道：“所以你想把这场决定天下归属的玄战放在昆仑？”

江离道：“不错。”

“哈哈，哈哈……”藐姑射仰天笑道，“那个地方，确实是个绝佳的战场啊。”

江离道:“却不知宗主意下如何?”

藐姑射道:“小伙子,那个地方,你去过没有?”

江离道:“没有。”

藐姑射道:“也是。仇皇大人消失之后,这个世界除了我,再没第二个人去过那里了。小伙子,你可知道那是什么地方?”

“不知道。”江离道,“可是我觉得自己对那个地方很熟悉。”

“哦?”藐姑射道,“嗯,说的也是。你身处九鼎之间,想来是可以常常感应到混沌之界的。好吧,你的提议十分有趣,这个游戏,我们一起来玩。”

江离认真地道:“这不是游戏!”

藐姑射笑道:“不是游戏吗?呵呵,罢了,你说不是就不是吧。”

藐姑射收敛了笑容,说道:“其实我也很想看看你背后那九个巨鼎会否易革呢!不过相比之下,还是那两个男人之间的决战更有意思些。”说完就消失了。

消失之前,都雄魁终于第二次看了藐姑射一眼。“这个疯子!”都雄魁道,“你们知道这疯子想做什么事情吗?”

“什么事情?”

都雄魁道:“等所有高手进入昆仑之后,就召来无底洞,把整个昆仑吞了!这个疯子一定是这样想的!”

“也许会吧。”江离心道,“如果季丹死在有穷箭下的话。”

季丹和有穷之间非但没有仇恨,甚至还是最好的朋友,然而攻击力最强的武者和防守力最强的武者之间,却注定了要有一场必分胜负的决斗,对他们而言,似乎天底下没有比这场决战更加神圣的事情了。为了这场决斗,两人甚至连生死都置之度外。

这场决斗本来在许多年前就应该发生,但是季丹洛明当时还有一件心事没有放下,有穷饶乌虽然愿意等待,但他的年纪比季丹大得多,担心自己的身体走向衰老而季丹尚未处理完此事,若以衰老之躯迎战自己最敬佩的对手,那将是对季丹的侮辱。

因此有穷饶乌请求祝宗人动用时间神力,将最巅峰时期的自己封固在九鼎宫中，以待决战之期。

这本是天下间最大的秘密之一，江离也是在入主九鼎宫之后才知道此事。

异志

都雄魁与妹喜离开以后，山鬼见江离闷闷不乐，说道：“宗主，镇都四门今日一统，正是可喜可贺，为何宗主却好像并不开心？”

江离叹道：“大夏的前景，眼见是越来越黯淡了，你叫我怎么开心？”

山鬼道：“我大夏有三宗压阵，而宗主你更已经统一了镇都四门，挟九鼎之神威，自当无往不利，何必太过忧心？”

江离摇头道：“三宗压阵？如果三宗真能同心协力，那或许世事还有可为。可是，你认为都雄魁大人和妹喜娘娘会和我同心吗？”

离开九鼎宫之后，都雄魁便邀妹喜到长生殿一行。这长生殿妹喜也不是没来过，但以前每次到此，不是陪大夏王来寻欢作乐，便是偷偷跑来问都雄魁拿一些奇技淫巧之术。这次妹喜却没心情，连呈上来的酒水也没喝一口。

都雄魁笑道：“娘娘何必如此？”

妹喜冷笑道：“我以为那小子会有什么好计策，原来却是这么个馊主意！划奇点之界给季丹洛明和有穷饶乌决战，我守是非之界，你守长生之界，他在混沌之界等着伊挚血剑宗！这也叫策略？”

都雄魁微笑道：“娘娘不必生气，其实小江离这样安排，也有他的道理。”

“哦？什么道理？”

都雄魁道：“我对昆仑的情形，或许知道得比娘娘多些。所谓的昆仑，不在东方大洋外，不在西方流沙旁，不在南海北海边，而在大地之中央，是界于人、神、鬼之间的一个所在。昆仑外围，有数千座大山围住，有数千条江河盘绕。过了这数千大山大河，有一块无上无下、无左无右、无来无往、无生无死、无虚无实的地方。这个地方，是太古神战后的废墟，被我四宗前辈辟为混沌之界、奇点之界、长生之界、是非之界，这昆仑四界，其实还只是位于昆仑的下层。”

妹喜道：“这些我也听说过，在四界之上，弱水盘桓着昆仑主峰，我们心宗前辈数百年来无不以渡过弱水、探询昆仑主峰奥秘为最终归宿。可惜强渡弱水的前辈高人，却从来没见一位回来过。”

都雄魁听她说到这里，知她已对本宗理念有怀疑之意，微微笑道：“其实渡过弱水，攀上昆仑，会过王母死神又回来的，也不是一个也没有。”

妹喜惊道：“有人回来过？”

都雄魁道：“那人却不是心宗的高手，是个男的，叫大羿，你应该听说过。”

“箭神大羿？传说中他是去过，可那只是传说。”

都雄魁道：“不错，那只是传说，很多细节经不起推敲。不过他曾去过，这事却应该是真的，只是当时到底发生了什么事情却难以知晓了。”

见妹喜沉吟不语，都雄魁道：“其实大羿之事，与我们关系不大。不过昆仑四界的结构，却不知道娘娘是否清楚？”

妹喜道：“听说是三界为基、混沌独上的局面。”

都雄魁微笑道：“不错。这是五百年前奠定的格局。我看小江离的意思，分明是要把九鼎移到混沌界中去，布开《山海图》子虚幻境作为最后的战场。但要进入混沌之界，则必须从长生、奇点、是非三界通过。奇点之界到时会被藐姑射锁死，因此，东方的玄术高手要进入混沌界，必然由你我所主领域而入。”

妹喜道：“那我们岂不是要给江离那小子打前锋？”

都雄魁笑道：“没错，他应该是这个意思。”

妹喜皱眉道：“如此一来，我们力量反而分散，何不聚集于混沌界，以逸待劳？”

都雄魁笑道：“聚集混沌界？哈哈，就是小江离要我去，我也绝不答应！”

妺喜问道：“为什么？”

都雄魁道：“在混沌界布下子虚幻境之后，他在里面便如鱼得水，可以任意施为，我们身处其中反而格格不入。而且看他那样子，我敢说他是抱着不成功便成仁的决心来着。”

妺喜眼中光芒一闪：“你是说……”

都雄魁道：“如果他的力量足以压制住夺鼎者便罢，如果不能，他多半便会施展终极毁灭之法，把整个混沌界还原成一团太古清气。到时我们若身处其中，估计也难逃此厄。”

“那他自己……”

都雄魁冷笑道：“自然也完了。以伊挚、子莫首等人为假想敌，没这份决心是不行的。”

妺喜道：“都雄魁大人，按你的意思，我们是要帮小江离好好守住长生、是非两界了？”

都雄魁道：“不，我另有主意。”

“哦？”

都雄魁道：“商人不应战便罢，若是应战，一定以伊挚为首。成汤没了伊挚在旁，如断一臂，那就是我们反攻的大好机会！”

“你是说，在地面上我们也同时发动战争？”

都雄魁道：“不错！商人高手尽上昆仑，若由我亲自作前锋，还有谁能挡住我！”

妺喜想了一下，说道：“此计甚妙。最好让江离那小子在昆仑和伊挚等人同归于尽，那时候地面上的形势，就任我等所为了。都雄魁大人，可需要我上前线帮忙吗？”

都雄魁笑道：“哪里敢劳动娘娘尊架？你只要好好在宫里陪着大王，等我捷讯就好。我会在阵前以十万将士作祭，发动小流毒，让血蛊毒浪就这么卷过去，一直推到亳城去！”

妹喜笑道："那可壮观得紧哩。"突然想起一事来，说道，"都雄魁大人，你知道虎魄吗？"

"虎魄？那是什么？"虎魄是有莘羖临终前自创的神通，都雄魁见闻虽广，却也不知。

妹喜反复思量，其实她若躲在深宫之中，除非夏都城破，否则桑谷隽也难奈她何。上次桑谷隽能够欺近她身旁，说到底还是她自己放他进来的。但虎魄终究是她的一块心病，若给桑谷隽想出如何破解天蚕丝袍防御的法子，只怕下次狭路相逢，自己非死在虎魄之下不可！思来想去，当世有可能破解虎魄奥秘的，或许只有都雄魁了，当下放下面子，把桑谷隽的事情说了，向他请教破解之法。

都雄魁早知燕其羽是妹喜下的手，但他对燕其羽并不重视，因此也没放在心上，这时听妹喜说起经过，不由得心中暗赞有莘羖天纵奇才，竟然能创出这样一件凶器来。

妹喜说完，都雄魁道："这桑谷隽有虎魄在手，娘娘要亲自对付他却难。再说现在巴国还是墙头草，我们若逼得他们全面倒向商人那边，正式出兵，却也不好。不过那桑谷隽对娘娘如此怀恨，我估计这次无论巴国是否出兵，他都要趁乱来报仇的。"

妹喜道："到时九鼎去了昆仑，都雄魁大人又上了前线，只怕夏都防御会呈现出前所未有的空虚。他若来犯，只怕也不易解决。若夏都出了什么乱子，我的性命事小，扰了前方的军心事大。"

都雄魁微笑道："娘娘不必担心，我虽然一时想不出对付虎魄的法子，但对付桑谷隽的法子却已经有了。"

妹喜大喜道："是吗？快说说看！"

都雄魁道："我们自己抽不出人手来对付他，那就另外给桑谷隽这小子树立一个强敌，让他们去斗个你死我活去。"

"如何给他树立强敌？"

都雄魁道："我当初要对付有莘不破，若是亲自出手，一来有以大压小之嫌，二来又有独苏儿等在旁掣肘，一时难行。于是想了个办法，扶植江离来对付这小子，果然大有成效。对付桑谷隽，办法也是一样。”

妹喜眼光一闪，道：“你是说，我师妹？”

都雄魁大笑道：“娘娘高明！”

妹喜沉吟道：“只是我师妹对那有莘不破沉溺得很深，而那桑谷隽又和有莘不破交情匪浅，这事只怕不易。”

都雄魁笑道：“这事再难，能难过让江离全心全意来帮我们对付不破？嘿！你师妹的修为已经颇为深湛，不过她有两大弱点：第一，她的心劫未过，在这段期间，就是做出什么倒行逆施的糊涂事也不奇怪；第二，我看出她对师门感情深厚，做不到娘娘你这么洒脱。”说着便帮妹喜剖析筹谋，听得妹喜笑逐颜开道：“都雄魁大人，你果然不愧是我大夏国师，有你在，我王江山一定坚如磐石。”

在亳都，夏人的战书已到。

虽然成汤会答允也在夏人的意料之中，但连都雄魁也没料到，伊挚竟不打算亲上昆仑。

“我对夏人的动态并不放心。不破，这次由你领衔上昆仑夺鼎！夏人必然倚仗九鼎布阵，但我也有应对之法。白虎是我国母族，与你又有夙缘，再把公刘进贡的黑土带上，我将全身功力藏你元府之中，加上你祖父的祝祷，令你有可能在昆仑发动空前绝后的召唤。以祖神玄鸟为正，以麒麟、白虎为副，以毕方、游光[①]等为从，定要让九鼎化作凤凰之纹。你是天命所归，就算《山海图》子虚幻境又能如何！放心前去，此行必胜！”

有莘不破坐在门槛外，也不理会周围服侍的人，捧着头若有所思。昆仑的胜败他并不关心，他关心的，是他的朋友——那个据说已经站在他对立面的朋友。

“不！我不信。”有莘不破摇了摇头。

正烦恼间，门后传来一声婴啼，稳婆大声报喜：“生了，生了！大

① 游光：《山海经》中的一种八头怪兽。

喜！是个男孩！”

“哦，是个男孩。”有莘不破晃了晃脑袋，过了好一会，似乎才明白过来这句话的含义，刹那间把什么事情都抛在脑后，像傻子一样大笑两声，不理侍从的阻拦，撞破门闯了进去。

大坟墓

又打仗了。

商人终于向昆吾进军了。本来，作为方霸之首，商国国君有替大夏征伐有罪诸侯的特权。但这次和上次征服葛国不同，昆吾是和商并列的方霸之一，而且商人也没有打出替共主征伐罪国的旗号。对大夏来说，这意味着成汤终于公开反叛了。

昆吾是夏商之间的缓冲，对大夏来说也是一个屏障。如果昆吾被商人打败，那整个甸服就直接暴露在东方人的斧钺下了。

在夏都，连下层的将官也感到了来自前线的压力。王师不断地抽往东南，但战报却并不乐观。一些不必要的守备和军力被相继裁撤，王都广场只剩下一个十人队看守巡逻。时逢乱世，也没多少人在广场上走来走去，何况广场上还挂着上百具尸体——那些都是东方的叛逆者，共主下命曝尸以警国人：叛逆大夏王者，就是这个下场。

看守广场的卫兵很不爽，因为这份差使没什么油水，而且这日子过得也实在太闷了。每天敢经过这广场的人几乎不到十个——看到挂在那里的尸体，能绕路的都绕路了。

不过也有例外：有一个老头子和一个青年汉子每天总会推着一车的花草从北城门的方向走来，到傍晚再推车经过广场向北城门的方向走去——那大概是入城卖花的花农吧。卫兵们也没怎么去注意他，见他规规矩矩地朝来暮返，渐渐也就习以为常了。

有时候，那两个人也会在广场边上歇歇腿，一停下来，那青年汉子就会给那老头子捶腿，看那样子，大概是一对父子。不过他们也不敢靠近那些挂起来的尸体，而是躲得远远的，在角落里歇上一会儿就赶紧离开。

直到有一天傍晚，那个十夫长被一阵酒香吸引，原来那个老头正拿着一个葫芦在喝酒呢。

“妈的！这么远还闻得到，这酒真他妈的香。”他嘟哝了一会儿，对那老头叫道，“老头，过来！卖花的！没错，就是你。”

那老头不敢过来，那青年汉子小心翼翼地跑过来问道：“官爷叫唤我爹，有什么事吗？”

那十夫长道：“你老子喝的是什么酒？这么香？”

那青年汉子道：“这酒不是买的，是我今天卖花的时候，一位官爷赐的。我们也不知道是什么酒。只是贼香，葫芦盖一拔开，隔三条街都能闻到。那官爷说那是贡酒来着。”

那十夫长听得馋了，说道：“你去跟你老子说，老子想买他的酒尝尝，去问问要多少钱。”

那青年汉子忙道：“钱？这哪里敢！本来我们这样的小民喝这贡酒就喝得有点心惊胆战的，怕没这份福气承受。若官爷您不嫌脏，我就去把酒拿来，这钱是不敢收了。”说着便过去把酒拿来。

那十夫长喝了两口，果然好香！把手下的卫兵都吸引过来了。他也不好独占，便分给了其他人几口。众人一边喝，一边夸奖那对父子。

几句话说下来，双方便算有点交情了。第二日那对父子也不往角落里停了，就在卫兵那里歇脚，同时还带来了两壶酒和一些下酒菜来。这酒虽然没昨天那壶香，但有酒有菜，吃得更是高兴。从此以后，那对父子每天经过，都会给那群卫兵带点酒肉，逐渐熟络起来。

这天那十夫长道：“总是吃你们的酒肉，可实在不好意思。”

那青年汉子道：“这点东西，打什么紧！托各位官爷的福，这些天我们这花卖得好，自然有些闲钱。”

那十夫长道：“说起来，你们这花确实也太好卖。每天见你们一车的花送过去，回来就只剩下一两丛了。莫非最近那些官爷大人们特别喜欢这玩意儿？”

那青年汉子道：“也是也不是。不是我夸口，最主要的，还是我父子两人种花有秘法，花好，光顾的人自然就多。”

“秘法？”那十夫长有了兴趣，“什么秘法？”

那老头子瞪了他儿子一眼，那青年汉子知道自己失了口，赶紧低下了头。

那十夫长愠道：“老叔你这就太不够意思了！我们是当兵的，又不是卖花的，也就是随口问问。难道还怕我们得了你们的秘法，转行去抢你们的饭碗不成！”

他身边的卫兵也跟着起哄。那青年汉子逼不过，才道：“说大人来抢饭碗，这说哪里去了？大人哪里会看得上这贱活儿？实在是……我们这里面有难言之隐。”

那十夫长道：“什么难言之隐？”

那青年汉子为难道：“大人真要我们说，我们也不敢不说。不过得先求大人一件事情。”

那十夫长道：“什么事情？”

那青年汉子道：“这件事情，说来只怕有些不合情理，所以得请大人包涵包涵，若觉我们父子二人做得不对，我们父子二人再不敢做了。”

那十夫长听他说得神秘，更来了兴趣：“放心吧，我也算吃了你们半个多月的酒食，就有什么事情，我也帮你们担待着些。”

那青年汉子道：“其实我们这花生得好，主要秘诀就在花肥上。”

那十夫长道：“花肥？你们用什么花肥？”

那青年道：“人。”

那十夫长吓了一跳，拍大腿道：“好大的胆子，你们敢杀人养花！”

那对父子吓得趴在地上，求情道：“不敢不敢，我们父子就是吃了豹子的胆也不敢干这伤天害理的事情啊。只是这阵子都城外死的人多了，有饿死的，有病死的，我们父子一时好心，就把那无主的尸体埋了，后来意外地发现，那些坟墓上开出来的花竟然格外鲜艳。一开始我们只是采摘了进城来卖，后来见卖得好，便干脆在坟墓上种花。再到后来干脆去寻些无主的野尸埋了，再在坟上种花。”

那十夫长道：“原来如此，那也没什么。说起来这也算一件好事。”

那青年汉子道：“大人不会抓我们吧？”

那十夫长笑道：“现在什么时世！就是我们把你们抓了，大理卿那里也没空来理会你们的事情！”

那青年汉子舒了一口气道：“这我就放心了。不过啊，我们这生意也做不了多长了。”

那十夫长道：“为什么？”

那青年汉子道：“尸体不够用啊。”

那十夫长道：“不够用？我可是听说外面饿殍遍地的，这么快都给你们用完了？”

那青年汉子道：“不是不是。这尸体虽然多，可合适的却没几具。”

那十夫长道：“这尸体还有合适不合适的？”

那青年汉子道：“这到底是什么理儿，我们父子俩也参不透，不过按照我们这些日子来的试验，确实只有一些尸体能让花开得鲜艳。”他扫了眼挂在广场上的上百具尸体道，“大人你这里，倒有好多尸体是适合的。”

那十夫长喝道：“大胆！这里挂的尸体个个都是叛贼！就是少一具上头也要怪罪！你倒敢来打这主意。”

那对父子吓得又跪了下来。一个卫兵见了道：“大人你也别这样生气。照我说，这里这么多尸体，就是送他们一两具，谅别人也看不出来。现在这光景，上面的人应付东边的战事都来不及呢，谁来管这些小事！”

那十夫长沉吟道：“他们可是要出城门的，就算我们真送给他们，他们能走出城门？”

那青年汉子见他意思有些松动，忙道：“这些天我们和城门的官爷们关系打得很好，出入都有孝敬。他们从来不来仔细检查的，如果把尸体藏在这花泥之中，想来可以顺利出城。”

那十夫长还在沉吟，那老头招儿子近前说了几句话，一个卫兵叫道：“你们嘀咕什么啊！”

那青年汉子忙道：“我爹爹说，若是没有合适的花肥，我们这生意也做不下去了。所以，如果大人肯通融的话，以后这花卖出去的银钱，我们愿意和大人对半分。”

那十夫长冷笑道：“几株花能有多少利钱。”

那青年汉子说了一个数字，那十夫长大惊道：“这么好赚？呵！怪不得你父子俩这么大胆！”

旁边的卫兵听到，心想若这生意做成了也少不了分自己一份，便都怂恿他们的长官答应。在这广场守备本来没可能有什么油水，可谁知道有人竟然会想来买尸体去做花肥，这不是从天上掉下钱来了吗？

那十夫长起初说什么也不答应，直到那青年汉子把分成变成七三，这才答应。

从此这对父子每天出城，都会从广场带走一具“合适的尸体”。一开始那十夫长只答应给三两具，但后来收钱收得顺了，就给了第四具、第五具……直到给了数十具，广场尸体的数目已经很明显和原来大不相同了，但时局混乱，也没人来注意这事，注意到了也没人来理。

直到有一天，广场的卫兵忽然发现那对花农父子没再来了，而且从那天开始夏都就再也没人见过他们。

不过，王都城外的某个荒僻的角落，却多了一个大土堆。土堆旁边种满了梅树，每逢冬天便遍树长满了梅花，花香阵阵，随着西北风向东南飘去。

客人桑谷隽

桑谷隽来到了亳都，这个地方比他想象中还要繁荣。不过，此刻他没有心情来领略这一切。作为一个父亲，桑鏖望也想报仇。但作为一个王，他最终放弃了发兵的打算，因为他必须对巴国的百姓负责。而对于父亲的决定，桑谷隽也没有什么过激的反应。

“算了，反正要报仇也不一定要发兵。”

不过，在报仇之前，桑谷隽还要做一件事情，于是他来到亳都。很容易的，他打听到了王宫的所在。成汤是一个创业的君主，王宫并不显得奢侈。不过这个时候的亳都已经处于神州文化的顶峰，商都的国民无论在衣着上还是在精神样貌上都展现出和远邦僻野截然不同的气象。风尘仆仆的桑谷隽，像一个乡巴佬一样站在王宫前，抬头用阳城口音跟阶梯上的卫兵说话：“我想见有莘不破。”

轮值的卫兵面面相觑，不知道他在说什么。

“就是你们的王孙。”桑谷隽重复了一下。

“你要见我们王孙？”一个将领装束的人走了过来，上下打量着桑谷隽，他阶级不算低，颇有眼光，看得出桑谷隽并不是普通人。“阁下不是商国人吧？要见我国王孙有什么事情吗？”

那个将领很有礼貌，但不知道为什么，桑谷隽还是感到很不舒服。不过这些他并没有表现出来，只是平静地说道：“我叫桑谷隽，是他的……他以前的朋友。”

那将领道：“哦，是这样。那好，我给您通报一下，请您稍等。”

那将领进去通报的时候，有一个卫兵领了他在一个小房间里稍待，并奉上一杯水。卫兵出去之后，房间里空荡荡的。桑谷隽感到一阵惘然，不知道自己这样做是不是错了。如果由巴国行文告知，商国大概会用很高的规格来接待他吧。但他却不想变成这个样子。这次东来，他希望只是以一个朋友的身份，请有莘不破帮一个忙。然而他现在却有点怀疑起这个决定来。

过了好久，一阵匆忙的脚步声响起，装束齐整的有莘不破跑了进来，见到他一把抱住，大声叫道："桑谷隽！真的是你！"右拳捶他的右肩捶得砰砰响。有莘不破的样子没有很大的变化，不过他的脚步声却明显比上次见面稳重得太多了。

"还好。"桑谷隽笑了笑，但却笑得不久。

有莘不破扯住了他往外走，说道："来，我带你去见我爷爷。"

"不破。"

"嗯？怎么了？"

"没，没什么。"桑谷隽一时想不到比较适合的开口方式。他很担心燕其羽，不过离开孟涂之前，燕其羽的情况还算稳定，似乎还不到危急的关头。都雄魁曾经说过，燕其羽会怀孕三五年，在生产之前不会有危险。血祖是当代宗师，代表生命奥秘掌握者的巅峰，他的断语不是孟涂的良医所能动摇的。就连桑谷隽自己也深信不疑。"先去拜见不破的祖父吧，毕竟这是应有之义。"

于是桑谷隽在有莘不破的引见下拜见了成汤和伊挚，两人对他都很看重。虽然正值夏商对决的关键时刻，但两个老人言语间并没有涉及国事的内容，有莘不破的爷爷只是问了桑谷隽家里的一些情况，伊挚则跟他谈论了一些召唤秘法。

晚间主人设宴，到场的都是东方的青年才俊。几个大嘴巴的人夸耀了一番桑谷隽的威名，几个自视甚高的人旁敲侧击地考较了一下桑谷隽的学问，又有几个人在关键时刻出来打圆场，整个宴会笑声起伏，热闹非凡。有莘不破一直笑得很明显，桑谷隽也一直保持笑容。这一晚直喝到夜深人静才散。

偏殿上只剩下有莘不破、桑谷隽和几个服侍的宫女了，有莘不破举酒大笑道："我今天很高兴，真的很高兴。几个月了，从没像今天这样高兴过。"

桑谷隽回应地笑了笑。他知道从一见到自己，有莘不破就很努力地表现得很快乐，他也很努力。但当宴会一散，眼前再没有不相干的人，耳边再没有不相干的话，偏殿竟出现一阵短暂的沉默。这种沉默很恼人，两个人都很努力想着要说什么话来打破这沉默，可越想越不知道该说些什么。

桑谷隽抬头望向天井外的明月，突然想起了羿令符。“如果羿令符在这里……”他本来以为来亳都之后会有机会找到一些和羿令符有关的消息的，因为据传夏都那边并没有拿住这个鹰眼男人——无论是活人还是尸体。可是来到亳都之后，桑谷隽才发现商人对箭神传人的行踪和他一样没有头绪。刚才那么多年轻人聚集在一起，说了那么多的轶事，偏偏没有一句涉及那个在年轻一辈中最传奇的男人。

“他们不提羿令符，大概是在不破跟前有什么顾忌吧。”想到顾忌这个词，桑谷隽胸中大为郁闷，因为他发现自己何尝不是如此？“什么时候，我和不破在彼此面前说话还要想一想的？”他向有莘不破望去，见他正不断地举杯喝酒。这个时候，酒成了一种道具，用来掩饰尴尬的道具。

“为什么会这样呢？”桑谷隽知道，有莘不破的本心并不想要和他生分。刚才两人一见面，有莘不破冲上来拥抱他的动作依然和以前一样，可就是太一样了，反而让人感到那是有莘不破进来之前在脑海里演习过的。之后他带桑谷隽去见成汤和伊挚，再大设宴席，请来一大群年轻人，把行程安排得很紧，把场面搞得很热闹，而他自己也一直表现出一副很高兴的样子，然而这一切都掩盖不了一个事实：他们俩已经生分了。

桑谷隽突然想起了在巫女峰下他们第一次见面的情景，那个时候他们都是那么年轻，那么冲动。他们是敌对的，可又惺惺相惜。打架打得酣畅淋漓，对骂也是不遗余力，现在离那时还不到两年，可感觉当时的事情是那么遥远。

桑谷隽又想起了他们离开蜀国，乘竹筏逆江西行的那段旅途。那段路途里他和有莘不破天天打架，一天一小打，三天一大打，有芈压在旁边搅和，有羿令符在旁边观战。江离和雒灵似乎完全没兴趣理他们，可感觉上他们俩也和其他人完全融为一体，不管是打架的、帮手的、劝架的还是待在旁边不理会的，个个都是一幅图画里切不开的一部分。那段时光里，他们就像还没有成熟的葡萄一样，有点青涩，却没有半分忧虑。

可是，那段时光已经过去了，永远地过去了。

芈压不在身边，羿令符失踪了，江离的动向变得扑朔迷离，而雒灵……想到了雒灵，桑谷隽记起了来亳都的正事，于是打破了沉默，迟疑道："不破，雒灵……怎么没见到她，是不是不方便？"

"哦，她！哎呀，你看看我，都糊涂成什么了！我这就去叫她出来。"有莘不破丢了酒瓶，手足无措地站了起来，就要去叫雒灵。

桑谷隽道："这种事，你也不用自己去吧。"

有莘不破停住了步伐，随即转头笑道："你看我，糊涂！"叫来一个侍女，"请娘娘出来相见。"

那侍女领命进去之后，桑谷隽道："听说你生了个儿子，恭喜了。雒灵的身子怎么样了？"

有莘不破道："没什么，顺利得很，刚坐完月子。每天我在外殿忙完，晚上就陪她到花园散步。她很疼孩子，只是没什么奶水，有些沉郁——不过大体上还是过得挺开心。我想她大概是后悔当初进了心宗，要是她是血门中人，那奶水还不是要多少有多少？哈哈……"

桑谷隽知道有莘不破在说笑，也陪着笑了两声。他怕又恢复到原来那种沉默，忙又添了一个话题："她的闭口界过了没有？常常说话吗？"

有莘不破摇头道："没有，她还是一句话也不说。真不知道那该死的闭口界什么时候才过……"

突然，殿内传来侍女慌张的惊呼："不好了！娘娘不见了！"

有莘不破微微一惊，随即勉强笑道："下人大惊小怪，雒灵大概是到花园散步去了。我去看看。"

有莘不破离去以后，虽然有几个侍女在旁殷勤地服侍待命，但桑谷隽还是觉得偏殿中好像没人。

过了好久，有莘不破才跑了回来，这时他脸上连最后一丝从容都已经不见了。

桑谷隽问道："怎么了？还没找到？"

"嗯。"有莘不破道，"她留了字，说要去办点事情，办完就回来。这……她怎么……”

“办点事情……”对于这个变动，桑谷隽很奇怪自己竟然不感到吃惊。在来到这里之前，他曾经设想过种种结果，可无论雒灵答应救助燕其羽或拒绝，还是说对事情无能为力，桑谷隽都觉得不像是雒灵的风格。可是现在，雒灵却不见了。

“永远都出人意料，这才是她的风格吧。”桑谷隽心里叹息了一声。本来他应该很着急的，但很奇怪，他竟然没说出此行的目的，反而安慰起急得顿脚的有莘不破道：“你也别太担心。这种事情也不是第一次了，每一次她都平安无事，对吧？”

“可是……这次，不知道为什么，我有点怕。不行，我这就去找师父。等找到了她，我们再喝酒。”

“不了。”桑谷隽道，“我……还有点事情。”

“这怎么行。你万里而来，我……”

“好了，我们一场兄弟，你不用跟我客气这些。”桑谷隽道，“其实这次我来……也没什么事情。嗯，临别前说句或许和公事有关的吧。昆仑的玄战，我爹爹应该是不会直接参与的，不过我会去。如果祖神庇佑的话，希望我的大仇就在那里了结！”

桑谷隽终于还是走了。在目送他离去的那一瞬间，有莘不破突然感到胃部紧抽，痛苦得几乎想要呕吐。羿令符行踪未明，连师父都说他或许尚在人间，但有莘不破内心深处却清楚，无论羿令符是活着还是死了，这个朋友他已经永远地失去了。而今天，当桑谷隽转身离去的那一霎，有莘不破再次泛起这种感觉。

有莘不破不知道为什么会这样，也完全无能为力。他可以一刀劈开一座大山，却无法让自己和好朋友的关系恢复到那一年，那一月，那一天，那一时，那一刻。

妹喜之约

“娘娘，孩子饱了。”

雒灵把儿子抱回来，小东西正朝她笑。哄了一会儿，孩子就睡着了。于是雒灵也在孩子身边躺下，闭目养神。

回到亳都之后，日子过得很平静，值得一说的事情几乎一件也没有。东西双方的战事本来很紧张，但因为夏人提出上昆仑玄战，地面上的战争反而停了下来。

今天她听说桑谷隽来了，然而也没有什么表示。有穷商队几个成年首领之间的关系一直很微妙，这种微妙一直维持到水族事件爆发之前。在水族事件之后，当真相逐步披露，当每个人逐步成熟，那种超然于利益、恩仇、门派、理念的微妙情感便开始被命运撕裂得四分五裂。

“那个男人，大概不会想要见我吧。”雒灵并不知道燕其羽的事情，对于桑谷隽的来访，不破自然显得很兴奋，她却认为和自己关系不大，于是便装作不知道，不多久，竟真的睡着了。

睡梦中的雒灵，破天荒做了一个梦。

梦是心灵的另一种展现，心宗的高手，修为到了雒灵这样的境界，是不会轻易做梦的。如果做梦只有两个可能：第一种可能是她的修为到达某种临界点，这可未必是好事，因为一不小心就会走火入魔；第二种可能则是有外人作祟。

尽管是在梦中，雒灵仍能保持冷静。沉吟片刻之后，她就知道是有高手托梦给她。能穿越亳都王宫禁制引发她梦境的，如今只有一个人了。

“师姐，是你吗？”

“妹妹，你可真厉害啊，这么快就猜到了。”声音很缥缈，雒灵知道这是受到王宫禁制影响的缘故。她知道妹喜无事不登三宝殿，多半有要紧事说，便默运玄功，把妹喜的梦中幻象接引过来。

“妹妹，听说你刚刚生下一个孩子，辛苦了。”天蚕丝袍下，妹喜依然那么年轻迷人。

“嗯。”听妹喜提起儿子，雒灵脸上泛起一阵微笑。

“妹妹，我想看看小侄儿，成吗？”

雒灵道：“还是不要吧，他还太小，现在就让他入梦会伤害他的。”

妹喜笑道：“好妹妹，你可真疼他啊！”

雒灵微微一笑，手指虚划，勾勒出儿子的幻象来：“姐姐你瞧。”

妹喜赞道：“啊，真可爱。早知道，我也生一个。”

雒灵道：“姐姐你为什么不替姐夫生下一个呢？做女人，终究得生过孩子才会觉得没有遗憾。”

妹喜讶然道：“妹妹你说什么？”

雒灵重复道：“我说做女人，终究得生过孩子才觉得没有遗憾。”

妹喜失笑道：“妹妹，你这句话可真让我不敢认你。要不是我发现自己没法完全掌控这个梦境，从而知道你已经得到这个梦境的主控权，我真要怀疑你是不是我那个雒灵师妹了。”

“哦？我变了好多吗？”雒灵问了之后，又自己回答道，“嗯，大概是吧。”

她回想起出谷之后的一切，幽幽道：“在谷中，我只知道修行，却不知道为什么要修行，整个人生来得没有缘故，也完全看不到归宿。直到我遇到他……”

“遇到妹夫？”

“嗯。我遇到他的时候感觉很奇怪。一开始只是好奇，觉得这个男人的心声和别人的心声不大一样。后来我看见江离和他闹矛盾，甚至想对他不利，那一瞬间我竟然心向着他——甚至想冒险帮他。这让我感到很害怕。我不知道为什么会有这种想法。师姐，你当初遇到姐夫也是这样子吗？”

“不是。不过内心的经历也有雷同之处。”

雒灵道：“我看不透他，更看不透自己对他的心。因此有一段时间里我想，干脆就把他作为我炼心的工具吧。于是我便任由自己沉溺下去，直到有一天我再回头，却发现这个男人已经变得那么重要，重要得让我颠倒了当初的目的，宁可陷身走火入魔的危机之中也要探究他对我的心意。师姐，你说这是不是我的心魔？”

妹喜叹道：“我不知道。如果这是心魔，那我也有。而且说不定比你还严重。这个问题，你有没有问过师父？”

雒灵摇头道：“没有。师父或许会有答案吧，但不知道为什么，我一直开不了口。”

妹喜道：“那今天为什么又开得了口了？”

雒灵手抵右腮，眼神凝聚处显现出她孩子的幻象。

妹喜道：“因为这个孩子？”

“大概是吧。”雒灵道，“这小东西出生之前，我一直不怎么把他放在心上，就是他能否生下来我也不关心。可他一出世，一听到那声啼哭，我的心就全都改变了。在他出生之前，为了试探他父亲我会毫不犹豫地拿掉他。可是现在……我也不知道他和他父亲谁对我更重要一些了。”

妹喜道：“那师门的理念呢？宗门的归宿，你已经完全抛弃了吗？”

“我不知道。”雒灵惘然道，“姐姐，我是不是已经陷入魔障之中了？可我自己却没什么不快的感觉。这段时间我感到很平静，只是挂心着这小东西的一举一动……”

妹喜凝神看着雒灵，过了好久才叹道：“妹妹，你现在的样子很幸福。不过也实在不像本门的高手了。”

雒灵道：“本门的高手，应该是怎么样的？”

“这……唉，我也说不清楚。”

雒灵道：“也许并没有什么条条框框规定本门传人应该如何吧。最近我想，也许我们的先辈们都把事情搞错了，也许我们的心并没有那么玄妙，也不需要那么玄妙。只是把该体验的都体验到了，又能维持住一种……一种我也不知该如何形容的状态，便足够了。”

妹喜道：“那灵魂的独立、弱水的横渡，也能靠你这种想法来完成吗？”

雒灵道：“现实若是完满，何必追求弱水彼岸的未知？能够感到这一刻的满足，何必以灵魂的独立来追求无碍的永生？更何况，以这种平和的心境，或许更能体验到与造化同一、无待于外物的妙境呢。”

妹喜沉默良久，说道：“妹妹，或许该由你来掌管本门才对。你比姐姐强多了。”

雒灵道：“这只是我的胡思乱想，说不定早已误入歧途，姐姐不要放在心上。”

妹喜叹道：“不，我是说真的。我确实没有足够的力量来应对现在的形势。眼见玄门大战一触即发，我心宗能否度过这一劫都难说。”

雒灵道：“这是他们男人的事情，我们不要理会便是。只要我们不上昆仑，玄门会战，与我心宗何关？”

妹喜道：“置身事外，谈何容易！”

雒灵道：“是姐夫逼姐姐帮忙吗？”

“不是。”妹喜道，“不是他逼我，而是我想帮他分忧。”

雒灵沉吟道：“姐夫和不破势不两立，姐姐，这件事我可没法帮你的忙。我只能答应你，只要你不亲自动手伤害不破，我绝不出手干涉这事。姐姐，你最好也别陷入得太深。”

妹喜道：“妹妹，我怎么会要你站在妹夫的对立面来帮我？妹夫和你姐夫的事情，自由他们自己去解决。本门现今最大的危机，并不是他们的对立，而是另有强敌。”

雒灵道：“另有强敌？除了鼎革大变，还有什么能动摇本门的根基？”

妹喜一字字道：“桑——谷——隽！”

“他？”雒灵摇头道，“桑谷隽近来功力大进，可凭他一个二十来岁的小伙子，就想动摇本门千百年的道统？不大可能。”

妹喜叹道：“妹妹，桑谷隽固然根基浅薄，可他背后却是那个害师父伤了一辈子心的有莘羖！而有莘羖和师父之间的孽缘，则牵涉到本门千年相传的那个大诅咒！这才是我最担心的地方。”

雒灵听到诅咒两字默然不语，妺喜又道：“我已经和桑谷隽交过一次手了，情况很不理想。我伤了他一个朋友，可小水之鉴也被他设计毁掉了。现在如果再面对他，我可是一点办法也没有。”

雒灵道：“可惜当初师父传我们小水之鉴的时候，让我们在小水之鉴上分别烙上了心印，否则我倒可把另外一面小水之鉴转交给师姐。”

当初独苏儿让两个徒儿分别在小水之鉴上烙上心印，令两面小水之鉴各有归属，旁人无法使用，那是为了避免两个传人为争夺宝物而同室操戈，但如今在雒灵愿意移交宝物的情况下，这反而成了障碍。

妺喜叹道：“妹妹，姐姐这些年在夏都锦衣美食，功力进境不大。当时在郘城见你轻易施展离魂术，我就知道自己的功力已经远不如你。夏都一战我已经信心全失，现在你就算能把小水之鉴借给我，我也没把握能胜过桑谷隽。但无论如何，我也要上昆仑去。不是为了帮你姐夫打赢玄战，而是为了守住我师门众位师尊先辈的遗体。”

雒灵动容道：“师尊先辈的遗体？”

妺喜道：“本门高手在练成魂游物外之后，便会前往昆仑，灵魂脱窍而出，强渡弱水。遗骸则寄存在昆仑是非之界的方寸山中。不过，除非昆仑之门大开，否则能来往昆仑的只有洞天派的高手传人。所以师父才会拜托藐姑射带她前往昆仑。”

雒灵道：“这我知道。可师姐你刚才说守住师尊和历代前辈的遗体是什么意思？为什么要去守住？”

妺喜道：“桑谷隽对我恨之入骨，我若躲在大夏深宫之中他无可奈何。但现在他却有一个绝好的机会，那就是上昆仑，进入是非之界。一旦他上了方寸山，那我就非出现不可。有莘羖那男人深知本门秘事，他既然能帮桑谷隽造出一个虎魄，自然也能把这些秘密告诉他！”

雒灵道：“姐姐的意思是桑谷隽会以师尊的遗体为要挟？”

妺喜道：“不管他会不会这么做，我都一定要上昆仑守护方寸山。哪怕桑谷隽会毁掉师尊遗体的机会只有万分之一我也不能冒险。师尊她们在这个世界的时候孤傲高洁，她们弃世之后，我这个掌门再没出息，也绝不能让臭男人糟蹋她们的遗体！”

雒灵听了妹喜的话，来回踱步，徘徊良久，才说道："姐姐，方寸山我没去过，不过那里既然是本门根基所在，应该对我们很有利才对。"

妹喜道："想来如此，不过我也没去过。而且有莘羖那男人是知道昆仑的，他留给桑谷隽的虎魄之中是否另外藏有对付本门的秘密也未可知。所以我实在没什么把握。"

雒灵道："那师姐你的意思是……"

妹喜道："妹妹，你这次能否帮帮姐姐的忙？虽然这次是为了维护师门重地，但姐姐也不愿意搬出掌门的架子来压你。只是这次事关重大，你的本事又远胜姐姐，不得已，姐姐只能求你了。"

雒灵忙道："姐姐快别这样说。"

妹喜道："若这次来寻仇的人是妹夫，那姐姐我也不好开口了。可桑谷隽毕竟和妹妹没什么关系，他桑家也表明不会直接介入夏商争端，你帮姐姐对付他，无关大局。"

雒灵道："桑谷隽毕竟是不破的好朋友。我知道，不破心里很重视他的。这次他前来报仇，只怕非决生死不肯罢休。若我死在他手上那就万事休提，若桑谷隽死在我手上，只怕我和不破再难相处。"

妹喜一听也为难道："这可如何是好？我也知妹妹为难，可是……"着急了好久，突然道，"妹妹，我有个主意，或者能让你出手对付桑谷隽而妹夫也不会怪你。"

"哦？"雒灵问道，"姐姐有何妙策？"

妹喜道："我们姐妹俩宗派相近，师从一脉，灵体相似。若在自愿的情况下，彼此的身体对对方的灵魂都不会有什么抵触……"

雒灵道："姐姐的意思是说……交换身体吗？"

妹喜道："不错。本门之要义在于以心术制人，妹妹你换上姐姐的身体，对实力的影响不大。那样子就算你杀了桑谷隽，妹夫也只会把罪名怪到我头上。"

雒灵踌躇道："这样……真的妥当吗？"

妹喜道："这已经是姐姐这笨脑袋能想出来的最好的办法了。妹妹你可有其他更好的、能够两全其美的主意？还是说你压根儿不想管这件事情？”

“姐姐，你快别这么说，我……”答应两字，雒灵始终不肯轻易启齿，“姐姐，你让我静一静，再想想。”

这个梦境早已在雒灵的主控之下，此时她虽不说话，但随着思绪的起伏，梦境一会呈现出千重大山，一会幻化出万丈巨浪，时而春花飘香，时而夏日迫人，时而秋风扫叶，时而冬雪漫天——片刻间转化了几十次景象，妺喜也知道这个师妹心中的念头已经转了几十转了。

终于，明空一朗，雒灵顿足抬头，说道：“姐姐，这件事情，妹妹实在不能轻易答应。虽然桑谷隽的目的是报仇，但他的举动明显是对不破有利的。如果我去阻止他，虽然说是为了师门，可仍然是间接与商人作对。姐姐，师父说过，我们能在这次鼎革中置身事外最好。如若不能，则公归公，私归私，各助其心上人便是。我可以为了师门不帮不破的忙，但我无论如何不能拖他的后腿。”

妺喜脸上一片平静，心中却不免有些失望，正要说话，却听雒灵话锋一转，说道：“所以，姐姐要让我出手对付桑谷隽，除非姐姐也作出相应的牺牲，让我对不破和他的家国都有所交代。”

妺喜一怔，道：“交换的条件？”

雒灵道：“本来，妹妹我不该跟姐姐讲条件，但这不是为了我自己，而是因为不这样做，对我的丈夫和儿子来说就太不公平了。”

妺喜沉默了，眼前这个师妹，本来是不会与自己谈条件的，没想到出嫁生子之后，为了丈夫与儿子却彻底改变了。过了好一会，她才道：“你要什么条件？”

雒灵沉默了一会，似乎在想如何措辞。

妺喜提醒着道：“妹妹？”

雒灵道：“姐姐，伊挚大人和太一宗宗主祝宗人补天的事情，你知道吧？”

妺喜道：“知道一些。”

雒灵道：“那他们的约定姐姐可知道？”

妹喜奇道："约定？什么约定？"

雒灵道："那个约定，我们回来之后伊挚大人和不破讲过，他们不视我为外人，也不避我。原来这次补天既是两位前辈的一个心愿，也是他们的一次赌赛。"

妹喜心中一震，知道这两大宗师这次赌赛几乎都赔上了性命，那个赌约多半非同小可！表面上则仍保持平静，问道："请妹妹为姐姐叙说。"

雒灵道："当初赌赛的因由，据说与江离有关，这非我们关心的重点，不去理它。后来伊挚大人和祝宗人大人各下赌注，以能先一步补天成功者为胜。"

妹喜道："赌注是什么？"

雒灵道："伊挚大人要祝宗人大人下的赌注是，一旦天下形势倾向于东方，他需助伊挚大人夺取天下。祝宗人大人要伊挚大人下的赌注是，若商人得天下，则需继续奉太一宗为正道，贬斥群邪。"

妹喜动容道："伊挚只是商国之尹，他有资格下这赌注吗？"

雒灵道："且不说伊挚大人在商国的影响，其实不破的祖父本身亦甚崇敬太一宗，只是伊挚大人心中另有一全新的理念，影响所及，不破的祖父才对四宗均抱保留的态度。不过若伊挚大人也同意而太一宗愿意接受改朝的事实，那么要奉太一宗为正道也并非难事。"

妹喜沉吟道："后来结果如何了？我们虽知道两人一死一伤，却不知道胜负如何。"

雒灵叹道："没有胜负。或者说，两个人都输了。"

妹喜道："这从何说起？"

雒灵道："补天一事之难，出乎他们两位意料之外。一开始他们分头行事，后来事情做到关键处才发现不妥，两人联手也未能力挽狂澜。补天之事，终告失败。至于后果，伊挚大人当时却不肯详言，说是三四千年后的事情，此时多说无益。只是把一些重要的事情刻在玄武之甲上，留待后人。"

妹喜道："那么赌注怎么办？"

雒灵道:“两人既然都失败了，那两个赌注便都难以兑现了。”她仰头出神良久，说道，“姐姐，其实两个赌注是很有问题的。若祝宗人大人胜了，他要商人奉他太一宗为正宗，那他岂能在鼎革这一事情上无所贡献？若伊挚大人胜了，他要太一宗背叛家族帮助商人，则鼎定天下后商人岂能不给太一宗一个名分？所以我想，这两个约定或者表明祝宗人大人已知大夏之势已不可为，开始为宗门预谋出路。同时伊挚大人或者也考虑到他心中理念其实未必能完全超越太一宗的范畴，所以才有重新接受或部分接受太一宗的打算。这个赌注看似针锋相对，其实他们两人都想到一块去了。”

妹喜点头道:“可惜他们却都失败了。”

“是啊。”雒灵道，“知道这件事情后，我偶尔念及，心想或许上天并不希望天下正统继续沿着太一宗的路子走，也许……也许鼎革之后，道统格局也是一个全新的景象。”

妹喜听到这话愣住了，看雒灵时，只见这个小师妹并没有看着自己，她正在想什么呢？那复杂的眼神竟然使妹喜想到了独苏儿！那个为情所累，为情所苦却仍不忘师门、不忘道统的独苏儿！那个看似脆弱，肩膀却比任何男人更能担当的独苏儿！

“我小看她了……难道师妹才是师父真正的传人？”这个念头在妹喜脑中一闪而过，随即拒绝再想起它。

“师妹，”妹喜道，“天下是否鼎革现在还言之过早，我们还是回到刚才的话题上来吧。”

雒灵点头道:“是，姐姐。其实我提起这件事并非无因，因为我想模仿他们，和师姐你定一个约。”

妹喜道:“什么约？”

雒灵道:“上次大禹定天下、启王家天下之际，无数宗师高手陷身其间，修为绝高却被大变洪流吞没者不计其数。妹妹我修为难望那些前辈高人之项背，岂敢斗胆以为自己能身处鼎革漩涡之中必能自保？所以我这次本来是打定了主意要全身远害的。但师门之事，妹妹我不敢不管。不管则以，既然打算插手，那便是把性命也拿来赌上一把了。桑谷隽不来则以，若敢来犯，哪怕是杀了他我也绝不退让。所以，我自己的赌注就是，在桑谷隽对姐姐还有威胁的时候我会竭尽全力帮姐姐守住是非之界，一直守护到桑谷隽死……或者我死。”

妹喜心中暗喜，点头道：“那妹妹要姐姐下什么赌注？”

雒灵道：“妹妹斗胆，要心宗宗主之位。”

妹喜惊道：“你说什么？”

雒灵道：“此次事件，姐姐助姐夫是情理中事，但妹妹所为显然却妨碍了不破。所以妹妹才斗胆如此。不过妹妹也不是为了自己来夺姐姐的宗主之位，只是想请姐姐许诺，若天下仍然为大夏之天下，则姐姐仍做宗主；若天下归商，则妹妹为心宗正传。”

妹喜犹豫了好久，说道：“若在这次事件中，我们姐妹出了意外当如何？”

雒灵道：“宗主之位，夏胜则归姐姐之传人，商胜则归妹妹之传人。”

妹喜微微一笑道：“姐姐我还没找到传人，妹妹你已经有了不成？”

雒灵道：“姐姐，你听过洞天派‘传宗之发’的传统吗？”

妹喜道：“我听一个人说过。”

雒灵道：“将记忆与知识存储在一根头发中，这分明是我心宗的拿手本事，只是旁及血门之学而已。”

妹喜道：“藐姑射修为绝高，能做到这种程度的旁通诸门也不奇怪。”

雒灵道：“既然他们能用，为什么我们不能用？梦醒之后我会留下一发，以待不测。”

妹喜却没心思去收徒弟、传道统，心中道：“事若成，宗主仍然是我；大夏若败，我与大王同生死，这宗主之位对我何用？”当下点头道，“好，我答应你。”

雒灵道：“且学前辈，击掌为盟！”

梦中三声掌声过后，一声啼哭惊醒了雒灵，她抱起儿子，哄得他安宁下来。

“小东西！”雒灵轻轻骂了一句。然后她想起了刚才的梦境。

“毕竟还是躲不过去。”

雒灵在产子之后，一门心思全部放在了儿子身上，本来不想再理天下事，但妹喜的到来却将雒灵拉回了现实。跟着有莘不破回到亳都之后，雒灵曾去找过归藏子的僵尸，在他的眼睛中看到了许多关于命运之轮的秘密。

在天山上与江离的一席谈话，重新浮现心头。

“现在的情况，魂变前的江离并非没有完全预料，他也知道自己会被卷入命运之轮的安排中去不能自拔，可是他却还是跳了进去。”雒灵的思绪飘到了天山，“但命运之轮也有其极限，已经注定的事情无法改变，那么就为命运之轮结束后的未来留下一个伏笔。虽然这些不是我一人能做到的事情，必须要四宗其他传人的配合，但太一宗传人既然有这样的胆量，则我心宗传人也不会没有奉陪的勇气！”

她亲着孩子的脸，闭目良久，才摘下自己的一根头发来，捻成毫毛大小，植入儿子的头皮之中。

第三章
大禹治水、夏启“家天下”的秘密传说

战火

八大方霸之一的昆吾已经丢失了接近一半的领地。

东线的领土并入商国，南线的领土则归祝融之主所有。不过此时此刻，完全沦为战场的昆吾国却正处于难得的和平之中。这短暂的和平不是由于夏商双方达成了妥协，而是因为夏商双方都在准备着更大的战争——昆仑玄战。

夏商高手将上昆仑决战的消息传遍天下，但真正知道昆仑是怎么一回事的人却不多。而夏商双方将由什么人出战则更扑朔迷离。不过祝融的高级将领已经接到通知，他们的国主芈方将不会上昆仑，而是作为东方联军在东南战线上的压场人物。祝融的巫师术士，将由祝融的高手祝融火巫率领前往昆仑参战。

不过这一切，似乎和马蹄没有什么关系。

逃出夏都以后，马蹄带着哥哥回到了祝融城。他虽然不在这里出生，但在这里活得最久，这个地方也算是他的故乡。他曾受雇于一个祝融的商人，到了巴国之后杀其主而夺其财，之后害怕事情被人发现，一直不敢回去。但以他现在的本事，要摆平这点小事早已不在话下。回到祝融以后，刚好碰上祝融城因战事募兵，他马上去报了名。以他现在的本事和“从小生长在祝融”的经历，轻而易举地成为祝融新军的一名小卒。一年多的游历让他成长了许多，他没以前那么浮躁了，本事越来越大，人却越来越从容。虽然他认识商国储君，认识祝融少主，但在军中一点也没透露，也没摆出半点高手的架子来，恪尽职守做一个小卒。

过了不久，随着战事的扩大，祝融越来越深地卷进夏商大战。祝融与昆吾本来都是祝融氏之后，但数百年的繁衍，关系早已淡漠。成汤的意思很明显，一旦东方得势，祝融将取代昆吾成为祝融氏之嫡系、南方的新方霸。

在这个默契下，芈方便显得很卖力，祝融的军队毫不保留地融入到商国军队之中，马蹄身边的战友，也多了许多东方诸国的人。

有莘不破到达夏都之前，东南战线本已处于冷战热战交替的紧张状态。有莘不破一出夏都，东方马上发动攻势。这几个月来大战凡七，小战数十，马蹄积功累进，先升为十夫长，在夏商停战前又升为百夫长。这样一个小小的将领和有莘不破、羿令符等人的地位相比简直不值一提，甚至也难以匹配马蹄现在的真正实力，但马蹄并不着急。他知道有一天他一定会站在他们面前，并让他们大吃一惊：眼前这个马蹄，真的就是以前认识的那个马蹄吗？

想到这里，马蹄就笑了。

“真不知道要停战到什么时候啊。”马蹄的战友，一个叫彭陆的百夫长感叹说。

马蹄道：“你很希望打仗吗？我记得你很讨厌打仗的。”

彭陆是东方彭国[①]之人，据说还是一个名人的儿子，可是他讨厌战争，但每次冲锋又总是跑在最前面，这是马蹄喜欢这个同袍的原因之一。

彭陆道：“我不是希望打仗，而是希望快点打完。你也知道，我们

---

① 彭国：又名大彭国，领地在今天的徐州。在彭氏部落的首领彭祖的带领下建立，是夏朝东方比较强大，政治关系也较密切的属国。

这次停下来不是因为双方要和解，而是因为要先进行那什么昆仑玄战。嗯，马蹄，昆仑玄战是什么，你知道吗？”

马蹄遥望夏都的方向，出了一会神。其实他是能猜到一些端倪的。吃了靖歆之后，马蹄不但得到了那个方士的部分力量，也得到了他的部分智性记忆。不过靖歆对于昆仑的概念也很模糊，只知道那里可能有不死果，而且住着天神——但这些在靖歆那里都只是传说而已。反倒是从乌悬那里，马蹄知道了一些更可靠的信息，不过涉及的内容相对来说则狭窄得多。

“那个昆仑，好像其实不在这个世界上。”马蹄说。

彭陆道：“其实，昆仑曾经在这个世界上的。”

没想到彭陆居然好像知道昆仑的情况，马蹄讶异起来：“我也曾听一个读过书的人说，昆仑在大地中央，可是你说，大地的中央哪里有个叫昆仑的地方？现在你又说昆仑曾经在这个世界上……什么叫曾经在这个世界上？”

“昆仑曾经在这个世界上，是天帝在这个世界的中央所营造的一个人间神界，但后来因为什么原因整个空间被切割出去了。”彭陆说道，“所以现在如果还要进出昆仑，大概是需要由一些很厉害的人来打开一条从这里前往昆仑的通路，然后才能让这个世界的人过去吧。不过似乎不是所有人都能过去的。”

马蹄道：“是啊，据说能去的只有火巫大人那样的高手。据说这次商国也派了很多人去。说实在的，我真的不明白干吗要到昆仑去。打仗就打仗吗，跑那么远干吗！”

马蹄心想自己多半没机会上昆仑参加这次令人向往的玄战，说这句话只是发发牢骚，心中以为这是个讨论不下去的话题，谁知道彭陆竟然道：“我想去昆仑进行玄战，应该有一定的道理吧。”

马蹄奇道：“有什么道理？”

彭陆道：“我虽然从小住在家里，但这次出来打仗，却也曾亲眼看见有个高人硬生生把一座山给推倒了。”

马蹄点了点头。跟有穷商队有了接触之后，类似的事情他早已见怪不怪了。

彭陆道：“你想啊，那样的高人，这世上一定不止一个。要是几个或是几十个这样的人打起来，那可就不得了啦！马蹄，你大概也听过四大宗师、三大武者吧？”

马蹄道：“当然听过。”

彭陆道：“听说这些人都是震震脚就天崩地裂的人。还听说这些人有的帮助商国，有的帮助夏人——天啊，那一定会打起来的。我们俩打架，无论输赢，最多赔上一条性命。这些人要是打架，一个不小心，那不是把全世界都赔进去了？所以我想，那个建议上昆仑去打的人一定很有仁慈之心，他大概是不想这场玄战给这个世界带来太大的伤害吧。”

马蹄听得呆了，直直地看着彭陆，仿佛第一次见到他一样。

彭陆道：“怎么了？干吗这么看着我？”

马蹄道：“你怎么懂得这样一番道理？”

“可能和我父亲的教诲有点关系。”彭陆道，“也可能只是看死人看得多了，有时候不用打仗的时候，便看看天，看看日月，看看星星，想些事情。”

马蹄叹道：“我去过孟涂，去过夏都，说真的，达官贵人、高手宗匠见过不少，但能说出这番道理的人，却也没几个了。”

彭陆笑道：“是吗？我倒不这么看，也许很多人有这种想法的，只是他们没说出来而已。马蹄，你说玄战之后，这个世界会怎么样？”

“我不知道。我只是……”望着夜空，马蹄道，“我只是忽然很想到那个所谓的昆仑去看看。我自从听到这个名字之后，就总是觉得那里有个地方是属于我的。”

“是吗？”彭陆道，“不过那个地方应该不是我们想去就能去的吧。再说，我们这样的小人物，去到那里也未必能起到什么作用。”

“但我却一定要去的。”马蹄道，“我总觉得，只有在那里才能治好我的病。”

“病？”彭陆关切地问，“你生了什么病？”

“饿病。”马蹄道，“我的肚子，每天都因为吃不饱而受尽折磨。”

彭陆笑道：“原来是这个啊。你都是百夫长了，伙食应该够才对啊。我们两队的军粮是一起的，我记得亚旅[①]大人没克扣我们的军粮啊。”

马蹄叹道：“那点东西，你们吃是够了，却根本没法解决我的问题。”

彭陆笑道：“没想到你这么能吃，那你就努力点吧。等做到了千夫长，就不会有这个问题了。”

马蹄摇头道：“不够不够。”

彭陆讶然道：“还是不够？不会吧！你可知道千夫长的俸禄有多少？”

马蹄道：“我都说了，我的肚子饿是一种病，不是吃多少粮食就能填饱的。”

彭陆道：“那你看过大夫没有？要不仗打完之后，你跟我回家，我父亲是世界上最好的大夫。”

马蹄道：“大夫？没用的。我记得有一个人对我说，只有吃下天下间最难吃的东西，才能彻底根除这饿病。”

彭陆道：“天下最难吃的东西？那是什么啊？”

马蹄叹道：“不知道。她没说，大概她知道的也只有这么多。不过我想，那东西也许在昆仑。”

彭陆道：“但我们没法上昆仑啊。就算你有机会上去，在那里进行玄战的情况下，只怕也很难找到那最难吃的东西吧。”

马蹄道：“也许吧。不过我有预感，我总有一天能找到的。”

彭陆道：“希望如此。不过在那之前你怎么办？”

马蹄道：“先找东西顶着啊，比如说……”

彭陆道：“比如说什么？”

马蹄犹豫了一下，说道：“我跟你说，你可别吓着。”

彭陆笑道：“放心，我没那么胆小啦。”

---

① 亚旅：古代官职名。

“嗯。”马蹄道，“一般来说，越有灵性和力量的东西，越能治我的饿病。我曾吃过一小片好东西，足足有三天不觉得饿。”

彭陆喃喃道：“有灵性的东西啊……比如狗？”

马蹄道：“狗？狗哪里比得上人！”

“人？”彭陆大吃一惊，随即以为马蹄在说笑。

马蹄道：“是啊，人。在这几个月的战场中，我吃了不少人。一开始是饥不择食，偷偷地在战后挖尸体吃。后来发现那些腐烂的尸体根本解决不了我的问题，于是就找那些强壮的人，在他们临死之前把他们身体中最精华的部位吃了。慢慢地我知道了，我的胃渴望的不是他们的血肉，而是他们的生命。再后来我发现，一个人越勇敢，越聪明，胸襟越广阔，他们的生命越有味道。也就越能止我的饿！虽然是我在吃着他们，但到后来却是被吃的人在改变我！我慢慢地讨厌那些卑怯、愚蠢、目光短浅的家伙，这样的人现在就算我肚子饿得像火烧，我也绝不吃他！不但如此，我还把以前吃过的那些人卑怯、愚蠢的部分吐了出来，拉了出来，排了出来！总之，我感到我其实不是为了吃东西，而是为了……怎么说呢？或许可以说，我想追求一个完美的生命。”

彭陆道：“完美的生命？那是什么？”

“我也不知道。”马蹄道，“只是隐隐约约想去追求罢了。彭陆，你现在知道我吃人，还怕不怕我？”

彭陆是出生于教养良好家庭的良家子，以为马蹄刚才说的只是寓言，因此摇头道：“不怕。”

马蹄道：“将来如果你战死了，在临死之前，能不能让我吃？”

彭陆笑道：“我在军队中可是出了名的胆小和笨拙啊。你不是很讨厌卑怯、愚蠢的人吗？”

“不是的，那是别人不理解你而已。”马蹄道，“现在看见过你冲锋的人都应该知道，在和平时期处处忍让的彭陆有多么的勇敢，而且我觉得你虽然地位很低，却有一颗仁者的心。我不希望你的胸襟随着你的死亡而死亡。所以……请你让我吃吧。”

当年事

要出发前往昆仑了，但有莘不破还没有找到雒灵。

“你的心很乱。”师韶按住弦，“在担心雒灵吗？”

“嗯。”在夏都，还会叫他不破、称他妻子为雒灵的就只剩下眼前这个乐师了。不破很珍惜这两个称呼，特地恳请师韶莫要改口。“难道你和灵儿一样，也能听见别人的心声？”

师韶道：“音乐，本质是一种交流，而且是双向的。你的心乱，我的弦也会感应到的。”

有莘不破道：“祖父和师父让我别太担心，但我怎能不担心？在这节骨眼上，丢下家，丢下孩子，一声不吭走了，到现在还没回来！”

师韶道：“王上和尹相让你不要担心是有道理的。雒灵现在的修为直追乃师，甸服一战之中，甚至连都雄魁大人也被她骗过。由此可知天下间能够伤害到她的人已经不多了。”

有莘不破道：“不多，那就是还有几个。”

师韶道：“就算有一二人有这个本事又有这个动机，此刻怕也为着昆仑之事而无暇旁顾了吧。”

有莘不破道：“其实我最怕的，就是会在昆仑见到她！”

这次连师韶也沉默了，因为他也考虑过这个可能。

有莘不破道：“心宗的事情，连师父也不是很清楚。其实……我偶尔总感到这个门派不像太一宗那么光明。”

师韶道：“心宗原也不是邪道，其传承出自炎帝，不过自轩辕得天下后就被压制，近数百年来更是被边缘化，因此门人的行事有时候不免偏激。其实不但是心宗，洞天派和血门也有类似的问题。”

有莘不破皱眉道：“洞天派也就罢了，血门那种歪门邪道，除了实力上确实凶横之外，我可看不出有什么可以和其他三宗相提并论的。”

师韶微微一笑，道：“你这么说就太过了。不错，仇皇大人为了夺取道术正统的地位确实做得很过，都雄魁大人又以恶替恶，流毒更甚！不过三百年前，四大宗派中成就最大的却是血宗。甚至可以说，那个年代的血宗是四大宗派存亡断续的关键。当其盛时，太一、洞天、心宗都赖血宗宗主而得以延续。”

有莘不破奇道：“有这等事？”

师韶道：“这是很久以前的事情了。那位前辈的事情，我知道的很少，但尹相应该知道得很多，他没跟你提起过吗？”

有莘不破出了好一会神，才道：“大概是因为我以前对这些事情不感兴趣，师父才没对我说。唉，要是没有遇到江离和雒灵，我对四大宗派的事情根本就提不起劲来。我以前只喜欢听血剑宗、季丹大侠他们的故事。那时候还以为四大宗派的宗师大多都是躲在神山古庙里静静修行的人呢。嗯，你刚才说的那个血宗宗主姓什名谁？这么厉害！”

师韶道：“他没有姓。”

有莘不破奇道：“没有姓？”

师韶道：“那位血宗宗师，生于大夏仲康[①]年间。是斟寻国[②]的一个奴隶之子。或是不知姓，或是没有姓，一开始，大家都叫他阿靡。”仲康是大夏第三个王，不过在大夏第二个王太康年间，大夏政局混乱，东方有穷氏首领后羿趁机夺取政权，夏人被迫迁徙，可以说夏王仲康已无共主之实。

有莘不破道：“是真英雄不问出身。”他说这句话，却是想起了同样出身贫贱的伊挚。

师韶道：“夏王仲康之时，太一宗作乱，荼毒天下……”

有莘不破愣了一下，道：“太一宗作乱？你是不是说错了？”

师韶道：“宗门本身无善恶，为善为恶，都在于所传之人。”

有莘不破听了这句话沉默良久，方才点了点头。

① 仲康：夏朝君主，生卒年（前2089—前2030年），太康弟，后羿废黜太康后立其为王。他在位十三年，病死，葬于安邑附近（今山西省夏县西池下村）。

② 斟寻国：夏朝的同姓诸侯国，辖境在今山东省潍坊市西南。

师韶道："那时太一宗的宗主废天时、乱甲乙，四大宗派均受其害。后来祸乱虽然平息，但四大宗派都受到极大的损伤，偏偏那时候又遭逢后羿、寒浞[1]（zhuó）之乱，那几十年间，各派非但没有机会休养生息，反而要随时卷入问鼎天下的乱流之中。那位大宗师就生长在这个时候，当第三代夏王仲康驾崩的时候，他还是个少年。"

太康、仲康年间，射正后羿凭借武力夺取了政权，夏人退居一隅，依附同宗的斟寻氏，仅能保有九鼎，有家而无国，有道统而无天下。再后来连九鼎都丢失了，而后羿则被他的大臣寒浞所弑杀，寒浞杀了后羿之后，还将他煮成一鼎肉汤，命后羿的儿子吃下去，后羿的儿子不忍，也死在寒浞刀下。这些夏朝往事，有莘不破倒也知道。

师韶道："寒浞杀了后羿之后，仍然袭用有穷的国号，娶了后羿的少妃纯狐[2]，生下两个儿子，一个叫浇，一个叫豷（yì）。浇长大之后，统领大军灭了斟寻国，杀死了第四代大夏王相。阿靡早年曾追随后羿，后来见寒浞执政，不恤百姓，残暴不堪，于是揭竿而起，引领夏、斟寻遗民反抗寒浞的统治，经过多年斗争，终于推翻了寒浞，立第四代夏王的遗腹子少康为第五代大夏王，大夏由此中兴。"

有莘不破怔怔听着，听到这里，突然一拍大腿道："你说的这些事情，不是斟寻一宗做的吗？"

师韶微笑道："斟寻一宗就是阿靡。斟寻是他的母国，不是他的姓；一宗是各派弟子的敬称，也不是他的本名。现在镇都四门中的山鬼，就是他的后人。"

有莘不破道："原来如此。我也曾听过他的事迹，可从来不知道他原来是血宗的宗师。"

---

① 寒浞：后羿的大臣、义子，后羿代夏七年后，他杀后羿称王40年，被杜康（少康）杀死。传说他与后羿的宠妃纯狐一起谋害了后羿，后羿族人有穷氏被灭族，只有少部分侥幸逃命。

② 纯狐：后羿的少妃，有倾国倾城之色，和大禹的老婆涂山氏出于同一个部族。后羿代夏后自立为王，纯狐与后羿的义子寒浞私通，被酒醉后的后羿捉奸在床，后羿想杀寒浞，却被寒浞杀死。寒浞登基后，立纯狐为妃。

师韶道："到了夏王少康平定天下的时候，四宗传人已经损折殆尽。斟寻一宗重建九鼎宫，整理太一宗遗法；踏遍天下寻到洞天派传宗之发；晚年钻研离魂之道，甚至有传说他曾渡过弱水找回心宗遗法——虽然最后这个传说并不可靠，但他的努力惠及四门，则是大家都承认的。据说昆仑四界如今的形态，也是在他手里鼎定的。"

有莘不破听得出神，过了好久才道："后来呢？这位斟寻一宗怎么样了？他们血门在不被杀的情况下是能长生不死的，难道他也被他徒弟杀了不成？"

师韶道："究竟他是得道弃世，还是被他徒弟所弑，外界众说纷纭，他的门人则三缄其口。斟寻一宗学问广博，家师曾道他或许是轩辕黄帝以后最接近混一四宗的人。不过传承了他血门衣钵的人，你却是见过的。"

"我见过？"有莘不破心念一转，惊道，"不会是天山那个老妖怪吧？"

师韶道："不错。斟寻一宗活动的时间极长，至迟在第十代大夏王不降的时候还有人见过他。算来仇皇大人辈分甚高，不过四宗并非同门，因此仇皇大人出山之后只是与你的师祖申眉寿大人、雒灵的师祖妙无方前辈等平辈论交。唉，仇皇大人和斟寻一宗性格大异。斟寻一宗那样的地位，却没有掌控道统正宗之心，天下大定之后便归隐山林。而仇皇大人则欲心极炽，为了颠覆太一宗在夏都的百年根基，竟然不惮于惑乱夏主，搞得政局大乱。此后一直躲在荒僻之地的心宗也不甘寂寞了，本来，夏桀英勇神武，有祖上之风。可自从十年前妹喜娘娘入宫，一切就都变了。"

说到这里师韶停了下来，有莘不破知道他为什么停下，只是道："你放心，灵儿待我不同的。"

师韶道："我遇到你在雒灵之后，因此也说不上你在遇到雒灵之后是否有很大的改变。但……但我总觉得你现在的情绪很不稳定。"

有莘不破道："遇到她之后，我确实改变了许多——但却不是因为她一个人。江离、羿令符、桑谷隽……这些朋友对我的影响都很大。雒灵只是其中之一。其实，雒灵从来都没跟我说过话，她永远都是站在我背后，在某些时候，我甚至感觉不到她的存在。而且也常常不知她在想什么。感觉上，灵儿她和我在一起的时候是个女孩子，一个很平凡、很简单的女孩子，简单得你一看到她的眼睛就能知道她的心。但在另外一些时候，她的心又变得那么扑朔迷离。在这种时候，我就会感到自己完全无法了解她。特别是和那些宗门理念有关系的事情，我根本就没法介入。朋友中在这种时候能和她交流的，或许只有江离。在某些时候，当他们两个用眼神交流的时候，我感到自己完全是个局外人。”

师韶叹了一口气，沉默着。他与有莘不破的友情虽然可贵，但和江离、羿令符等人相比，毕竟隔了一层。对此他无法介入，也无意介入。

有莘不破道：“灵儿的安全，其实我可以不担心。正如你所说，如果她是那个心宗的传人雒灵，那大概没什么人能害得了她吧——就算是面对血祖，她也未必就束手无策。可是我还是怕，怕此刻离家的不是心宗的传人雒灵，而是那个平凡而简单的灵儿。江离祸福难测，羿令符弃我而去，桑谷隽又……又和我生分了，灵儿啊，你可千万别出事，要不然，我该怎么办？”

师韶道：“不破，莫要想太多了。昆仑之战魔障重重，你若心里有个结，只怕会被夏人有机可乘。”

“夏人……”有莘不破道，“昆仑上的夏人，我根本不放在心上！就算是面对都雄魁我也不怕。除非……除非是他。如果他不是被人控制又站在我的对立面，那我可真不知该怎么去面对。”

师韶似乎没有听出有莘不破的弦外之音，只是叹息道：“唉，这次上昆仑玄战，双方实力难分轩轾，我们其实并无胜算，伊挚大人曾去恳求一位高人为天下苍生而出山相助，可惜被那位高人婉拒了。”

有莘不破更是惊奇：“什么大人物，值得师父亲自去请？”

师韶默然了片刻，才道：“也是血宗的一位大宗师，一位比斟寻一宗辈分高得多的大人物，据说当年斟寻一宗能够领悟血宗奥秘，就是从他那里得到的传承。不过这位前辈修为虽高，却并未继承血宗掌门，平素只务养生，不肯介入天下纷争，就连这一次玄战，伊挚大人前往邀请他也不肯出山，只是没禁止他的子孙为所在国族效力。据说上一次席卷天下的甘之战他的态度也是如此。”

有莘不破愣了一下，随即骇然道：“甘之战……那不是几百年前的事情了吗？”

师韶道：“对。”

有莘不破道：“你是说，那个前辈从甘之战的时候活到现在？”

师韶道：“其实不止，他是尧帝时代的人了，大禹铸九鼎制《山海图》他也曾参与，但自那以后，他就再也不介入任何世事了，无论是什么样的天地大变都置身事外。”

有莘不破骇然道：“这个前辈究竟是谁？”

“他姓彭，名铿，因辈分奇高，因此知道他的人都尊之为彭祖。”师韶道，“据说他最小的儿子现在就在前线，不过那个年轻人似乎并没有多大的神通。”

梦中梦

出发之前，江离做了一个梦，梦见了若木。江离知道自己在做梦，可却不愿意醒。九鼎宫这个地方，孤寂得几乎感觉不到时间的流淌。好容易见到亲人，哪怕只是一个幻象，江离也不愿意失去它。

“师兄……”他像一个小孩子一样跑了过去，想抱住若木，却一把抱住了若木的腿。然后他才发现若木不知什么时候变得那么高大。江离看看自己的手，看看自己的脸，才明白过来：不是若木变得高大了，而是自己真的变成了一个小孩。

“师兄，我怎么变成小孩子了？”

若木笑了笑，却不说话，把小江离抱起来，亲一亲，便放下他向外走去。

“师兄！别走！别丢下我一个人……师父也走了，我……”

他不断地追赶着，但若木的身影却越来越远，终于一阵恍惚，江离醒了过来。

梦醒之后，他发现自己已经不在九鼎宫，脚下是一座孤峰，峰下是滔滔洪水，身边坐着一个老人。

江离问道："老人家，这里是哪里？"

"这里？这里是羽山。"

羽山？自己怎么会来到这里呢？还有脚下这洪水是怎么回事？羽山应该没有发洪水才对啊。还是说下面的人对天灾知情不报？

"老人家，这个地方的洪水泛滥了多久了？"

"多久？忘了。也许几十年了吧。唉，一直都没治好。"

"几十年？"江离心中一惊，隐隐感到自己发生了不寻常的事情。

果然，那老人说道："如今尧帝在位，主圣臣贤，为什么上天还要生民遭这样的罪啊！"

江离心道："尧帝……难道我回到了尧舜时代？"

沿着洪水，他走入一座土城之中，祭台上坐着五个老者。中间那老者头戴黄冕，身着黑衣，远望如云之覆渥，往就如日之照临，对其他四个老者说道："如今洪水滔天，浩浩荡荡，怀山襄陵，百姓不胜其扰。四岳，吾欲求能治水之贤人，汝等举之。"

"四岳？"江离心道，"那说话这位就是尧帝了。"

只听四岳中的一位说道："颛顼五代孙中，有名曰鲧（gǔn）者甚贤，可以任职。"

江离听到"鲧"字心中一跳，心道："那是我的祖先啊！我大概还是在做梦，只是这梦怕有些来历。"

尧帝道："鲧为人违背教命，毁败善族，不可。"

"如今还未能找到一位能比鲧更合适的人选，不如就让鲧试试吧。"

尧帝沉默良久，颔首道："好吧，且听你们的，让他试试。"

江离心道："我的这位祖宗，是什么样子呢？"心念未已，突然间霹雳大作，天空裂开一道缝隙，一个女人跳了出来，怀中抱着一团东西，那裂缝随即弥合。

江离心道："这女人就是鲧吗？她怀中所抱，就是从九天之外偷来的息壤[①]？"

鲧以息壤筑堤建坝，东边水来筑东边，西边水来堵西边。用息壤筑的堤坝，每天夜里都会自己长高。但息壤长高一尺，那水就升高一丈。她劳碌了整整九年，堤坝越筑越高，但水患却越来越严重。

终于，在她任上的最后一个年头，尧帝命令舜行狩四方，舜见鲧治水无方，奏明了尧帝，命人将鲧押上羽山，以九天之雷击杀了她。

当鲧就死的那一刹那，江离心头狂跳，一手按住了他的肩膀，道："害怕？"却是若木的声音。

江离没有回头，只是回答道："鲧……她就这么死了？"

"嗯。"

"那她的儿子——我们的始祖禹呢？"

鲧死了之后，尸体却没有僵化，也不知过了多久，她的腹部裂了开来，一个婴儿爬了出来。不知道为什么，江离看不清这个婴儿的脸。他问师兄："他从母亲尸体中爬出来的那一刻，心里在想什么？"

若木叹道："我也不知道……"

禹长大之后，做了司空[②]。舜帝听从了四岳的举荐，命他治水。禹对母亲的失败耿耿于怀，他决心继承亡母之志，完成鲧没有完成的治水大业，他劳身焦思，将心力全都放在治水上面，整整十三年过家门而不入。在伯益等人的帮助下，禹改湮法为导法，开九州，通九道，陂九泽，度九山，终于导九河入海，大功告成。

江离叹道："我们王朝，就是从这里开始。"

若木道："但我们这个神州却并非从这里开始。自轩辕黄帝以来以至于尧舜，国号虽异，却有明德一以贯之。所以这个神州，已有千年。而在轩辕黄帝之前，再追溯上去，尚有数千年……"

江离回头目视若木，若木却正目视远方。江离心道："这气息是师

---

① 息壤：见于《山海经·海内经》，是一种会自己生长的泥土，原本是天界的宝物。鲧为了治水从天界窃取息壤下界。

② 司空：官职名。

兄没错，甚至这话也是师兄的口吻。但眼前这人却绝不是师兄。到底是谁把师兄请出来引我做梦？”

大禹铸九鼎，制《山海图》，传《山海经》，华夏文明在他的手里达到新的巅峰。他即位十年后，东巡到会稽时病死了。

大禹曾经指定伯益作为继承人，按照禅让制度，他死后就该是伯益继位，但伯益辅佐大禹时日尚短，势力未曾巩固，大禹之子启为了自己登基，就杀死了伯益，即天子之位。

江离道：“这就是家天下的肇始。”

若木道：“不错。”

夏启不遵禅让体制而成共主，东部强族有扈氏不服。夏启挟新兴国家的强大军事力量东征，在甘（今河南洛阳）大胜东部强族有扈氏，征服了东方大大小小的部族，以尸山血河奠定了大夏作为天下共主的基础。

江离目不忍睹，说道：“这就是开国之战！”

若木道：“不错。”

江离道：“那太一宗呢？太一宗在哪里？”

若木道：“在那里。”

江离顺着若木的手指望去，见到了俘虏行列中一个娇弱的身影，那是一个身受重伤的少女。

若木道：“她叫奈月，是这个年代太一宗最后一人。”

“最后一人？”江离道，“那其他人呢？”

若木道：“死了，全死了。我们刚才见到的是地面的战争，在昆仑，太一宗受到围攻，只剩下奈月一个人逃了出来。”

奈月见到了夏启，眼前这个男人杀死了她的父亲，杀死了她的师父，杀死了她的情人！

“在昆仑，太一宗个个慷慨就死，你为什么逃？”夏启问。

“为了把太一宗的道统传下去。”奈月想报仇，却已经没有力量了，“我的生死已不足道，但太一宗的道统不能就此而绝。”

“你不想报仇吗？”夏启抽出他的刀来，“就是这把刀，把他的头颅砍下来的。”

奈月颤抖着，她已经没法站稳身子，匍匐在地面上，说道："启王啊！你把我带到你面前，就是想要展现你的威武吗？"

夏启道："不是。我是想看看你复仇的愿望有多深。如果可能的话，我想化解这段仇恨。"

"那不可能，也没必要。"奈月道，"这是国战！为了部族，也为了禅让的理念不被摧毁而进行的国战！我们输了，可我们不后悔，也没什么可怨恨的。"

夏启道："如果你没有什么可怨恨的，那我希望你——不，是希望太一宗能传续下来，辅助我朝。"

奈月道："那也不可能。"

夏启道："不可能？为什么？是因为你的怨恨？"

奈月道："不！"

夏启道："既然这样，为什么不可能？"

奈月道："太一宗有自己的道统在，任何人也不可能在太一宗的道统中加入一条'辅助夏王'或'辅助大夏'，因为那样的话，太一宗就不再是太一宗了。政统是政统，道统是道统。太一宗的人可以对你下拜，因为我们毕竟生活在您的治下。但太一宗的道不对任何人屈膝，因为太一宗崇尚的是无限的自由——我们连时间的束缚都想摆脱，哪里还能因为一个政权而绑住自己的手脚？"

夏启道："如果你不答应，你就得死。你死了，太一宗也就绝传了。"

奈月道："不是我不想答应，而是我无法答应。太一宗最后一颗种子虽然在我身上，但我的意志并不能代表太一正道的意志。"

夏启道："如果我有办法解决你所说的两难问题呢？"

奈月道："如何解决？"

夏启道："我要你替我生下一个孩子，然后你再把太一宗的道术传给他。这样他不但能得到太一的道术，而且还能得到我的血脉，得到神龙的庇佑，得到召唤龙族的资格。等他长大以后，我会命令他把太一宗宗主的位子传给他的子侄，这样百年之后，太一宗和我族便会结合得紧密无间，再难分离。而我也不必担心你的传人会来找我和我的子孙报仇。”

奈月伏在地上浑身发抖：“不！”

“不？”夏启道，“为什么不？难得把道术传给亲人，也触犯了你们太一宗的哪条禁令？”

奈月呻吟道：“没有。”

夏启道：“既然没有，就这么决定吧。在我们的儿子学成之前，我会软禁你，不让你接触任何人。这是你唯一的选择——如果你不想让太一宗的道统断绝的话。”

奈月颤抖得很厉害，江离颤抖得和奈月一样厉害。

时间的迷雾飘过，江离发现自己跪在奈月的面前。奈月抱着他，说道：“我要死了。你是我的子孙，所以我爱你。但你也是他的子孙，所以我恨你。我想诅咒你，可是已经没必要了。”

江离颤声道：“为什么？”

奈月道：“因为他已经代我诅咒了！他的那个决定，已经是诅咒了！你，还有你的嫡系传人身上流淌的都是大夏王族的血。你们必须对你们的家族负责。但是，我们太一宗本来是不需要对谁负责的。如果不能抛开国家责任的牵绊，你如何能达到天外天？但反过来说，如果你想背叛家族，又如何逃避得了良心的谴责？你将会非常痛苦，因为你既离不开身上流的血，也抛不下心中所存的道。”

江离又是伤心，又是迷惘，把头埋在奈月怀里说道：“那我该怎么办？我到底该怎么办？”

奈月的眼中满是怜悯和哀伤，终于道：“孩子，听我说，你……”

然而她的声音却越来越低，身子也越来越模糊。江离吃惊地想抱紧她却抱了个空。

终于，眼前的一切化作一片混沌。

“师兄。”江离道，“她最后那句话，你听见了吗？”

若木摇了摇头。

江离叹道："也是，我没有听见，你怎么会听见呢。嗯，师兄，接下来你要带我去哪里？"

若木还没有说话，江离蓦地听见一声兽吼。吼叫的是北方始祖神兽玄武，当江离看到祂的时候，祂周围的空间正产生着扭曲，跟着便消失了。几个人围着玄武消失的位置，或站着，或坐着，或飘着，或连是否存在都看不清楚。地上还躺着三个人：两个僵尸一般的老人，一个晕过去的少年。江离猜想，那两个老人多半就是归藏子和连山子，而那少年或许就是师兄若木。

天上飘浮着的那个人美得让人心碎。那个人望着月亮，叹息一声便消失了。与此同时，地上那个缥缈的人影也突然不见了。离开的人，是藐姑射和独苏儿吗？

还站着的三个人，正是江离所认识的两位前辈——伊挚和血祖都雄魁，以及他的师父太一正师祝宗人。

伊挚道："若木的情绪很不稳定，你最好小心些。四宗小一辈的传人中，他是最有希望第一个登堂入室的。太一宗的责任，也许就要落在他的肩上。我先走了，保重。"说完便带着归藏子的僵尸消失在夜幕之中。

都雄魁问祝宗人道："你回夏都吗？"

"不回去。"

"既然这样，连山子的僵尸我带走了。"

都雄魁走了之后，当这个荒寂的废墟中只剩下祝宗人和若木，祝宗人周围那团雾突然消失了。江离没想到自己第一次见到师父的真面目，竟然是在这个来历神秘的梦中之梦。

藐姑射！

师父居然长着和藐姑射一模一样的脸！那难道只是巧合吗？

祝宗人低下身子，把若木抱了起来，叹道："也许，我一开始就该让你记起你的父亲是谁！"

祝宗人带着若木，找到了有莘羖。他另有要事要处理，便留下刚刚受伤的徒弟去照顾那个刚刚伤愈的朋友。祝宗人知道，两个受伤的人待在一起，有时候反而能相互激发活下去的勇气。

不知过了多久，若木闻到一股香味，醒了过来。

有莘羖正在烤雉鸡。香嫩滑美、气飘十里的雉鸡周围，安下了十八道捕捉魔兽的机关。

“做噩梦？”有莘羖问。

“嗯。又梦见那天在寿华城的事情。可在归藏子那里看到什么听到什么，我无论如何想不起来。你在干吗？”

有莘羖告诉他，自己要抓住九尾送往毒火雀池。

经过一番思虑，若木心里说道：“我帮你吧。”

这句话他没有出口，但当有莘羖走的时候，若木也跟着走了。祝宗人回来的时候，才知道自己也许又做错了一件事。

“不过这毕竟是他自己的选择。”

江离问身后的若木道：“师兄，你当初为什么选择跟有莘羖走？”

若木道：“或许是为了寻找一个转机吧。”

“或许？”

“嗯，因为对于当时为什么那样选择，其实我也已经忘记了。”

江离在一阵恍惚过后，便见到了一团迷雾。

“你叫什么名字？”

江离觉得自己有点站立不稳，似乎又回到了童年时代。他抬头，有些迷糊地望着眼前问话的这人，那人的整个身体似乎笼罩着一团光、一层雾，让人看不清楚他的模样。但江离还是觉得这人很亲切，哪怕只是第一次见到，就能感觉到对方很喜欢自己。

那人轻轻把江离抱了起来，两人离得很近了，但还是瞧不清楚他的模样。

“好漂亮的孩子。以后，你就叫做江离吧。”

师父！江离几乎叫出声来。然而他没有，他睡着了。

在梦里，江离听见师父在自己身边喃喃自语：“孩子，忘了吧，忘了吧。忘了自己是谁的儿子，只要记得你是太一宗的弟子就好。家国的事情，由师父自己一个人来承担。太一宗的追求，就由你来完成。”

江离心中一阵温暖，睁开眼睛叫道：“不，师父，我和你一起……”但祝宗人却已经不见了。

远处，祝宗人带着小江离在云海青山间驰骋着。

“你本来有个师兄，唉，如果他还在我身边，我也许不会再收弟子。他被人间的事情绊住了，忘记了当初的追求。江离，你这个师兄是很值得你尊敬的，但你千万不能学他。要知道，纷繁的人间俗务，是永远理不完的。人世间的情感，也是永远纠缠不清的。我们必须把这一切看破，才能进入到那个无穷境界，那个天外的境界。”

这些话，小江离没有听懂，只是点了点头。师徒两个传道授业，慢慢地，小江离长大了。

“江离，这是你作为徒弟的最后一关，过了这一关，你就正式成为我的传人，我将会把去天外天的路径告诉你。”

天外天……

江离那时候以为，天外天是师父的家乡，以为那里是一个地方。不过现在他已经知道，天外天并非一个地方，而是一个归宿。

“我们师门中的每一代掌门人都有属于自己的虚无缥缈境界。江离，你将来也要造出这样一个境界来。那是完全属于自己的、完美无瑕的境界。当你能够造出这样一个境界，你就满师了。如果你的师兄当初没有走，或许现在已经达到这个境界了，那我对本门的责任也便算完成了——这或许是我在这个世界上最后的牵挂吧。”

天外天……虚无缥缈的境界……实际上江离当时完全没有听懂。他也没从祝宗人的话里听出什么不妥，只是听师父的话，把自己埋在泥土中。

祝宗人在土包旁边徘徊了三天便离开了，在大荒原中探究那大荒原天劫的奥秘。

时间慢慢流淌，季节慢慢转化，埋藏江离的那个土包被雪覆盖住了。在一个大雪天里，一个迷路的少年打量着这个雪堆。

“好像不是第一次看见它了。”少年挠了挠头，喃喃自语，跟着便离开了，没多久又绕了回来。

“糟糕！这已经是第四次见到它了！难道我真的迷路了？丢脸！”

少年的口粮已经耗尽，只剩下半壶烈酒。他的腿已经开始发软。高空中，一头秃鹰正在他头上盘旋。少年以为这头秃鹰正等待他倒下，好来啄食他的尸体。于是他便倒了下来，准备装死把秃鹰引诱下来充饥，结果却发现了江离。

“我要不要救他呢？”

少年犹豫了三次，终于把江离背了起来，并一起倒在大荒原的边缘。两人倒下后不久，龙爪秃鹰带着有穷商队来了。

眼前的幻象并没有显现出江离在寿华城的经历，而是让时间在这片无人的雪地上继续流淌，一直流淌到天劫结束。祝宗人如期而至，没有找到他的爱徒，却遇到了一样前来寻找徒弟的伊挚。

“咦。”伊挚奇道，“有人召唤神龙。是你徒弟？”

“应该是吧。”

凭着那感应，两人来到了那片旷野。那时候江离正躺在黄沙草丛上，一本正经地想着对他来说很重要的问题。江离不知道一个方士埋伏在暗处正想要暗算他。而那方士也不知道刚刚睡醒的季丹洛明正饶有兴趣地看着这一切，更不知道天空中有两朵白云正慢慢飘近。

不久，有莘不破出现了。祝宗人在两人的对话中推知出了一些端倪，决定把江离带走。他已经知道了有莘不破的身份，不想徒儿被卷入夏商鼎革的漩涡之中。不过，伊挚的看法却和他相左，两人起了争执。

“你我来一场赌赛如何？”伊挚提议。

“我不赌博。”

“若与我一战，你有几成胜算？”

面对伊挚，祝宗人没把握，而伊挚对他也一样。终于，祝宗人妥协了，相约补天。

看着两人击掌为盟，江离道：“师父补天，就是为了我？”

身后若木道：“应该是，或许也不完全是。也许是因为我。”

“因为师兄？”

若木道:“如果当初我肯负担起我应负起的责任，或许你就不用这么辛苦了。”

“不，这不是师兄的错。”江离道，“师父和师伯的这约定很奇怪啊。如果他真的输了，难道他还真的要背叛大夏吗？”

若木道:“不。师父不会背叛大夏的。因为如果师父赢了，得成汤奉为太一正道的人，将不会是师父，而是你。”

“我？”

若木道:“不错，你。如果师父输了，而天下大势又倾向于成汤，那助商灭夏的也将是你。若不是出于这种考虑，师父怎么会让你和有莘不破走？”

江离黯然道:“师父让我助商灭夏？但大夏是我们的……”

“你还不明白吗？”若木道，“血脉的责任，师父希望自己一个人担起。至于太一宗的新运，他希望由你来承继。”

江离道:“如果是这样，那师父是打定主意要为大夏死节了。”

若木道:“应该是。属于夏王族的太一宗，总该有一个人来殿军的。”

“可是，师父却失算了。他没有想到在这场赌赛中自己面对的不是赢，也不是输，而是死。”江离道，“所以，太一宗对大夏的责任还没完。你说得对，属于夏王族的太一宗，总该有个人来殿军的——为了这个朝代，也为了这数百年的冤孽。”

若木叹道:“没想到，你最后还是这样选择。”

江离眼神蓦地一闪:“你最后这声叹息，是以我师兄的身份发出的，还是以你自己的身份发出的？”

若木的脸显出一丝不自觉的妩媚来，妩媚得不像一个男子:“你发现了？”

江离道:“我早发现了，只是这个梦连我自己也不愿意打断。这大概也全在你预料之中，是吧，雒灵？”

过去消失了，但周围的一切展现的也不是现在，而是虚空。

江离和雒灵一起站在这片虚空之中，对立着。

江离道：“穿越九鼎宫的禁制引我入梦，没想到，你能做到这种程度了。只是我不明白，你是如何幻化出我师兄的气息的？”

“无需幻化。”雒灵取出一截连理枝来，“这是你师兄留在七香车上的精魂，我带来了。”

江离点头道：“原来如此，那就怪不得了。”

雒灵道：“实际上，除了最后那声叹息，我的意志并未介入你的梦境。在这个梦境中我们所看到的东西，虽然有一些是你我的猜测，但更多的都是你我本不知道的内容——而这些并不是我凭空创造的。”

“我知道。”江离道，“关于我祖先还有奈月的镜像，其实是藏在这九鼎宫最深层的记忆。加上你我的记忆和推断，再加上师兄残留在这截连理枝上的记忆和情感……整个梦境中，只是先师与师伯打的那个赌，我不知道是从哪里来的。”

雒灵道：“那个赌赛，我在亳都的时候听伊挚大人提起过。”

江离道：“原来如此。可是你今天引我做这个梦的动机又是什么呢？难道你想劝我放弃对家族的责任，放弃血脉赋予我的使命，而去帮助不破吗？”

雒灵叹道：“并不完全是这样的，我引发这个梦，其实是想延续我们上一次的深谈。”

“上一次的深谈……”

那是在天山。当时江离还被上代血祖仇皇所困，都雄魁又给江离送来了连山子的眼睛，要告诉江离他未来的命运。都雄魁离开之后，雒灵来了，两个人谈了很多，有关于过去，有关于未来，有关于命运——以及如何改变这命运。

雒灵道：“想来你还记得。”

江离道：“我当然记得。”

雒灵叹息道：“你记得，所以我就更不明白了。在亳都，不破一直以为你是被都雄魁大人控制住了，可是现在看来，似乎不像。那天我走了之后，你到底发生了什么事情？”

江离沉默着。

雒灵道:“不方便说吗?”

江离道:“其实,都雄魁大人只是让我记起了一些被尘封了的记忆。”

“被尘封了的记忆?”雒灵道,“关于你的血统?”

江离道:“嗯。那段记忆并不是很复杂,不过已足以让我改变了。”

雒灵沉默了。

江离道:“你不相信我?”

雒灵道:“不是不相信你,而是不相信都雄魁大人。我总觉得事情没那么简单。”她伸出手来,要触碰江离的额头,江离却避开了。雒灵道:“你不相信我?”

江离道:“不是不相信你,只是害怕。”

雒灵道:“害怕?”

江离道:“我大致可以猜到你要干什么,不过我现在并不想改变。”

雒灵道:“为何不想改变?”

江离道:“怎么说呢?嗯,如果你的努力会让我对整个局势和整个人生产生颠覆性的改变——你不觉得这样对我而言是一件又严重又可怕的事情吗?”

雒灵道:“再怎么改变,你还是你。”

江离道:“改变到那种程度的我还真的是现在的我吗?”

雒灵道:“那也许只是恢复到以前的你罢了。”

“以前的我?连我都不知道以前的那个我是不是我。”江离摇头道,“至少此时此刻,我只想保有现在。”

雒灵叹了一声,道:“人的心真是复杂啊。”

江离道:“算了,不说我了,说说你吧。听说你生下了一个儿子。”

“嗯。”雒灵脸上显出一丝温柔来,“活了这么多年,那大概是我所做的唯一一件有意义的事情。”

江离道：“虽然只是梦境，但你的念力能够突破九鼎宫的限制，已经出乎我意料了。你别告诉我你的真身现在在亳都！如果是那样的话，那我对你可就甘拜下风了。”

雒灵道：“我人不在亳都，我的真身现下就在大夏王宫之中。”

江离大惊道：“你来了王都？还进了王宫？现在玄战在即，我正准备前往昆仑，你在这时候来夏都干什么？你就不怕不破担心你？”

雒灵道：“他不知道我来了这里，我只是告诉他我出来办点事情。”

江离道：“你可真是任性啊。那你儿子呢？”

“我儿子……”雒灵微笑道，“他现在是商国血脉的嫡长，他的亲人和国人会好好照顾他的，这一点倒不用担心。”

江离沉吟道：“可是，有什么重要的事情值得你在这节骨眼上抛家出走？”

雒灵道：“是我师门的事情。”

“师门？”江离问道，“难道是作为心宗宗主的妹喜娘娘给你下了什么命令吗？”

雒灵道：“算是吧。”

江离奇道：“你向来是很有主见的人，却不知道对师门宗主的命令会服从到什么程度？”

雒灵道：“她毕竟是我师姐，又是宗主，只要是不危害不破的生命和事业，什么命令我都会听从的。”

江离道：“那她到底给你下了什么命令？”

“上昆仑。”雒灵停了停，道，“替她对付桑谷隽。”

江离眼神一闪：“你答应了？”

“嗯。”

江离道：“你可知道你这样做，相当于是帮我们守住是非之界。你可知道这样做的后果？”

雒灵道：“我知道。不过情况也不完全是你想的那样。我和她所定的约定只是到解除桑谷隽对她的威胁为止。只要桑谷隽一死，或许我马上会掉过头来帮不破。”

江离道：“杀桑谷隽？如果你杀了桑谷隽，不破会有什么想法，你应该清楚。”

“我知道。”雒灵道，“但这事不用你来担心，师姐已经帮我想好办法了。”

“是吗？”江离微微一笑，道，“世事真是奇妙啊，我万万没有想到你会掉过头来帮我们对付商人。”

雒灵纠正他：“不是对付商人，而是对付桑谷隽。”

江离道：“那有区别吗？至少在桑谷隽被打倒之前，你会成为不破他们前进的障碍，是吧？”他抬头虚望，道，“本来，我对在玄战中取胜只有七成胜算，但现在已经是十成！”

雒灵道：“哦？”

江离道：“我一直怕血剑宗和师伯在我阵势布成之前就闯到了混沌之界，但现在看来已经不大可能了。在长生之界，根本没人能赢得了都雄魁大人。就算血剑宗和师伯联手，在那里也讨不了好去！奇点之界会被藐姑射封锁，季丹和有穷都没工夫来理会这鼎革之争。因此我最担心的反倒是是非之界。不过如果有你坐镇的话，也许到头来我在混沌之界会白忙一场。”

雒灵道：“白忙一场？”

江离微笑道：“如果没有一个人来到混沌之界，那我在那里不就是白忙一场吗？”

“你太看得起我了。”雒灵道，“其实，我对这次上昆仑有很不好的预感。我总感到，如果去了，我一定会出事。我本来已经打定主意不去理会这件事情的，谁知道到头来还是被扯了进来。唉——”

江离道：“如果你现在后悔，还来得及。”

雒灵摇头道：“来不及了。我……其实这次我帮师姐，是有条件的。”

“条件？”

雒灵道："条件就是心宗宗主的位置——在天下归商的情况下。"

江离大惊道："什么？你怎么会提出这样的条件？为宗主之位冒险吗？这不像你的作风。"

"我不是为了我自己。"雒灵道，"当姐姐来找我的时候，我已经知道自己在这场大难中难以独善其身了。既然难逃此劫，那干脆就为我所关怀的人留下一份礼物。"

"你所关怀的人？你是说不破？"

"不是他。"雒灵微笑道，"是他和我的儿子。我已经留下传宗之发给他，如果我不幸死在昆仑，而你又阻止不了天下易鼎，那我的儿子就会成为下一代的心宗宗主——这就是我和师姐约定的内容。到时候，我的宗门将会伴随着鼎革而登上天下道统的巅峰！"

江离一时听得怔了。但他博闻敏思，一转念便明白了雒灵的意思。

雒灵又道："你呢？你可曾为你和你的宗门作过最坏的打算？"

江离叹道："没有。或者应该说，如果情况变得那么坏，我根本就不知道该怎么办！"他只是恍惚了一阵，随即坚定地道，"但世事还有可为。昆仑玄战我方胜利的机会很大。如果这一战我们胜了，成汤单靠人间的军力财力未必能够统一神州。只要我大夏国人能够振作，我们还有复兴的机会。当初后羿、寒浞之乱，形势比今天更加严峻，可我们还是挺过来了。"

雒灵道："你确实还有机会。我也不会放弃的，说不定我也能争取到最理想的结局呢。毕竟那里是昆仑，是传说中的神界遗迹，什么事情都有可能发生的。"

她身形一转，整个人变得恍惚起来，江离知道她要离开了，心中竟然微微感到不舍。谁知雒灵也叹道："今天一别，你我不知还有没有见面的机会。不知为何，我总感到你是我在这个世界上唯一的知己。有一些话，也只有和你才能说得下去。"

江离道："我也是。"

雒灵道："临别之前，你有什么忠告要给我吗？"

江离沉默半晌，道："没有。"

雒灵道："我确有。不知为什么，我总感到你的灵魂好像有些不对劲，虽然你不让我帮你诊断，但就算你让我诊断了，现在的我也未必就能帮得上忙。这件事情我会留心的，就算我们没机会再见面，我也会想办法给你留个信息。天山上我们达成的默契，我会记得的。"

雒灵说完这句话，江离就醒了过来。他环顾四周，九鼎宫依然沉寂，沉寂得就像一个坟墓。

星辰如幻

川穹回到了天山——他的肉身诞生在这里，但灵魂觉醒之后却从来没有来过。

离开夏都之后，他曾一度追到孟涂，要把燕其羽接回来。但在孟涂他看到巴国的侍女对燕其羽的细心伺候，终于明白这种琐碎细心的照料不是他能做到的，于是他改变了初衷，离开了，只留下了一句话："桑谷隽，好好待我姐姐。如果你能救活她，就由她来决定她的去向；如果她死了，我会来带走她的尸体。"

川穹找到了自己出生的地方——已经颓败了的血谷，依洞而居，饥食野菜，渴饮冰雪。直到这天，他感应到三山五岳、九河四海同时出现异动。

昆仑的通道终于开启了！

远在天山的川穹不禁发出了赞叹：遍布神州各地的二十一道大门同时打开——这种规模的时空裂缝到底是如何造就的！

和马蹄一样，川穹感到了二十一个通道所通向的地方，有一个"属于我"的所在。和其他三宗不同，洞天派的传人具有自由来往昆仑的能力，而不一定需要通过那二十一个通道。在昆仑通道出现之前，川穹不知道那个地方，但他既然感应到那个地方，便有能力前往。

"难道那里就是师父居住的地方？"虽然对藐姑射还抱怀一定的畏惧，但川穹终于没有抵挡住奇点之界的诱惑，跨越重重空间阻隔，来到了昆仑。

在二十一门大开之后，他并不是第一个到达者。夏商双方术士军团的先锋已经到达了昆仑的基层。那里分裂成四大荒芜幻海，幻海之内是五藏高山，群山延展，将大地分割成九州中原，三千重大山和三千条大河，把大多数人挡在了昆仑四界的外围。

川穹在半空中扫了一眼脚下那些对他抱以疑虑的术士，便不再理会，跨过钱来山、松果山、太华山、小华山、龙首山、鹿台山、鸟危山、符禺山、石脆山、莱山、英山、竹山、浮山、时山、南山、涂山、钤山、翠山，渡过符水、禺水、灌水、竹水、盼水、逐水、丹水、汉水、蔷水、莱水、浴水、泾水、莕水、墨水、夹水、刚水、滥水，直至崦嵫山下，弱水之旁。

这道弱水其实只是支流，主体在混沌界之上，支流则经由奇点之界、是非之界、长生之界，盘绕昆仑。

川穹凝视那弱水，河中流淌的却不是这个世界的水，不知何物，蓝沉沉似乎是一股冥阴之气。川穹不敢去碰，有这么一道小小的弱水拦在前面，他竟然无法用玄空挪移术跨越过去，只好沿着弱水沿岸，踏入奇点之界。

空荡荡的奇点之界内，没有昆仑基界的万水千山，没有混沌之界的四季同天，没有是非之界的真幻相流，没有长生之界的万物欣然——这个地方竟是一片虚空。川穹经大夏王都一役，对高深玄法所悟甚多，在天山数月潜修，功力和在王都时已不可同日而语。这时以瞬息千里之术玄空挪移，走出万里之遥也没触摸到奇点之界的另一个边缘。

他遨游了不知多久，突然悟出了什么，心念一动，悟出了奇点之界的玄理，跳身出来，却把自己遨游了十万里的巨大空间收在掌心。

原来，自己身处的宇宙竟然是这样的渺小。

他悟出了天地至小的道理，正在高兴，又看见了之前没有看见的一副壮丽景观：成千上万颗星辰连在一起，串成了一个人的形象，整个人形星系似乎是静止的，每颗星星又都无时无刻不旋转着。但由于离得太近，反而难以把看清全貌。

川穹看得出神，渐渐后退，以便把这个星系看得更加清楚。不知退了多远，他才看清那星系的旷远绝尘的神态，越看越沉迷，甚至觉得自己能体验到祂的眼神。

“师父！”川穹忽然惊叫起来，这个星系，竟然像极了藐姑射——不！川穹觉得，那就是藐姑射。

“这个星系，按你所来的地方的时间算，诞生于十年之前。”

一个声音从川穹的心里冒出来，不过川穹却知道这个声音不是他自己的心声。

“你是谁？”川穹问。

“我不是谁，只是留在这里的一个念头。可以说，我是那个留下这个念头的人的一念，当然，也可以说我就是她。”

川穹道：“那她又是谁？”

心中那声音道：“这重要吗？”

川穹道：“那么，这个星系又是怎么回事？这里又是哪里？”

“这里是昆仑奇点之界内一个本不存在的地方。你们洞天派的人，管这叫洞内洞。这是一个属于藐姑射的地方。”

“属于师父的地方……”川穹由衷地感叹着，他的洞内洞始终没法长期维持，而师父的这个空间显然却已经恒久地存在了。“那么，这个星系……”

“祂就是你师父。作为一个真人，祂参悟了与天地同理、与万物同体的至理。但作为一个世人，祂仍然被人生的恩怨情仇困扰着。十年前，你师父请我用神裂把他的道枢与人枢分离，道枢体天验地，与天地同始终。你眼前所看到的，就是他悟道时留下来的影像。”

能够用神裂，难道这个声音的主人是独苏儿吗?

川穹想着，问道：“那人枢呢？”

“人枢……人枢还在这个世界浮沉啊。”说话的却不是心中的那个声音，不知什么时候，一个人已站在川穹身边。

川穹听到这个声音，回过神来，冲口叫道：“师父！”

藐姑射道：“十年前，我错了。我自以为神裂之后不会再受到人的困扰，可是神裂之后，作为天地一部分的祂解脱了，而作为人的我却也没有就此消散。我的情依然在，我的痛苦依然在。不但是我自己的痛苦，连我师父的痛苦、我祖师的痛苦……甚至上溯到那个始祖的痛苦，都由我继承下来。那持续了上千年的痛苦，以命运乖张、情虐纠缠的世俗形式压在我身上，煎我熬我，烹我烤我。没有歇止，也看不到尽头。”

川穹道：“那祂呢？”

藐姑射道：“祂？祂已不是人了。大而言之，祂是万千星辰，小而言之，祂是一堆尘埃。”手一挥，那个星系化作亿万光点。“有时候我真不知道，祂到底是真的存在，还是一种虚幻的想象！”

川穹道：“师父，现在的你，是不是不完整的？”

“不完整？哈！怎么会不完整？好徒儿，你要知道，时空其实是混一的。祂不是我的一部分，而是我的一个片刻——十年前的某刻我所体悟到的一切。所以祂是完整的——祂是那片刻的我。而我也是完整的——我是那片刻以后的祂。不同处仅仅在于，我是个人，而祂已经不是了。”

川穹道：“师父，我不懂。”

藐姑射道：“现在让你理解这个是有些困难，不过无妨，不懂便不懂，懂了也化解不了你的痛苦，既然如此，懂了又有何用？”

川穹道：“师父，我不痛苦。”

藐姑射道：“不痛苦是现在，必定痛苦是将来。只要那个诅咒不消失，你总有一天会承继我的命运。我不愿你承继我的命运，我的这个人生总有一天会走完，但如果你继承了我的命运，那这一切将没完没了！所以我才把你送到至黑之地去。可惜你还是回来了。那件事我还没问你，你到底是怎么回来的？”

川穹道：“因为我感应到了这个世界的某个人。”

藐姑射道：“是哪一宗的传人？”

川穹道：“太一宗的传人。”

藐姑射道：“太一宗，又是太一宗。四大宗派纠缠不已，光是把你送去至黑之地，果然还是没法斩断这一切。”

川穹心中一凛，道：“师父，你……”

藐姑射道：“跟我来。”

川穹跟着藐姑射，跳出了四界。

藐姑射道：“近而观之，四界似乎浩大无边，但我宗跳出上下左右观念的束缚而观之，四界不过是弱水临近基界的一个小岛。川穹，你知道这四界的来历吗？”

川穹沉吟道：“是我们祖师创造出来的吧？”

藐姑射道：“不完全对。帝俊之时，天下道统是混一的。到了轩辕黄帝之时，四宗道始分而宗派未离，乃以太一之法，令弱水之流为之中断，以洞天之法，在断裂处开辟出一个空间，以长生之法实之以万物，以精魂之法赋之以神灵。四界本为一体，后世才渐渐分野。至奈月时，才鼎定了如今混沌居上、其他三界在下的局面。”

川穹遥望混沌界之上那片无边无际的水光，说道：“师父，弱水究竟有多大？”

藐姑射道：“我不知道。也许没有尽头，也许只有数十丈。但是它隔断的并非一种空间的距离。千百年来，大多数来到昆仑的人未见过弱水本体，只看到弱水支流，便以为那不过如尘世间一大河，他们却不懂得，弱水之大不可知，弱水之质不可测，那是鬼神世界延伸到我们这个世界的边缘，还是人类的我们是不能碰触的。”

川穹道：“您也没过去吗？”

藐姑射道：“我过不去，也从没这个想法。所有有形体的东西都没法过去，而弱水那边的世界我们又没法感应到，所以无法跨越。心宗的高手以灵魂脱窍之法强渡，但究竟能不能过去，却是难说。据说太古时代有建木能够穿越它，然而建木却早已消失了千年了。”

说话间，昆仑基界轰隆隆如万雷齐响，同时有两道强光越过三千山河，射入奇点之界内。

川穹道：“师父，他们在干什么？那两道强光又是什么？”

藐姑射出了一会神，道：“那些乱七八糟的人莫去理他，至于那两道强光，你应该猜得到才对。”

川穹沉吟片刻，道：“是季丹，还有……还有他要决战的对手！”

“嗯。”藐姑射道，“我们走吧，别妨碍他们了。我要以虚空隔绝之法切断奇点之界和昆仑基界的通道。”

川穹道：“师父，我能不能留在奇点之界观战……我不会妨碍他们的。”

藐姑射道：“他们不需要人观战，因为这一战只属于他们自己。”

川穹仰望着藐姑射，这个人真的是自己的将来吗？

“师父，你来昆仑，只是为了关闭奇点之界？”

“师父，现在奇点之界关闭了，你还会留在昆仑吗？”

“师父……”

藐姑射都还没回答，轰隆一声，打断了川穹的问题。川穹回过神来，才发现已经身处昆仑的基界。但这时昆仑的基界已经和他进入奇点之界前完全不同。

百万旌旗从崦嵫山一直蔓延到太华山，越山跨河，每一面旌旗上面都盘绕着一个兽形精魂，或为妖兽，或为灵兽，或为魔兽，或为鬼兽。

川穹跟着藐姑射越过群山俯观，但见东面空桑山上，停放着一面直径八百丈的巨鼓，巨鼓上站着一人，竟是川穹认识的师韶。空桑山后面，战帜如云布满千山，每一面战帜上面都盘旋着一个禽形精魄，或为风禽，或为雷禽，或为火禽，或为寒禽。

西阵一个苍老的声音喝道：“藐姑射，你突然出现在这里，是要干涉我朝讨逆之玄战吗？”

藐姑射妙目漫扫，川穹应道：“阁下何人？”

那声音道：“你小子什么东西，连老夫都不认识，也敢来和老夫答话！”

空桑山上师韶道：“己濮阳，少在那里倚老卖老！川穹，这老儿是昆吾方霸，夏之玄军，由他领衔。”

川穹道：“师韶，你们这是要打架吗？”

师韶道：“不错。你与令师可有参战之意？”

川穹看了藐姑射一眼，道：“你们打你们的，我们随便走走，不会妨碍你们的。”

西阵中那人哼了一声，师韶也道：“那很好。”

川穹奇道：“很好？你不希望我们帮你吗？”

师韶道：“洞天派宗主出手，非天下之福。”

藐姑射嘿了一声，转身消失了。川穹对师韶道：“保重。”也跟着消失了。

他师徒俩才离开，便听整个昆仑基界都震荡起来。师韶笑道：“性子可真急啊。”握拳虚擂，便听一声巨响，震塌了青丘之山，一片灵光升起，化作三千九尾狐形状，随即散去。

己濮阳怒道：“盲小子，你敢坏大夏母族之坟墓！看我把你的夔皮鼓烧了！”便见小华山中飞出一头赤翼青喙鸟，符禺山中又飞出一头翠羽赤喙鸟，两鸟飞向空桑山，相撞而亡，临死前爆发出一场空前大火。东阵主阵之人发动地脉，山移地动，把空桑之山移到杜父山、曹夕山、峄皋山三座大山之后。杜父山首当其冲，被烧成一块六千尺的焦炭，那火蔓延开来，又把曹夕山烧成一座通红的岩丘，烧到峄皋山时，山谷间飞出一头青鸟，脖子伸长，把余火全吞进肚子里去了。

己濮阳怒道：“祝融来的叛徒，敢助成汤为孽！”

放出青鸟的人还没回答，东阵中另一人道：“己濮阳，你才是助夏为虐！天下间最助履癸为恶的，朝中是妹喜，畿外就是你！”

己濮阳喝道：“女房！你不过是成汤身边一条狗！怎敢直呼我主尊名！有种的别躲着，出来与我交战！”

女房笑道：“我的任务是送世孙前往四界，若要斗狠，且等大事已定，我们再决一胜负。只是我怕你等不到那个时候！”

己濮阳道：“伊挚呢！他怎么不来？”

女房笑道：“四界中之布局，非我分内之事，你若有本事，不妨把四界之门都堵上。便在基界与我等决一胜负！”

己濮阳笑道：“你们若要进四界去送死，我为何阻拦。”一阵山摇地动，次山、浮山、独山、积石山、长留山、翼望山一起移位，阴水、区水、辱水、端水、薄水瞬间改流，让出一条出路，直通四界与基界交会处。

只听一个年轻的声音道："谢了。" 一只铜头、风足、雷翼的幻蝶冲进了那百里过道。蝶背上踏着一个青年，披头散发，全身素衣，面色苍白。

女房惊叫道："小心！那是陷阱！"

但见群山耸动，合拢过来要把来人困住。那青年喝道："千山万岳，敢不听我驱驰！" 幻蝶过处，高山点头，丘陵伏身，纷纷回避让他过去。

东阵中一个声音叫道："桑谷隽，等我一等！"

女房道："世孙，待我用电行法送你一程。风云起！雷霆动！"

一道闪电劈下，落在东阵群山之中，跟着电光闪动，趁着群山回避幻蝶的一刻越过山河阻隔，追了上去。幻蝶过后，闪电消失，山河回归原位，将有莘不破和昆仑基界隔绝了开来。

川穹道："师父，在我进入奇点之界的前后，感觉好像也有人进入了四界。当初我感到天下共有二十一个通道通往昆仑，但基界只有十八道，则另有三道分别通往混沌、长生、是非三界，是吧？"

"嗯。"

川穹道："这么说，这三界中现在也都有人了。"

"不。" 藐姑射仰头沉思，道，"长生界中没人，我刚刚才感应到的。这可真是奇怪。"

"长生界？" 川穹心头一凛，"血祖都雄魁！"

藐姑射道："本来我以为伊挚和都雄魁都会来的。可是……都雄魁到底想做什么？难道他真的放心让太一宗那个小子主持大局？"

川穹道："反正我们也不管这事，他们来不来都没什么所谓。"

谁知藐姑射却道："我是希望他们都来的。那样才能干净。"

川穹道："干净？"

藐姑射道："是啊，干净。嗯，伊挚虽然没来，但他的紫气分身肯定也到了，那他留在凡间界的不过是一具凡胎而已，把他的紫气分身留住也一样。只是都雄魁却……”

川穹道：“留住紫气分身？师父，你到底要干什么？”

藐姑射淡淡道：“等四宗传人都进昆仑四界之后，我想把昆仑整个儿送到至黑之地去。”

川穹大吃一惊：“你说什么？”

藐姑射叹道：“我答应过自己的，再不在凡间打开那种规模的无底洞通道，不过现在难得有机会四宗传人聚在一起，我就在昆仑把这一切了结掉。”

“了结？”

藐姑射平静地说道：“是啊，了结。三百年前本门传人死尽死绝，只因彭祖传下血宗法统，以至于斟寻一宗居然还能找到本门的传宗之发把洞天派的道统延续下去。我把你送到至黑之地，本以为你死定了，可你还是因为太一宗的传人莫名其妙地回来了。所以，要断绝这一切，想来只是把你和我一起杀死还不够。一定要把四大宗派一起埋葬，才能斩断这延续了千年的痛苦和孽缘。”

藐姑射说话的时候，川穹一直望着他。

“师父怎么能这么平静地说出这样的话？不！不单是说说而已！”川穹仿佛看到藐姑射打开终极无底洞时那种古井无纹的平静。“他会这么做的！他会的！虽然我不是很了解他的想法，可他会的！”

藐姑射望了川穹一眼，道：“你在想什么？”

川穹道：“想你刚才的话。”

藐姑射道：“想到什么了吗？”

川穹没回答。

藐姑射道：“你要帮我，还是要阻止我？”

川穹道：“帮你？那就是自杀。”

藐姑射道：“那又有什么不好的？趁着你还没被那千年之痛折磨之前，一并了结掉吧。”

川穹道：“就算要受那千年传承的痛苦，那也是我自己的事情！不用你管！”

藐姑射道：“你，就是我！”

川穹道：“我不是你！这个生命是我自己的，虽然我不知道它是怎么开始的，但……我想自己来做决定！”

“是吗？”藐姑射道，“就算承受我的痛苦也不后悔？”

川穹道：“未来能否改变，尚未可知。”

藐姑射黯然道：“我的确已经知道了。”

川穹道：“也未必！”

藐姑射道：“当年……”

川穹斩钉截铁道：“我不想知道当年！我要的是现在，是未来！我们连整个宇宙都有可能握在手中……”他手一伸，掌心出现一片虚空，仿佛握住了整个宇宙，“难道连自己的命运都不可能改变吗？”

藐姑射望着他，秋水中荡漾着欣赏的微笑：“好吧，那你就按你的意思去做吧。”

川穹道：“你不杀我了吗？”

藐姑射道：“还不到时候。”

川穹道：“还不到时候？”

藐姑射道：“我说过，都雄魁没来。虽然不知道他在凡间干什么，不过他若不来，这件事情始终不够干净。所以我要等他。”

川穹道：“他若一直不来呢？”

藐姑射道：“会来的。他在夏商之争上陷入得那么深，鼎革这个命运之轮，他一定躲不开的。嗯，你干什么？”

川穹道：“我要下去。”

“下去？”藐姑射道，“下去干什么？”

川穹道：“下去找血祖。”

藐姑射悠然道：“你自己一个人去，不怕他把你吃了？”

川穹道：“他未必会吃我，但若他因为什么原因上昆仑来，你却一定会打开至黑之地的通道，那我们就死定了——我知道你不是在开玩笑！”

藐姑射道："所以你要去见他？你认为，他若要上来，你能阻止得了他？"

川穹道："我不用阻止他，我只要把事情告诉他，我相信，他会选择的。"

藐姑射微微笑了一笑，说道："这似乎是个好办法。"

川穹道："我现在就走了……你，不阻止我？"

藐姑射淡淡道："我为什么要阻止你？说不定正因为你下去了，才会把血宗的传人带回来呢。事情的结果，往往总是和人的初衷背道而驰……这一点，我从几十年前就已经看透了……"

第四章
众神大战昆仑之巅

城空

最后一个参加玄战的方士上了昆仑以后，人间的大战也开始了。一切来得那么突然，没有半点预兆，刚一接锋，胜负立决。东方联军在昆吾地面上溃败如山倒，一场旷古大火挡住了夏军的攻势，使联军主力得以朝东南撤退，但他们又能逃得了多久呢？

芈压以祝融世子的身份坐镇祝融城，一直愤恨不能上前线的他终于不再愤恨了，因为形势告诉他，祝融这个南方大本营很快就要变成前线了。

从北方败退下来的军队一步步地往城里涌，一开始是一些隶属祝融的败军游勇，逃离行伍之后跑回家来了，然后就是大队大队的联军：朝鲜部、九夷部、尸方部、鬼方部、淮夷、莱夷……跟着是商国的主力。

“到底是怎么回事？”芈压急得跳脚，但先来的将领都支支吾吾没说出个所以然来。直到商人本部到了之后，暂统军权的商国大臣女鸠[①]道：“我们快退！”

---

① 女鸠：据历史记载为商朝的开国将军。

芈压怒道："退！还往哪里退？这里是祝融！"

女鸩道："往东退，往大荒原退。"

芈压道："祝融的城池在这里，祝融的坟墓在这里，祝融的百姓在这里！"

女鸩道："先顾活人，鬼神的问题靠后，城池和坟墓管不上了！百姓也走！"

芈压怒道："几十万人，怎么走！"

女鸩道："跟不上大队，就让他们各自逃命。"

芈压怒道："我不逃！背城一战，未必就输。"

女鸩沉默了。他没有其他的表情，有的只是踌躇，似乎在考虑一件不知该如何说的事情。

"话说回来……"芈压道，"我祝融的军队呢？"

女鸩道："祝融的部队殿后，再过半个时辰应该就能到，这是……这是令尊的意思。"

芈压道："那好，等我父亲回来再作决定。"

女鸩道："不用了。我在半路上已经和尹相联系上了，联军的行动权由我统筹，便宜行事。"

芈压怒道："这里是祝融！要退你们退，我祝融的将兵绝不会弃祖宗基业于不顾！"

女鸩道："祝融的军队暂由我直接指挥——这是芈方大人的意思。"

芈压惊道："你说什么？"

女鸩道："这个授权，祝融各部的将军都曾与闻。"

芈压先是愤怒，以为女鸩趁机夺权，随即听到他话中有话，心内感到一阵恐慌，犹豫了好久，那句不敢问的话终于还是问了出来："我父亲呢？他……他殿后，明天就回来，对不对？"

女鸩叹息了一声，道："如果不是芈方大人，我们连撤退的时间都没有。"

芈压叫道："谁问你这个！我是问你，我父亲明天就会……"

女鸩打断了他：“不会回来了，芈方大人不会回来了。他已经化作五百里重黎之火，为我们断后……芈少主，你挺住！”

芈压晕倒在女鸩的臂弯里，醒过来时，祝融的副帅已经赶到。什么话也不用说，芈压已经知道那个噩耗不是假的，可这叫他如何接受得了？

“不！”他咆哮着，就要冲出去，却被一只手按住。屋子中突然现身的白衣人让所有人都大吃一惊，而女鸩的惊讶比其他人更甚三分。

这个白衣人是什么时候来的？

屋内好几个人已经要拔刀，但很快就见到女鸩竟然恭恭敬敬地向白衣人行了一个礼——他似乎认得这个白衣人。

芈压不用回头，已经知道是谁，哇的一声哭了出来，却挣不脱那只手的压制。

那突然现身的白衣人道：“你们先出去，按你们商量好的计划行事吧。他先交给我。”

祝融的副帅要问个究竟，女鸩却鞠了个躬，制止了其他人的盘问，领着众将出去了。

“大头，我爹爹他……这怎么会……”

大头道：“你爹爹离城之前，吩咐过你什么？”

芈压道：“爹爹说，此去不管前方胜负生……生死如何，我都要以祝融继承人的身份，把祖宗基业守住，护国卫民。”

大头道：“芈压，你今年几岁了？”

芈压道：“十八。”

大头道：“十八岁，不是小孩子了。如果有穷商队其他朋友遇到你这种情况，他们会如何？”

芈压身子一震，想起了江离，想起了羿令符，想起了桑谷隽，想起了有莘不破，如果和自己易地而处，他们会怎么样？

大头道：“战乱之时，我们连悲伤的从容也没有。如果你真的长大了，就该去把你父亲还没做完的事业继续下去，而不是躲在这里啼哭。”

芈压摇头道：“我……我做不到。”

大头道：“这句话，你对你父亲说去。”

芈压全身剧震，眼眶泪水狂涌，泪水流干，继之以火——血一般的火！当火把这间屋子烧光之后，出现在众人面前的不再是那个稚气未脱的芈压，而是一个腰杆挺直了的祝融国主。

“女鸠将军，背祝融坚城也打不赢吗？”

女鸠道：“如果能打赢，我们也不用一路溃退了。现在我们唯一的希望就是拖，拖到昆仑玄战结束，拖到王孙回来，只要我王或尹相能恢复神通，或者有一位宗师出面制衡……”说到这里他看了芈压身后的白衣人一眼。

白衣人却道：“我也不行。”

女鸠道：“如果这样，我们只能按尹相的策略行事了。得快，我们没多少时间了。”

联军早在芈压情绪稳定之前就已经开始行动，而祝融的民众则在芈压国命下达之后乱成一团：联军的主力退入大荒原，而百姓则由部分军队分批引领往西边和南边撤退。

“逃吧，逃吧……”知道前线战况之后，芈压祝祷着。他的心在滴血，不仅因为父亲的死，更因为自己没法保护祝融的子民。

面对夏军，在千里溃逃之后，东方联军居然还没有涣散，这不但因为他们对成汤威望的信仰，也因为芈方舍弃生命释放出来的那场大火。他们为了各种利益和立场而站在伐夏的大旗底下，但那场大火却震撼了他们，打动了他们心灵中超乎利益之外的那一部分。

短短的时间内，繁华一时的祝融城就几乎空了，还留下的，只有抱着必死决心的小部分人。一些固执的老人宁愿死在祖宗坟墓旁也不愿背井离乡地加入逃难的行列。

“我不走。”芈压在联军离开之前说。

“那么，末将也不走！”祝融的将军们单膝跪倒。

“我们也不走！”这些将领的亲兵也跟着跪倒。

旁边一些百姓看到也跟着伏倒在地。一个自缚于家门前大树的老人见到这一幕，哭着让人给他松绑，爬到芈压脚下，他什么话也说不出来了，但所有人都知道他的意思。

终于，祝融城空了。

来自北方的追逐来得比预想中晚得多，擅长观天听地的一位尸方军师说，夏军往西边去了。在那里有祝融一支小部队故意布下的迷阵，或许正是那支部队把夏军主力引过去的吧。真实的情况如何，东方联军已经没有能力去打探了。他们甚至无法放出幻兽去察看敌情，因为任何靠近夏军的生命体都会成为对方的养料。但不管如何，这是个好消息，至少让祝融的人得以从容撤退。

芈压是最后一个离开的。他站在城头，对大头道："我……我们还会回来吗？"

"会吧。"大头道，"都雄魁不会连没有生命的东西也吞噬掉，你回来的时候，说不定城墙还在，屋瓦也还在。"

芈压道："如果我留下呢？"

大头道："那祝融会多一场大火，或者……或者世上会多一具行尸。"

芈压道："大头，我一直没问你是什么人。"

大头道："第一次见面你就知道我是什么样的人了，不是吗？"

芈压道："不是的，我的意思是，你的身份！女鸩大人认得你，是吗？他虽然对谁也不肯说，但大家都能猜到，你一定是一个很了不起的人。"

一阵清风吹过，大头沉默着，突然道："芈压，也许，我们是时候分别了。"

芈压大惊道："分别？为什么？难道……难道是因为我说了不该说的话？"

"不是。"大头道，"仅仅因为分别的时候到了。"

芈压道："可是……"

大头截口道："不要多说废话了。我们见面之前，也没有人来给你解释为什么我们会见面。"

芈压只感到眼前一阵迷惘，这个白衣男人，就像雾一样扑朔迷离。芈压当初不知道他为什么会出现，现在也不知道他为何要离开。芈压只知道，自己无论做什么都无法阻止他——也许世界上根本没人能够阻止他。

“那么……”芈压道，“你要到哪里去？”

大头道：“不知道。”

“那么……”芈压道，“我们还会见面吗？”

大头道：“不知道。”

芈压道：“那么……”

大头道：“芈压，别忘了你现在已是一国之主，更别忘了你已经长大。难道到现在你还要像一个没断奶的小孩一样离不开我吗？”

芈压咬紧了牙。

大头道：“像一个男人一样，跟我道别吧。”

“我……”芈压犹豫着，却终于什么也没说，道，“保重。”

“嗯，保重。”说完这句话，大头就不见了，不是消失在芈压的影子之中，而是消失在蔼蔼暮色里。

惑军

夏人突然发动的攻击让东方的军士吓了一跳，许多中下层兵将都没搞清楚怎么回事，便接到命令向东南撤退。

“前线到底发生了什么事情！”祝融新军的百夫长彭陆脸上忧虑重重。上级那里没再透露进一步的内容，彭陆便想和马蹄商量看看，却发现对方正望着北方瑟瑟发抖。

前方，血祖已经发动了能够吞噬一切生命的小流毒。但隔了这么远，也只有马蹄才能感应到那种可怕。

彭陆问道：“你怎么了？”

马蹄道：“害……害怕。”

彭陆大感奇怪：“害怕？你害怕什么？”

马蹄道：“怕死。”

彭陆道：“怎么会，你一直很勇敢啊。冲锋的时候，你跑得比我还快，我也跟不上你；收兵的时候，你又永远走在最后面。”

马蹄道：“那是因为当时我知道我决不会死！但这次……这次我们死定了。”他望着北方，“我也不是很明白，他怎么能做到那样的……可是，我们死定了！”

“你是说敌人的大军吗？”彭陆道，“还没交锋，胜负还难说！”

“交锋？”马蹄忧形于色，“等到交锋，可就什么都完了。”

彭陆道：“为什么？”

马蹄道：“我没法跟你解释，但……总之我们根本就打不赢！不行，我要走了。”

“走？”彭陆道，“你要去哪里？”

马蹄道：“回祝融找到我哥哥，然后有多远逃多远。”

彭陆怔了一下，随即一巴掌刮了过去，大怒道：“马蹄！”

马蹄被彭陆刮得一怔，说道：“你为什么打我？”

彭陆大声道：“你说呢？”

马蹄沉默了一会儿，道：“彭陆，我做不到啊，我知道留在这里一定会死的。”

彭陆道：“那又怎么样？我们是祝融的勇士！只能做阵前尸，不能做窝囊人！你这样子算什么？”

马蹄冷笑道：“你倒英勇！可惜这腔调都是上边的人拿来愚化我们这些小卒的。那些本领高强的人，商人的大将也好，祝融的国主也好，我以前认识的那些高手也好，他们会亲临战阵只因为他们功力高超，就像我一样，明知道没有危险才会上阵。这就叫艺高人胆大——其实不是胆大，而是仅仅因为艺高。”

彭陆也冷笑道：“你真是这样想？那我以前可真是看错你了。”

马蹄默然半晌，说道：“当然也有例外。比如你就……”

彭陆挥手道：“不单是我，还有很多人都是这样的！”

“很多人？”马蹄知道彭陆没有说谎，他吃过的人里头确实有不少人有这样的想法，但他马蹄却不是，那些人的勇气也还没有融进马蹄的骨髓之中。他偶尔敢于冒险，但那仅仅是因为被利益冲昏了头脑，或者走投无路放手一搏。在没有切身利益或者有其他出路的时候，他还是会像芸芸众生那样，选择逃跑。

彭陆道："马蹄，我们总有逃不了的时候。那时怎么办？"

马蹄道："到那时再说。"

彭陆道："那如果迟早要面对呢？"

听了这句话马蹄整张脸都僵硬了。迟早要面对的人，他想起了那个他平时想都不敢多想的绝代魔头，他知道，那个人此刻就在北方，就在前线。

彭陆道："如果你真要逃跑，我也不会拦你。不过……算了，你自己想吧。"

马蹄最终没有独自逃跑，而是和大军一起撤退。他以为这样的行军速度一定没法逃掉，但一场突如其来的大火却把夏军给拦住了。

"那火是一位大高手放的。"马蹄心道，"那人放这把火，只怕是拼上性命了吧。"在那一瞬间他知道自己又错了。肉食者当中也不是没有舍生取义的人在。

逃离前线之后，东方联军在逃跑的同时作了种种布置，最重要的两种是设置陷阱和布置惑军。陷阱是为了拖延夏军行军的速度，而惑军的任务则是尽量吸引夏军的主力——简言之，惑军就是以死来为联军主力争取时间。

惑军人数不多，但都是祝融最勇敢的战士，彭陆和马蹄也名列其中——两人的勇敢在军中可是有名的。看到这样的安排，马蹄也唯有苦笑。不过他想这些陷阱和惑军都应没法瞒过那个可怕的"便宜姐夫"吧。

惑军在离开大队三天之后进驻昆吾西南的一座小城卢城，和马蹄预料的一样，惑军一路上留下的种种蛛丝马迹并没能把夏军的主力吸引过来，不过还是有部分队伍向这个方向进发——那是昆吾国的部队。

昆吾兵甲之利号称八大方霸中第一。这些年虽然国力军力都大不如前，但那浩浩荡荡的十万人马，就是祝融的全部兵力在此也未必有胜算。卢城中的数百祝融勇士只远远望到那因军队行过而扬起的灰尘，便知道除了投降，他们已经没有第二条生路了。

“怎么办？”五个百夫长聚集起来，商量对策。

彭陆道：“我不喜欢战争，不过既然参与了，为国死战，杀一个够本，杀两个有赚！”

其中一个百夫长一起道：“不错！”另外两个却面有难色。

彭陆问马蹄道：“马蹄，你怎么说？”

马蹄道：“我一个人顶得过一万人！杀两个怎么会有赚头，至少要杀他一两万。”

彭陆笑道：“呵呵！你杀得越多越好。有本事的，你把五万人全杀了。”

眼见昆吾兵马的前锋明日就要兵临城下，几个首领商议之后，索性把城中积粮存酒全都取出，让全军大吃一顿。

“这大概就是他们最后的一顿晚饭了吧。”马蹄想。他认为自己应该可以活下来，毕竟都雄魁没来，就算昆吾有什么厉害人物，自己也应该有逃跑的余裕。

“彭陆，”一个百夫长忽然道，“我们为国战死，没什么可说的，不过这城中的百姓可没必要陪我们一起死啊。不如趁昆吾的兵马未到，开城门放他们出去吧。逃得了多远就看他们造化了。”

见彭陆当即赞成了，马蹄也没什么意见。他喝了个半醉，便回去睡觉了。睡到快天亮的时候，突然脖子剧痛，头竟然被人硬生生砍了下来。他睁开眼睛，便听见一个人说：“好凶的家伙，头断了还睁眼。”说话的人竟然是他的战友——会议时面有难色的两个百夫长之一。

“我被人背叛了！”马蹄心道，但他还想看看，因此并没作出进一步的举动。

第二日，昆吾军队的前锋抵达城下，第三日，五万大军都进驻了卢城。马蹄的人头被盛在一个盘子上，和另一个人头一起，被那两个叛国的百夫长送到昆吾主将的面前。

“被人装在盘子里，这种感觉还是第一次呢。”马蹄心想。

另一个盘子里装的也是他的战友，但不是彭陆，而是那天为彭陆的提议叫好的百夫长。

“彭陆呢？他大概是被活捉了吧。”马蹄心道。

他猜得没错，彭陆确实被活捉了。前天晚上，其中一个决意背叛的百夫长混在出城逃难的人群中去向昆吾的将领献降，另一个则带着得力手下，分别暗算了三个不肯和他们同流合污的将领。

“唉，真是冤枉。”马蹄心道，“其实我并不反对投降啊。”

彭陆被推进来了，被好几个人按拿着，他仍在不断挣扎。老实说，马蹄并不认为彭陆的身手有多么了得，但这个伙伴冲锋时候往往能展现出压倒敌人的气势。

“这气势到底是什么呢？”马蹄心想，“难道只是勇气？”

马蹄隐隐觉察到，彭陆的血脉似乎非常特殊。

昆吾的主将劝彭陆投降，被彭陆一口拒绝了。昆吾人又让那两个叛将劝降，那两个叛将却被彭陆一口唾沫吐得掩面后退。

“我不能让彭陆死在他们手上。”马蹄心道，“这么好的人，怎么能这样白白死去。何况是他自己答应过让我吃的。”他留意了昆吾的主将很久，发现那人的武功虽然很高，但自己还对付得了。

“昆吾是八大方霸之一，这个主将似乎却不是很通玄术的样子，嗯，多半通玄术的人都上昆仑去了。不过，这些将领凑在一起，我要对付起来还是有点麻烦。”

当天晚上，马蹄的头颅被送进那昆吾主将的房间，因为这个将军有一个癖好——在打了胜仗之后枕着敌将的头颅睡觉，据说这样能够让他第二日威风倍增。

他以马蹄的头作枕，以另外一个人的头颅靠脚，睡到半夜突然觉得脖子黏黏的，好像有人在舔他的后颈。他以为自己在做梦，慢慢地又睡过去了，还真做了一个梦。梦中一个美人搂着他，亲吻他的每一寸肌肤。

这位昆吾的统帅就在绮梦中死掉了。他的精华进了马蹄的肚子，他的糟粕则被抛弃。化身为他的马蹄把昆吾的将领一个个叫进来，然后一个个地吃掉。到了四更天，十万大军中除了马蹄，已经没有第二个高手了。

而这时候，马蹄正摸着自己的肚子想：“要是一口气吃掉十万人，会不会太饱？”

夕影

借助饕餮（tāo tiè）之胃的功效，马蹄在昆吾战争期间已经完成了元婴，身体的功能由形化虚。在卢城的那个房间中，他又完成了第二次力量飞跃。之后他忽然在某种冲动的驱使下，把已经吃掉的部分能量释放出来，造出了一个人。

一开始只是冲动而已，但真的把人造出来以后，他的眼光又变得挑剔起来，就像一个雕塑者修改他的作品一样，对着那被他造出来的人修修补补。过了很久，他才对自己的作品稍微满意。

那个“人”从外形上是昆吾的副统帅，不过他没有灵魂，而仅仅是马蹄意志的一部分。行动虽然利索，但眼神终究有些呆滞。看到这里，马蹄又不满意了。这根本不是一个独立的人，而仅仅是自己的一个分身而已。可以从自己的身体里分出去，又可以很方便地收回来。于是他又造出了第二个、第三个、第四个……全都是被他吃掉的将领。

通过这些将领，化身为昆吾统帅的马蹄传下令去，把十万大军一千人一千人地分割开来，然后分批前往一个指定的所在。懂得造人以后的马蹄，对付这些普通军士已经不需要再用口去吃，而是用身体去融合，任何一个人碰到他都会被他的身体扯进去。他花了半个时辰融合了第一个千人队，用了一刻钟融合了第二个千人队，然后融合的速度就越来越快，吃掉一万人以后，他重新下令，让大军以五千人为单位分割开来。

第二日的傍晚，马蹄躺在空荡荡的卢城里面，望着昏黄的天空发呆。卢城已经一个人也没有了。一只蝴蝶飞过他的头顶，跟着突然消失。

这一天将要结束，而马蹄的新生命才刚刚开始。他饱饱地睡了一觉，直到月上城头才醒了过来。

“我好像忘了一件事情……对了！彭陆！”

他满城地寻找彭陆的尸体，但只找到了一堆肉酱。马蹄把腐烂的死肉激活，拼凑起来，才发现这具尸体并不完整，于是他满城地寻找着彭陆尸体的残存分子。这个时候，天地间所有生命在马蹄的眼里都显得那样清晰。他凭着感应找到和彭陆相似的生命气息——哪怕是刚刚死亡的生命气息。花了一天的时间，他竟然把彭陆大部分的血肉都找了回来。马蹄吃掉了这些血肉，再吐出来，已经是一个被他激活了的肉身。

“真是亏本啊！说好你要让我吃的，结果却变成这样！”他埋怨着，拍着彭陆的肩膀说。

然而彭陆虽然站着，呼吸着，却不懂得回答。

“怎么会这样！我明明让他复活了。”

马蹄知道，眼前的彭陆和前天他造出来的人不一样——那些人只是他的分身，马蹄随时可以收回来；但眼前这个彭陆却是一个独立的人，一个复活的独立人。

马蹄撑开彭陆的眼皮，眼皮底下的眼珠没有半点神采。于是他终于想通了。

“对不起。”马蹄喃喃说，“虽然我能让你的肉身复活，但你的灵魂……我的好朋友，请恕我无能为力。”他结束了彭陆的生命，把他埋葬在卢城郊外。

“我的能力是不完整的。”在坟头，马蹄仰望着天空，幻想着那个昆仑。“在那里，是不是有一个答案呢？”

当马蹄正想着该如何前往昆仑的时候，东方出现了异状。

“都雄魁！”

都雄魁在卢城发生意外之后的第三天停止了南行的步伐。昆吾大军虽然号称偏师，但也有整整十万人的兵力。这样一支强大的兵力和都雄魁自然会保持着频密的通信往来。可是在这天昆吾方面的信息突然断绝了，放出去责问原因的飞行幻兽也没有回来。

“难道那不是惑军？而是真正的主力？”都雄魁想。于是他派出了更多的妖兽、幻兽、魔兽，甚至有他自己亲手造出的僵尸。但无论是妖兽、幻兽、魔兽都没有回来，都雄魁开始觉得可疑了。就算是东方联军的主力，也不可能做到这种程度？这个世界能让所有靠近的生命无法逃遁的，只有一个人，那就是他都雄魁。想到这一点，都雄魁的瞳孔突然收缩了。

“难道……”一个可怕的想法冒了起来。就在这个时候，最后到达卢城附近的僵尸也被吞噬了。由于这僵尸是都雄魁自己造出来的，所以他能感应到僵尸被吞噬的状况。

“怎么会这样！”都雄魁有些失控地咆哮起来。因为他知道那个不祥的预感已经变成了一个事实：在卢城附近，有一个血宗传人存在着！而且这个血宗传人已经达到了几乎可以威胁他的境界了！

“不可能的！血宗只剩下我一个人了！我的徒弟早已死尽死绝！不可能的！难道是……彭铿？是那老不死不顾誓言传下了法统？但他已经龟缩了那么多年，就不怕一旦涉入世事，将再次被诅咒卷入吗？”

然而事实摆在眼前，不管怎么想不通，都雄魁都要前往卢城去看个究竟。这个时候，什么夏商之争，什么昆仑胜负都被都雄魁抛在一边了。

马蹄在彭陆的坟墓边吞噬了那几具僵尸之后就知道自己做了一件天大的错事。

“他知道了！”

想到那个便宜姐夫，他还是害怕。他实力越强，眼光越高，就越知道自己和都雄魁的差距。他甚至已有信心上昆仑去会会其他的宗师高手，可他不敢面对都雄魁。

那个人知道他所通晓的一切，也知道他的一切弱点。现在遇上他，自己只有死路一条。

“逃吧。”往西就是巴国。马蹄见过桑鏖望的神通，那个时候他对那种惊天动地的威力只有顶礼膜拜的份。不过现在马蹄回想起来，桑鏖望当时的阵仗似乎不无破绽。“我遇上桑鏖望当然还不行，不过如果是他，桑鏖望应该也不是便宜姐夫的对手……”

把祸水西引，大概也不行吧。往北就是昆吾，昆吾再往北就是甸服。这条路大概也走不通。这时候他想到了南边。

“东方联军里面应该也没人能够打赢他，不过……”不过当初撤退的时候，联军统帅所下达的命令里面表达了某种信心。马蹄自然也听说了，东方的商国可能有两三个很强大的人在，而那两三个人的存在，就是商人对付都雄魁的希望。

“虽然具体如何不知道，不过还是追上联军吧。”

他绕了个圈子，来到了祝融。但不管他如何逃窜，总能感到背后有大片大片的生命在消失，仿佛有什么怪兽正在追逐他，那怪兽所过之处，寸草不留。

“真不知道，他是如何做到的！”马蹄能在一夜之间吞噬十万大军，靠的其实是诡计。那些昆吾军队在被他吞噬之前几乎都没想过要抵抗。而背后席卷而来的都雄魁靠的却是真正的实力。

吞噬一切生命的实力！

“为什么总甩不掉呢？”

背后的追赶者越来越近了，直到对方已在五十里外，马蹄才暗叫一声苦。原来他在卢城吞噬十万大军，本身已是一个强大的能量场。他当时还不懂得如何把这力量藏于无形，而都雄魁又是本门高手，自然能轻易地捕捉到他的所在。

“完了！这种距离，大概已经逃不掉了吧。”

他在茫然中走近祝融城，这里是他生活得最久的地方。“没想到这里会成为我的坟墓！”

整座城空荡荡的，一个人也没有，偶尔有鸡犬奔逐而出，向东南方逃去，这些小生灵似乎也都感应到了来自西北的危险。

马蹄草草绕城一圈，终于回到了面向北方的城门。“彭陆说我迟早有没法逃避的一天，没想到这一天来得这么快！”

又将黄昏。

马蹄踏上城头，看见了一个白衣人。那个白衣人似乎是突然出现，又像是亘古以来便与祝融城同在。

“你好。”马蹄走近前去，试着和他打了个招呼。

白衣人仿佛没有听见，只是凝望着北方。

“这个地方很危险，”马蹄说，“你还留在这里干什么？”

马蹄说了这话很奇怪，自己什么时候变得会去关心别人的死活了？难道是受了彭陆的影响？

夕照落在白衣人沉默的脸上，马蹄吃过十万大军，可此刻竟然看不出白衣人有多大年纪。马蹄望了一下地面，这个人竟然没有影子。

“他不是人。”马蹄心道，“可也不是普通的妖魔鬼怪——感应到北方那片血潮，什么妖魔鬼怪都吓跑了！”

远处响起了震天的哀嚎，那是万千生灵被同时吞噬才会发出的声响。

听着这一切，看着这一切，白衣人深湛的眼神中没有一点动摇。马蹄越来越好奇了，他感到面前这个人空荡荡的，内里似乎一点生命力都没有，可面对着都雄魁震古烁今的威势，竟然丝毫不惧。

“难道他也是四大宗师中的一位吗？”马蹄想，“如果那样，那会是谁？太一正师？天魔？还是心宿？”

就在马蹄喃喃自语时，白衣人侧头望了一下夕阳，刚好看见马蹄。

两个人第一次对视，在对方的眼睛里，马蹄看到了很多关于自己的东西，却完全看不透对方。

白衣人终于开口了，第一句话居然就是：“你是血门传人？”

马蹄有点奇怪自己居然不感到惊讶，只是点了点头，道：“算是吧。”

白衣人指着北方，道：“数十年不见，无瓠子居然已经达到这种境界，了不起啊！”

马蹄道：“什么境界？”

白衣人道：“他大概已经不死不灭了吧。不会死亡，也没有破绽。如果他能够和彭祖一样，做到远离世事，不沾俗尘，那么也许就能无穷无尽地存活下去，乃至与天地同寿。”

“没有破绽？那岂不是天下无敌？”

“差不多吧。”

“那么……”马蹄犹豫着，道，“已经完全没有人能抵抗他了？”

“应该是吧。”

“你也不能？”

白衣人微微一笑。

马蹄不懂得他这一笑是什么意思，然而他也没问。

城头上，两个人并立着，夕照把马蹄的影子拖得越来越长，覆盖在白衣人身上。

“我真佩服你。”

“哦？”

马蹄道：“面对着他，你竟然一点也不害怕。”

白衣人道：“我也曾经有害怕的人，不过那已经是很久以前的事情了。”

马蹄道：“那现在呢？”

白衣人道：“现在我只剩下一个影子，就没有什么好害怕的了。”

马蹄沉默着，过了好一会儿，道：“我不想死。”

白衣人没有说话。

马蹄道：“我不想死！我知道遇到他一定会被杀的！结果我没有逃掉，可是我不想死！”

白衣人道：“为什么跟我说这些？”

马蹄道：“我不知道，只是直觉地感到，你或许能给我一个答案。”

“答案？你是要我帮你？”

马蹄点了点头。

白衣人再次凝视着他，许久，许久，才道：“你要我怎么帮你？”

马蹄道：“我不知道。”

白衣人道：“有些事情，你至少要先知道该怎么办，然后别人才能帮你。”

马蹄道：“我现在还没想到。”

白衣人道：“那就等你想到了再开口。”

马蹄道：“可我怕我没那个时间了。”

白衣人沉默着。

过了好久，马蹄道：“我……我的力量不足。”

白衣人道："嗯。"

马蹄道："不知道为什么，我感到你是个很厉害的人。"

白衣人再一次转过头来，看着他，忽然微微一笑，道："你想借助我的力量对付都雄魁？"

马蹄犹豫着，点了点头。

白衣人没有再说什么，然而在落日最后一丝余晖中，他化成了一个影子，融入马蹄的影子之中。

心门

有莘不破和桑谷隽都没来过昆仑，但他们却能分辨出长生之界、是非之界和奇点之界的区别。

两人乘坐着幻蝶，飞过外斜月山，逼近是非之界的入口。

桑谷隽指着前面那座大山道："是非之界就在山那边了！"他眼里冒着冰一样的火，"我能感应到，用姐姐死前精魄织成的天蚕丝袍，就在那边！"

有莘不破安抚了一下背上鸣叫着的天心剑，道："不错，应该就到了。"

桑谷隽道："你为什么要和我一起来？奇点之界被封锁，但要前往混沌之界，应该还有一条路的。"

有莘不破道："师父说了，如果都雄魁坐镇长生之界，那我一定过不去的。就算侥幸过去了，也会只剩下半条命。"

桑谷隽道："只是因为这样？"

有莘不破道："那你说还有什么？"

桑谷隽道："其实你跟着我来，是怕雒灵也在是非之界，怕我伤了她，是吧？"

有莘不破叹了一口气，道："不管是你伤了她，还是她伤了你，我都不想的。"

桑谷隽道：“姐姐的仇我无论如何是要报的，我也希望雒灵能在这件事情上置身事外，否则……我只能跟你说对不起了。”

有莘不破道：“如果灵儿真的那样选择，我会拦住她。”

桑谷隽道：“你拦得住她？”

有莘不破道：“我有师父的紫气分身和祖父的祝祷，相当于他们两位的功力我兼而有之。所以，我一定能拦住的。”

桑谷隽道：“紫气分身和令祖的祝祷吗？我也猜到了，商国让你独自前来，自然会有所准备。可是这两种力量好像不是要给你这样用的吧？你在是非之界把力量都耗尽了，到了混沌之界怎么办？”

有莘不破道：“那不重要。”

桑谷隽蓦地停下，目视有莘不破：“不重要？”

有莘不破道：“对我来说，那并不重要。”

桑谷隽道：“那什么重要？”

有莘不破道：“我曾经渴望自由自在地去干自己喜欢的事情，现在我已经不敢奢望了。我现在只希望还活着的亲人朋友能够继续活下去，好好活下去。”

桑谷隽提高了声音，道：“亲人？朋友？那不是你朋友的人该怎么办？”

有莘不破道：“那我就不知道了。毕竟，那些人和我没什么关系。我如果连亲人、妻子、朋友都顾不上，哪里还有工夫去顾他们！”

桑谷隽道：“如果是这样，那你来昆仑到底是来干什么？”

“因为对我最重要的人都在这里。”有莘不破道，“你，雒灵……还有江离。”

“不破……”突然之间，桑谷隽觉得自己和有莘不破的关系回到了过去某种时候，虽然不再是那种青春无忌的情怀，可却是那一切情怀的沉淀。

“你能不能帮我？”有莘不破说。

“帮你？”

“一起，把雒灵和江离带回去。”

桑谷隽一阵神往，带回去吗？是带回到凡间，还是带回到过去？可是他们还能回去吗？

“怎么样？”

桑谷隽叹息一声，有莘不破说的自然是最好的结局，可是，“不破……”

“嗯？”

桑谷隽道：“等我报了仇，如果还没死的话，再说吧。”

幻蝶迎风展翅，越过了最后一座山头，来到了是非之界的入口。

“都雄魁大人没来。”江离凝望着下界，叹道，“如果不破他们去道长生之界，大概半分力气不花就可以直接到我们这里了吧。”

“相应的，伊挚大人也没有来。”山鬼道，“而且行踪缥缈的血剑宗也没有出现。幸好对方暂时还没看破长生界的虚实，竟然不敢取道，现在情况对我们很有利，说不定我们在昆仑和在下界能同时取得胜利。”

江离道：“如果下界失败了呢？”

“这……”

“在下界轻启战端，对我们并无好处。因为我们的军力财力都不如商人。万一我们这里还没输，但夏都已经沦陷了，那我们该怎么办？”江离伸手弹开了一片春风中的冬雪，道，“本来我是希望是非之界能尽量耗损对方真力的，但现在反而希望他们能快点来。”

是非之界，是一个仿佛不存在实体的地方，这里似乎是人间与冥界的交界点，一切都显得那么缥缈虚无，只有两个声音在回荡着。

“师姐，你现在是不是有些后悔？”

“后悔？”

“是啊，来到这里之后我才发现，这里简直就是我们梦寐以求的所在！无论什么样的心法，在这里施展都能事半功倍。其实你就算不与我换体，打败桑谷隽的机会也很大。”

“我不会后悔的。不过我也没想到妹夫会选择是非之界。”

“那么姐姐打算怎么做呢？”

“当然是阻止他。为了你姐夫的大业——想来妹妹可以理解。”

“我理解……不过，姐姐，我也只是答应帮你对付桑谷隽，并不是帮姐夫。所以……”

“所以怎样？”

“所以如果等我解决了桑谷隽而姐姐还没有压制住不破，那么对不起了，妹妹会反过来帮助自己的丈夫的，希望姐姐也能理解。”

翻过最后一座山头，前方却什么也没有。没有山，没有水，没有路，也没有障碍。

桑谷隽道：“是非之界是心宗根基所在，要找到入口，需由‘心’参悟。”

有莘不破道：“心？我不懂得。我连自己的心都不懂得，别人的心就更别说了。至于女人的心——想想都会头疼。”

桑谷隽道：“照你这么说，该怎么办？”

有莘不破道：“女人的心我们不懂，我们是男人，懂得刀剑就行了。”抽出鬼王刀虚斩，却什么也没发生。

桑谷隽道：“好像不行。”

有莘不破背上的天心剑突然鸣叫起来了。

“妹妹，妹夫背上那把是什么剑？”

“天心剑。”

“天心剑？怎么这么像本门的宝物？”

“确实是我的东西，我匆忙随姐姐前往夏都，除了小水之鉴，什么都来不及带出来。再说，天心剑这次我也用不着。”

“真是这样的吗？”

“要不然，姐姐的意思又是……”

“没什么，我只是随便问问。”

有莘不破抽出天心剑，横剑一划，眼前的虚无裂开一道裂缝，恍若泪痕。有莘不破收剑回鞘，那泪痕消失后，展现出两个大门，门上两个女子——不知是画还是影子。左边那女子侧着头，仿佛在琢磨着情人的心思——是雒灵；右边那人笑靥如花，令人无酒自醉——是妺喜。

“雒灵！”有莘不破忍不住叫了一声。他几乎就要冲过去。而同时桑谷隽也望着右边那门上的丽影捏紧了拳头。

“他们要进来了。姐姐，我们就此别过。”

“嗯，只要他们分开，无论他们如何选择，我们总有办法把他们导向我们希望他们来的地方。可万一他们决定一起进来呢？”

“那就等进来之后再分开他们。这里是是非之界，主动权在我们。”

有莘不破道：“你怎么说？”

桑谷隽道：“当然是右门！”

有莘不破道：“可别忘了这里是是非之界！是耶非耶？真耶幻耶？或者……”

桑谷隽截口道：“你是要说也许虚的就是实的，真的就是假的！有妺喜的门后面，也许却是雒灵？”

有莘不破道：“对。”

桑谷隽道：“但也有可能这两道门反映的都是实际的情况！或者无论我们怎么样选择都不会改变什么，别忘了，前面的路并不是掌握在我们手上。”

有莘不破道：“所以你已经打定主意要进右边的门？”

桑谷隽道：“不错！”

有莘不破道：“那好吧，我和你一块去。”

桑谷隽有些讶异，有莘不破道：“这一去如果遇到灵儿最好，如果遇到的是妺喜，那我就帮你把她宰了！”有莘不破握紧了鬼王刀，“如果妹喜死在我刀下……”

桑谷隽拍了一下他的肩膀，大声道：“我也不会有遗憾的！”朋友的手，再一次握在了一起。

“唉……”雒灵轻轻叹息一声，她已经封闭了自己的心灵，不让任何人窥测自己的意图。

她看见了有莘不破和桑谷隽两人紧握的手，也知道这对朋友在对方心目中的地位。

“我怎么能杀桑谷隽呢？杀了他，我和不破还如何能相处？就算是用师姐的身体，就算是用师姐的双手……

“可是，如果不帮师姐除去这个障碍，我又如何腾出手来帮不破？难道要我背弃诺言吗？还是说当初就不该答应？

“师父，如果是你，你会怎么办？江离，如果是你，你会怎么办？”

没有人会回答她。独苏儿的遗体虽然就在雒灵身边，但雒灵却知道恩师的灵魂在很远很远的地方。至于江离，雒灵知道他现在的烦恼一点也不比她少。

“江离当初是不是也是这样困惑的呢？是不是因为这样才那样选择的？”这个念头一出，雒灵仿佛悟出了什么，她的魂灵深入自己的记忆当中，切入在天山的那次深谈，把那个情景在心里重现出来，再游进那个情景中的江离的内心。她想着，想着，蓦地全身一震，是非界的心门被桑谷隽撞开。

“唉……偏偏是这个时候。”雒灵心念一动，一层薄雾拦在有莘不破与桑谷隽之间，把两人分开了。

鬼门

那片隔开有莘不破和桑谷隽的迷雾才出现，有莘不破马上运气护身，冲了过去要和桑谷隽会合，他却不知此刻桑谷隽也和他一样冲了过来，两个人存着一样的心思，却偏偏因此而错过了。

有莘不破拔出了鬼王刀，仔细打量周围的环境，却是一个又一个的坟墓。坟墓上写的都是自己认识的名字：札罗、蛊雕、水王、水后……

无数幽灵在坟墓上游荡着，看见有莘不破，纷纷飞了过来，诱惑他、威吓他、捉弄他、羞辱他。但有莘不破一拔出手中之刀，他们便吓得远远逃开。

有莘不破怒道："什么破玩意儿！装神弄鬼的！"他知道这次的对手一定不是雒灵，雒灵不会使用这么低劣的手段。他一路斩杀过去，遇妖杀妖，遇鬼杀鬼，坟墓一个个裂开，那些死掉的人一个个跳出来，但就连札罗也挡不住他的一刀。蛊雕冲了过来，却被有莘不破挥出精金之芒从九窍中刺了进去，摧毁了它的五脏六腑，化作一摊烂泥。

跟着是水王、水后，然而在他们发动冥水进行攻击之前，有莘不破已经砍下了他们的头颅。

有莘不破冷笑着，经历过风后的心幻大阵之后他已经知道，只要他心里有充足的自信，这些人都不是他的对手。只要自己支持得足够久，那个布开心幻的人就会因消耗不起灵力而不得不撤销整个幻境。只要他足够坚强，胜利始终会回到他这一方面。

他一步步走过去，一刀刀杀过去，敌人也好，亲人也好，高手也好，杂碎也好，都挡不住他一刀。

到了最后，坟墓只剩下五座，五座看不清墓碑的土坟。五座坟墓静静地躺在远处，和其他的坟墓仿佛不是处在同一个世界之中。有莘不破大踏步走了过去，还没走到坟头，凌空一刀先把第一座坟墓的墓碑劈翻了。一条巨蛇拦在第一座坟墓前面，见到有莘不破不怀好意地走近，突然暴起袭击。

有莘不破举刀便斩，眼见巨蛇就要被斩成两段，坟墓中突然射出一支羽箭，竟然硬生生把鬼王刀给撞开了。有莘不破只觉得手臂剧震，退开两步，警惕地看着那座坟墓。墓碑上的迷雾渐渐散开，现出几个字来：“羿令符之墓，杜若立。”

坟墓裂开，一个魁梧的男人顶开泥土，站了起来。

有莘不破大怒，叫道：“鬼东西！羿令符又没死，你居然敢弄出这见鬼的幻象！”

羿令符道：“不破，不要大喊大叫的，那没用。”

有莘不破一怔，随即怒道：“你这见鬼的幻象，少在那里学羿令符！别想我会相信你和他的真人有什么关系！”

羿令符丝毫不为所动，淡淡道：“这并不是普通的幻象，这五个坟墓和其他的坟墓不同，这里和我们在西北经历过的那个心幻大阵也不一样。可以说你在这个地方所见到的一切，并不都是假的。”

有莘不破冷笑道：“不是假的，难道还是真的不成？”

羿令符道：“半真半假。心宗是和鬼道最近的一个宗派，在四大宗派里面，她们和那个世界的联系也最深。特别是这五座坟墓，里面会走出来的人和你刚才见到的那些完全不同。如果我猜得不错的话，这个地方应该是一个边缘地带，那个心宗高手正用某种办法把属于那个世界的人召唤过来对付你。”

有莘不破不由得怔住了，眼前的羿令符已经不是“像”了，他甚至感到这就是他本人，但一转念间，神情又刚毅起来，喝道：“你少给我胡说八道！如果你是真的羿令符，那你来这里干什么？来帮我？”

羿令符道：“只要你不怀疑我，我会帮你走出这个鬼域的。”

有莘不破冷笑道：“不怀疑你？要是我真的相信你就是羿令符，只怕就一辈子出不去了！滚！滚开！”

羿令符伸手拦住道：“不要再往前了！如果让你看见墓碑上的名字，会把里面的人召出来的！”

有莘不破冷笑着不答话，举刀横斩，羿令符脚一点，凌空避开。有莘不破刀风一转，把第二座坟墓的墓碑劈成两半，墓碑上的迷雾散开，上半截写着“炼之”，下半截写着“墓，藐姑射立”。

有莘不破看到“藐姑射”三个字心头一震，羿令符道：“看见了吧。如果这些完全是你心里的幻象，这墓碑上的名字你应该很熟悉才对。可是这个炼我估计你并不认得。”

有莘不破冷笑道：“你怎么知道我不认得！”

羿令符道：“值得藐姑射为之立坟的人，自然不是等闲之辈。以你的性情，这样的人你要是听说过，以前不可能没跟我们说起。”

有莘不破闭上了嘴。虽然他还是竭力地否认，但心里已经渐渐相信眼前这个人就是真的羿令符了。

羿令符正要说话，那个坟墓突然炸了开来，一个极高大的人坐在泥土纷飞之中。有莘不破扫了一眼，几乎冲口就要叫出来：“季丹大侠！”

尘埃落定，有莘不破才发现那个人其实长得一点也不像季丹洛明，但不知为什么，一晃眼之间就会给人以那种错觉。

羿令符道：“这个叫‘炼’的前辈，只怕和季丹大侠有些渊源吧。”

那个男人睁开眼睛，扫了他们一眼，淡淡道：“扰我长梦的，就是你们两个小子？”他坐在那里一动不动，但有莘不破还是觉得有一股无形的压力压了过来，逼得他几乎站立不稳。

羿令符道：“我是有穷饶乌的关门弟子，这位是伊挚前辈的高徒。前辈的大名是炼吗？和季丹洛明季丹大侠如何称呼？”

“炼……那的确是我的名字。”那男人喃喃道，“至于你说的那几个人，有点陌生啊。有穷？是后羿的后代吗？”

羿令符道：“那藐姑射前辈和前辈如何称呼？”

炼道：“他啊……那小娃儿已经成了你们的前辈了，那你们是比我小得多的孩子了。”

羿令符和有莘不破脸色都是一变，羿令符道：“前辈可是四大宗派的前辈？可认识申眉寿大人和妙无方大人吗？”

“自然认识。”炼淡淡道，“小娃儿，我不是四宗传人，你们不用猜了。嗯，我和洞天派有些关系。藐姑射的功夫，可以说是我代他师父传的。”

羿令符和有莘不破的呼吸同时一窒，有莘不破道：“那么，你是季丹大侠的师父了？”

“季丹？藐姑射帮我找到的那个人？”

有莘不破点了点头。

炼道：“那大概是吧。”他站了起来，看了看周围的情形，说道，“这里是是非之界吧？”

有莘不破心中越来越惊骇，眼前这两个人完全不像幻象，也不像被人操纵的傀儡。难道他们都是真人？

炼道：“你们怎么不回答？还是说你们也不知道？”

羿令符道：“其实我们也不是很明白。”

炼道：“那也不奇怪，你们小小年纪，不知道也正常。看来这里应该是心门与鬼门的边缘，这里的一切——包括我都是半真半假。”

羿令符道：“那如何走出这个地方呢？”

“走出这个地方？”炼看了他一眼，道，“小子，你应该和我是一样的吧？你还想走出去？这个地方一消失，我们便回到那个沉寂世界去了。”

羿令符道：“不是我要出去，是我的朋友要出去。”

炼扫了一眼有莘不破，笑道：“原来如此。嗯，大概是让我们都消失，他就能出去了吧。”

羿令符眉头一皱，道：“让我们都消失？这是什么意思？”

炼笑道：“就是把我们送回去，简单地说，就是在这里把我们都杀了。”

有莘不破道：“就这么简单？”

炼道：“只怕也没那么简单。”

有莘不破道：“为什么？”

炼道：“我长眠的时候不喜欢被人吵醒，但既然醒来，也不喜欢随随便便被人杀了。要知道，死亡那一刻的滋味并不好受。”

有莘不破道："不管怎么样，我只能请前辈你再难受一次了。"

炼打量着他，微微一笑，道："你要杀我？"

有莘不破道："如果没有别的办法，那就只好冒犯了。"

炼笑道："好。我最喜欢有勇气的年轻人。嗯，你的气脉练得很不错，是谁教你的？"

有莘不破道："季丹大侠。"

"季丹？"炼道，"就是我那徒弟，是吧？但你看起来不像他的嫡传。小子，你的来历杂得很啊，有太一宗的气息，又和玄鸟有些关系。"

有莘不破心中一沉，对方一眼就看破了自己的深浅来历，只怕这一仗没那么容易打。

炼道："小伙子，你身上还藏着两股很奇怪的力量，我有点兴趣了。一起拿出来吧，说不定那两股力量能把我送回去。"

有莘不破道："对不起，那两种力量要等我到了混沌之界才能使用。"

炼有些失望，道："是吗？那样的话，可就没趣得紧了。小伙子，你的修为在这个年龄算是很了不起的了，不过还是打不过我啊。"

有莘不破道："不试试怎么知道！"说着凌空跳起，举刀劈出，一道凌厉的刀罡破空而至，斩到炼的面前突然被什么东西挡住反弹过来。

有莘不破惊道："无明甲！"眼见刀罡袭近，急忙也张开无明甲，但反弹过来的精金之芒却比原先凌厉了三分，有莘不破的无明甲竟然无法消解全部力量，全身一震，竟然被冲出二十步远。

炼叹了一口气，道："精金之芒，小子你到底还有多少本事啊。不过你这个样子还是赢不了我的！"

突然劲风大作，一支箭刺破无明甲直指眉心，炼微微动容，右手伸出把箭夹住，赞道："好箭法！射箭的小子，你要帮他吗？"

羿令符道："不错！"

炼道："难道你不知道他如果要出去，必须连你也杀吗？"

羿令符道："那也不过是回归于长眠，没什么大不了的。"

炼点了点头，道："那说得也是。"

第三座坟墓

有莘不破越来越不解了。眼前这两个人，难道真的不是幻象，而是鬼魂吗？可是那样的话，岂不是意味着羿令符已经死去？有莘不破心中一阵痛苦，一阵狂躁，痛苦是因为他很难接受羿令符死去的事实，狂躁则是不知如何面对眼前的局面。

一股清凉从背后的天心剑上传来，流入有莘不破的心房，让他渐渐冷静下来。有莘不破仿佛感到雒灵在背后搂着自己，让自己定神，左手往后一搂，却摸了个空。

炼瞥了一眼有莘不破背后的剑，饶感兴趣地道："小子，那把剑是心宗的兵器吧？"

有莘不破道："是又如何？"

炼道："此地是心幻与鬼幻的交界，你这把剑，或许是帮你离开的关键。"

有莘不破奇道："你为什么要和我说这个？"

炼道："我看得出你和我颇有渊源，因此提醒你一下。其实我也不是很执著于留在这个地方。不过要我站在这里让你们杀，却也还办不到。嗯，我的意思，你明白了吗？"

有莘不破道："你的意思我懂，想出去还是得靠自己的实力！"

炼点了点头，道："不错！"

有莘不破哼了一声，气凝刀锋。龙虎相撞，发动以精金之芒旋转而成的大旋风斩。旋风过处，地裂十丈，万物崩摧。

炼见到这旋风斩的威势，赞道："不错不错，不过还伤不了我，除非你把白虎叫出来还有可能。"

旋风斩撕裂了炼周身那层无色无形的无明甲，但那男人身上随即闪现出第二层红色的光芒，披散开来，却是一层赤色的气衣，把旋风斩挡住。

羿令符弯弓射箭，羽箭穿入旋风斩之中，牵引精金之芒扶摇而上，在空中聚集成一点。将足以组成龙卷风的万千精金之芒压缩成一点，威力可想而知。炼一见之下又惊又喜，竟然不闪不避，无明甲光华暴涨，赤、橙、黄、绿、青、蓝、紫层累而上，化作一个坚不可摧的七色防护圈。

有莘不破看出，在七色防护圈之外，还有一层无色的气环。他和羿令符都聚精会神等着这一次对决，这一箭已经是两人联手所能达到的破坏力顶峰，如果这样也无法突破对方的防御，那眼前这个男人就不是他们所能战胜的了。

空中的精金之芒聚成一点，化作羽箭上的寒光，当头落下，突破最外层的无形无色气甲，再刺入七色防护圈之中，层层突破，每突破一层，箭尖上的寒光便减弱一分，在半弹指间连破七层防御，只听炼一声大喝，整个地皮都翻转过来，有莘不破和羿令符立足不稳，一起被埋在泥土当中。

当他们俩从泥土中跳出，地上的七色光芒已经消失。羽箭却握在炼的手中。

羿令符脸色一沉。炼道："了不起！八层的无明甲也挡不住！了不起啊。"

有莘不破心道："季丹大侠号称防守能力天下第一，他的师父果然厉害，只是不知和季丹大侠比起来如何。我一直以为我已经掌握了无明甲的真谛，谁知道学到的只是最外的一层皮毛而已。"

羿令符却道："前辈刚才只张开了八层？那第九层呢？"

炼笑了笑道："你知道有第九层？"

羿令符道："我师父告诉我，季丹大侠可以张开九层，不知你比令徒如何。"

炼赞道："第九层？好徒弟！嗯，你师父怎么知道他可以张开第九层的？"

羿令符道："我师父曾逼得令徒全力守御，所以知道。"

炼讶然道："后羿的子孙传人，在我那一代里没出现这么了得的人物啊。你师父叫什么？我很想见见。"

羿令符道："有穷饶乌。不过前辈要见他，只怕不行。"

炼点头道："不错，这个地方不是外人能进来的。"说着长叹一声，深以为撼。

有莘不破心道："看起来他并不是一意与我们为难。"心中一动，忍不住忖道："其他三个坟墓，不知埋葬的是哪些英雄豪杰！"

炼突然问羿令符道："你师父死了没有？"

羿令符望了一眼有莘不破，有莘不破摇了摇头。

炼道："还没死吗？那真可惜啊。我本来还在想，这三座坟墓里有没有他。"

有莘不破道："有没有，你看看墓碑不就知道了？"

羿令符道："那墓碑只有你才能看清楚。不过你最好还是别看。"

有莘不破道："看了就会把里面的人惹出来？"

羿令符道："应该是。"

有莘不破道："但是不把坟墓里的人杀光，我还是没法离开这里，对吧？"见羿令符沉默着，有莘不破道，"既然早晚都要应付的，不如就掀开来看个究竟吧！"说着劈出一道精金之芒，刺向第三座坟墓。

炼站在一旁，似乎没有阻止有莘不破的意思。但当墓碑上的迷雾散尽，他看见了墓碑上的名字后，脸色却有些变了。一个人影出现在尘埃中，隐隐看得出是个女人。

羿令符眼光如电，离得虽远，竟也能看见墓碑上的几个字："生母奈月之墓，不孝女羲和立。"

笼罩在第三座坟墓上的迷雾散尽以后，女人站了起来，身上竟然发出甲胄之声。有莘不破等这才注意到她虽然留着一头长发，却是身着甲胄。清秀绝伦的脸上，更有一道不深不浅的刀疤。这道刀疤并没有让她显得狰狞，而是衬托出了她的英武。雒灵和她相比，温婉有余，英气不足；燕其羽和她相比则野性太过，没有那种内蕴的文雅。

这个女人脸上的刀疤写着太多的故事。有莘不破和羿令符都是第一次见到这个人，但只见了一眼便猜到：这一定是个在剧变中从军的贵族女子。如果身处太平，她或许会躲在家中享受男人的疼爱，玩玩花鸟鱼虫、龙骨龟甲。但硝烟还是烧到了她的家园，于是她丢开了女儿家的一切，放弃了柔顺，选择了刚强。

有莘不破看出炼知道这女人的来历，问道：“她是谁？”

炼叹息道：“她是最后一个太一宗，没想到我会在这种情形下与她相遇！”

有莘不破道：“最后一个太一宗？那是什么意思？”

炼还没有回答，奈月已经走出了墓坑，问道：“叫我出来的，是谁？”短短一句话，却让人听出了许多东西：那本是黄莺般的声音，经过血与火的洗练之后却变得短促而有力。

有莘不破横刀道：“我！”

奈月淡淡道：“不是你。”环扫一周，道，“原来是是非之界！心宗传人怎么变得如此没有分寸！”

她又看了有莘不破一眼，道：“你是谁？咦，玄鸟之后，竟有如此福泽！”跨出一步，突然来到有莘不破身边，伸出指头，点了一下有莘不破的额头，有莘不破呆了一呆，这一瞬间他也不知道自己是无法抵抗，还是不想抵抗。

周围的景象忽然大变，化作有莘不破出生时候的天下，历史潮流滚滚而动，在刹那间经历了二十余年。奈月放开了手指，叹道：“世事难料。大夏数百年天下，就要鼎革了吗？”

有莘不破道：“那前辈你帮哪一方？”

奈月看着他，微笑道：“小伙子，你知道我的来历吗？”

有莘不破摇了摇头，道：“只听炼前辈刚才说你是太一宗的。”

奈月淡淡一笑，道：“太一宗……太一宗在我手里已经被污染了。我是个无法掌控自己命运的女人，更可悲的是，我的传人因我的选择而陷入无法两全的痛苦之中。现在无论我帮哪一方，也许都是错的。你们的争斗，我没有介入的立场。”

有莘不破道：“我不知道你在说什么，我现在只想走出这个鬼地方。前辈，你能突破这个界限吗？”

奈月道：“摆开这阵势的那人功力未臻化境，所以这个领域不够纯粹。现在的我一半是生前留在昆仑的记忆，一半则出于你和你对手的想象。我的觉醒只是局限于这个领域之中，因此无法出去。”

羿令符插言道：“如果这个领域更加纯粹，那会怎么样？”

奈月道：“如果是足够纯粹的鬼门，那么也许能颠覆生死往来，令死者得到真正的重生，不过这几乎是不可能的，除非那人混一四宗。如果是足够纯粹的心门，那一切只靠想象与记忆就够了，无需打扰故去的英灵。现在这个地方人不人，鬼不鬼，真不真，假不假，显然只是一个诡计而已。施展诡计的人心术不正，又扰前人之灵，是要折福折寿的。”

羿令符道：“如何对付诡计？”

奈月道：“小伙子，你们请教的事情似乎太多了。”

羿令符道：“小子斗胆，再请教一个问题：如今前辈身处这个不人不鬼的领域，却不知要如何自处？”

奈月淡淡道：“等啊，等到这个地方消失，我们自然就能回归于宁静了。”

羿令符道：“这个地方如何才会消失？”

奈月指着有莘不破，说道：“他死了，这个地方自然就消失了。”

羿令符沉默半晌，叹道：“说到最后，原来还是得打。”

第四座坟墓

有莘不破望着羿令符。

奈月说，他们都是半真半假的人，然则这个羿令符的生命也许是虚幻的，但他对自己的态度却应该是真挚的。

“只要他真的是羿老大，我不管他是人，是鬼，都是我的朋友！”有莘不破仿佛回到了三天子嶂山和羿令符并肩作战的时光，心中一阵激动。但就在这时，背后的天心剑微微震动着，传来一股柔和的冷意，不让他太过兴奋。

羿令符也望了他一眼，道：“不破，事情还很麻烦。我们还处于心宗阵法之中，要保持心境平和。”

有莘不破道：“放心。我们并肩一起，没有打不赢的仗！”

炼一听笑道：“好大的口气！”

羿令符道：“以这两位前辈的身份地位，不会联手对付我们。我们同时和他们两位打也没有胜算，还是一个个来。”

有莘不破道：“谁先？”

羿令符道：“奈月前辈似乎辈分更高，我们先向炼前辈请教。”话一说完，左手落月弓，右手落日弓，并不对准炼，而是分别朝左上与右上各射出三支羽箭，羽箭离弦便即消失。

奈月在旁边微微点头，道：“隐形箭。不错。”

炼却笑道：“攻不破我的无明甲防御，怎么隐形都没用。”

奈月道：“他这六支隐形箭应该各有妙用，并不是单纯用以攻击而已。”

羿令符微微皱眉，道：“前辈对我的功夫倒清楚得很。”

奈月道：“在我那个时代，有一个小辈也是此道高手。他是太古箭神大羿的后代，有穷国人，也叫羿。”

羿令符心中暗惊，脸上却还保持平静，说道：“前辈你如此提醒炼前辈，那是有相助的意思了？”

奈月微微一笑，道：“是我多口了。你们玩吧，我看着。”

炼脸色一怔，收起了小觑之心。他已知道自己的徒弟季丹洛明功力不在自己之下，而羿令符的师父又曾逼得他全力防守，则眼前这小子对本门的功夫或者所知甚深，想着双肩一振，八层无明甲散布开来。

羿令符皱眉道：“不破，他的无明甲共有九层，中间七层七色，第一层和第九层都没有颜色。第九层甚至可以藏在皮肤腑脏之内。若是他全力防范，我没法伤他。”

有莘不破道：“那就我来！”冲了上去，朝着无明甲狂斩，每一刀都只能砍到黄绿两甲之间，攻防双方所激起的余劲四处乱飞，充塞整个空间。

奈月在旁奇道：“这小子怎么了？”

羿令符一沉吟间，已经知道有莘不破的意图，突然见一道被无明甲弹开的刀劲向第四座坟墓飞去，不由得大吃一惊，却已来不及阻止。那第四座墓碑被砍下了一角，不过迷雾一时之间尚未消散，而这时候场中情形已经大变。羿令符心道："不管即将出来的是谁，先对付完眼前事再说。"沉气凝神，将落日落月两弓合而为一。

那边有莘不破牵引着混乱的刀气回灌自己灵台，大吼一声整个人变得巨大起来。

奈月点头道："法天象地，不错。"

有莘不破越长越大，到后来炼只相当于他手指头大小。有莘不破一抬脚就踩了下去。

炼一闪避开，笑道："后生小子！好无礼貌！"七色气甲灌入灵台，也变成巨人，长到最后大喝一声，竟然比有莘不破还高出一个头，叉着双手俯视有莘不破笑道："我徒弟还教过你什么东西？一起使出来吧！"

羿令符飞身而上，踩着有莘不破的脚后跟、小腿、大腿、背脊，站在有莘不破的肩头上，涌泉穴踏着有莘不破的肩井，借来他的澎湃气劲，开弓如圆月，炼见状神色一敛，后退两步，重新张开了无明甲。

羿令符大喝一声，连珠箭发。八层无明甲只能消缓羽箭的来势，却无法把箭完全弹开。炼伸出右手，凝气成圆，要以坚不可破的气甲阻挡来箭。

羿令符的箭首尾相接，第一箭被消于无形之后，第二箭紧跟着飞到，九箭相连，只第三箭便攻到了炼右手上的圆甲盾。

奈月和有莘不破都凝神细看，要看炼的圆盾能否挡住羿令符的六箭连珠。但第四支箭到第九支箭却突然消失了。炼一怔，还没反应过来，六支羽箭从虚无中射出，其中四支刺入他的四肢，另外两支，一支对准了他的后背心，一支对准了他的天灵盖。

炼怒吼一声，身子微侧，避过了心脏要害，同时头一仰，用牙齿咬住了当头而下的必杀之箭。但他的后背还是被羽箭透入，伤了肺叶。

原来炼的无明甲虽然坚不可摧，但全面防御的气甲可以挡住有莘不破大面积的旋风斩，却无法挡住羿令符的攻其一点的神箭。

方才羿令符射出去的六支隐形箭本身并不具备杀伤力，而只是一个引子，他自忖九箭连发仍然不能正面突破炼的无明甲防御，因此用上了空间挪移之法，将第四支箭到第九支箭借由先前那六支隐形箭所开辟的轨道射向对手的要害。将箭凭空挪移，这已经是洞天派玄空挪移的范畴。

奈月目光如炬，一眼就看出其中关键所在，颔首道："看这样子，这套箭术的创制者虽非四宗嫡传，却分明有以箭术来达到混一四宗的野心。这孩子的师父很了不起啊！"

炼吐出羽箭，同时运劲把其他五支箭一一逼出，但箭支逼出后脚下一阵踉跄，显然这下子伤得不轻。

有莘不破大喜，就要乘胜追击，却听羿令符叫道："快退！"

便听耳边阵阵爆炸声响，爆炸产生的高热烧毁了一切，甚至整个大地都被粉碎，等到有莘不破的眼睛再次睁开，才发现自己的法天象地已被破去，身体恢复了正常大小。

他的脚下是一块凹凹凸凸的土地，头顶却已不像之前那么混浊，而是一片旷遥深远的太空，一个人漂浮在一颗星星旁边，隐隐可以看出正是炼。

有莘不破叫道："羿老大！你在哪？"

旁边的地面裂开，羿令符站了起来，道："在这。"望了一下四周，道，"这是什么地方？"

有莘不破道："我也不知道。"

"这里是奇点之界。"说话的却是奈月，她是从有莘不破背后一片瓦砾之中现身，身上都是尘土，但神色依旧淡然。

有莘不破奇道："奇点之界？我们不是在是非之界吗？怎么跑到奇点之界来了？还有，前辈你怎么看起来比我们还狼狈啊。"

奈月微微一笑，道："我攻防对战的天赋实际上并不怎么高明啊。刚才若不是躲在你背后，说不定已经灰飞烟灭了。"望了一下远处的炼，说道："应该说，这里是是非界内的奇点之界。"

有莘不破道："是非界内的奇点之界？我不懂。"

奈月道："是非之界是一个想象出来的地方，也是一个供人驰骋想象的地方。我们所处的地方，也是几个人——包括布下这个阵势的心宗传人——共同想象的糅合与平衡。炼的宗门和洞天派渊源甚深，刚才那一瞬间他爆发出来的力量压制了我们所有人，所以就开辟出了这片星空。"

有莘不破道："那刚才那爆炸是怎么回事，好可怕，我还以为我们赢定了呢。"

奈月笑道："你们刚才能占上风，那是因为当时他没有把你们当做对等的对手来看待，而且下手总留三四分情面。你们没发现他一直只是防守，而没有主动攻击吗？至于刚才那招，那是模仿星辰爆炸的绝学，一种能够把洞天派的宇空也扼杀于将成之际的可怕力量。名字……好像叫什么空流爆吧。"

有莘不破大吃一惊："空流爆——那就是空流爆！"突然想起季丹准备对付九尾狐前说过的话："受了我这一招，连灰也不会剩下！"

羿令符道："如果是那样的话，那刚才我们应该都已经完了才对，怎么还能站在这里。"

奈月道："他刚才那招来得太过匆促，好像力量并未使足。现在他正在利用星辰的力量疗伤，如果你们有什么对策，最好赶紧动手，要是等他主动出击，那可就来不及了。"

有莘不破道："若他再来一次空流爆，那我们……"

奈月截口道："你和我们是不同的，如果这个男人再来一下，你就死定了，你一死，我们几个自然会回去。"

有莘不破一阵迷惘，奈月和炼是否回去他并没有太大的感触，但羿令符……

羿令符突然指着远处一个黑点道："看！"

有莘不破道："是什么东西？我看不清楚。"

羿令符道："是第五座坟墓。"

奈月道："放心吧，除非是这玄鸟小子出手，否则爆炸的威力再大，也不会毁掉那坟墓的。"

羿令符道："我担心的不是这座，而是第四座！刚才第四座坟墓已经被不破的刀风削下了一角，只怕刚才那第四个墓中人已经在爆炸中出世了！"

奈月道："让我看看。"倾着头默想了一会，睁开眼睛道，"不错，确实已经出来了。"指了指头顶一颗星星，那星星爆闪出一片光芒，光芒中有莘不破和羿令符同时看见空流爆爆发时的那一刹那：第四座墓碑上的迷雾消散，坟墓中显出的竟不是一个人，而是一柄剑！

有莘不破和羿令符还没看清楚碑文的内容，墓碑已经被大爆炸完全摧毁。

心之战场

雒灵面前，站着桑谷隽。

雒灵感到有点奇怪，眼前这个男人所散发出来的心声，分明对自己充满了仇恨，可他的情绪居然还能保持得那样平稳。

"看来在这些日子里，他也成熟了很多……"

桑谷隽伸出左手，微微散发出一点精金之芒，在发现眼前的"妹喜"面对虎魄没有半分胆怯之后，反而有点讶异："你好像胜券在握的样子。"

雒灵淡淡道："当然！这里是是非之界，是我的领地！就算是面对伊挚大人或是血剑宗，我都不会畏惧！"

桑谷隽冷笑道："那面对虎魄呢？"

雒灵淡淡道："你不会用的。"

"为什么？"

雒灵左手一张，现出一点水色光华。"因为用了也不会对战局有影响，既然如此，何必多此一举！"

桑谷隽脸色一沉道："我记得上次已经毁了它！"

雒灵淡淡道："小水之鉴一共有雌雄两面，你毁坏的只是其中之一。”

桑谷隽道：“但上一次，这面镜子并不在你手里，对吧？否则当时你也不会那么狼狈！”

雒灵道：“你今天来，是想来和我讨论水之鉴的问题？”

桑谷隽哼了一声，准备出手。

雒灵却突然道：“等等！”

“还等什么？”

雒灵道：“这里是我师门前辈寄存遗体的所在，虽然众位前辈将这些臭皮囊弃了，但对我们这些后人而言，她们的遗体依然是支持我们活下去的寄托与支柱。”

桑谷隽眉头微微一皱，道：“你真是妹喜？”

雒灵道：“在是非之界，是与非都不重要。此时此地对你我而言，重要的仅仅是我们能否杀死对方。”

桑谷隽道：“如果你不是妹喜，那我杀你干什么？”

雒灵淡淡道：“你的事情，与我无关，我只知道你今天非死不可。不过在此之前，我们还是先换个战场吧。”

桑谷隽冷笑道：“换战场？你想去长生之界，还是混沌之界？”

雒灵道：“不用那么麻烦，我们到你心里去打！”

一片光亮，一片黑暗。一阵恍惚，一阵迷糊。一个世界就在光与暗的交替中诞生了。那是一个水草长、鱼鹰飞的大湖，远山如画，近水如歌。桑谷隽看得又是痴迷，又是惧怕。痴迷的是这景象本身，惧怕的是这景象的来由。这是他所珍惜的家国，他不愿这个地方的一草一木受到半点损伤。

雒灵踏在岸边，掬起一把湖水，道：“这个地方挺漂亮的，是哪里？”

“是巴国……是孟涂南方的……”桑谷隽眼光中闪现出愤怒的意味来，“你怎么布下这幻象的？”

雒灵道：“这不是幻象，它是真实的——是你藏在心里的一个地方。唉，你从小就生长在这种地方吗？真美……”

桑谷隽伸手撑住地面，他感到了大地的震动——不是假的，真的不是假的！“难道……这又是一个心幻大阵？”

雒灵摇头道：“不是。我说过，这不是心幻，而是你的心。”

“我有一种不祥的预感。”江离道，“下界的形势已经完全突破我们之前的预料。都雄魁大人没有及时追上东方联军队主力，到底是什么牵制了他？是血剑宗吗？还是伊挚大人的计谋？”

山鬼道：“宗主，不要太过担心。就算是血剑宗，应该也不能胜过都雄魁大人吧。”

江离摇头道：“但如果大夏的主力被牵制在南边，那么伊挚大人很可能会将计就计，直接兵指王都，那时候怎么办？”

山鬼道：“未必会如此吧？更何况我们现在身处昆仑，下界的事情鞭长难及，太过忧虑也没用。总之无论下界的形势如何恶劣，只要我们能在昆仑获得全胜，就有希望扳回一城！”

“全胜？”江离叹道，“有那么容易吗？”

山鬼道：“是非界内的情况我们虽然不清楚，但两人进去那么久了，就算最后能够出来，只怕也没剩下多少力气了。”

江离却道：“我只怕到时候出来的是另外两个人。”

“另外两个人？宗主你是指……”

江离道：“是非界内，现在是二对二。雒灵不会和不破打的。所以现在对阵的情形我们完全可以想见。假如妺喜娘娘能先一步除掉不破，那自然万事大吉。可是你认为有这么容易吗？”

山鬼沉默了。妺喜与雒灵的约定，江离曾与她提起过。

江离道：“战场虽然是在是非之界，但不破有备而来，运气又好，我认为，妺喜娘娘得胜的机会实在是微乎其微。那么，如果雒灵先一步解决了桑谷隽的事情，一旦反戈，要助不破冲出是非之界易如反掌。如果是雒灵陪同不破一起来混沌之界，那事情可就麻烦了，甚至比血剑宗和伊挚大人一起上来还麻烦。”

山鬼奇道：“为什么？那个女人的力量，应该还没能达到他们二位大人的境界才对。”

江离叹道：“问题在于，雒灵所代表的是最正统的心宗。心宗掌门之位虽暂归娘娘，但道统不是王位，仪式对心宗来说更是无谓。妹喜娘娘亳都之行也许错得厉害，因为是她把雒灵冷落的心激活起来的。我能感到，从那一刻开始，雒灵心之所在，已是心宗道统所在。她和娘娘的那个约定，只不过是一个象征性的过场罢了。”

山鬼道：“宗主你的意思是……”

江离道：“雒灵已经从无心人变成有心人。她介入后要改变的将不再是九鼎的所在。如果是由她来促成鼎革的成功，那到时变异的不但是下界的王统，连昆仑四界的格局也会改变。”

山鬼惊道：“宗主你是说心宗会……”

“不错。心宗会代替太一宗，成为新朝代的正统。”江离叹道，“雒灵的这个决定，心宗历代祖师应该也是支持的吧。”

山鬼道：“既然这样，宗主你当初为什么不提醒娘娘呢？”

江离道：“提醒？会有用吗？且不说我的眼光与智谋能否胜过雒灵，就算我想出了什么计策来，妹喜娘娘会听我的吗？去亳都私会雒灵这么大的事情，她事先连个招呼也不打。都雄魁大人不上昆仑，又何曾与我商量过？唉……这难道也是天命？”

山鬼道：“既然如此，难道就完全没有办法了吗？”

江离道：“那也不是。在是非之界，雒灵对桑谷隽会占尽上风，但问题在于，她的心够不够狠！如果她一直那么犹豫下去，那妹喜娘娘也许会觉察到那件事情。”

山鬼道：“哪件事情？”

江离道：“一个必胜的法子。对妹喜娘娘来说必胜的法子……”

雒灵牵引着桑谷隽，游历着他的生命，认识他所重视的每一件事，每一个人。雒灵品味着这一切，小声地赞叹道：“一个人的内心，原来可以这么丰富，这么广大！”

“你到底要干什么！”桑谷隽吼着。

雒灵淡淡道："在我面前，你最好保持冷静——那是你最佳的选择。其实只要你能够稳住，我未必能拿你怎么样。"

桑谷隽怒道："有种的就跟我堂堂正正地决一胜负，你这样子算什么！"

"打打杀杀的事情，我从来就不喜欢，也不擅长。"雒灵道，"你越生气，心就越容易乱，也越容易迷失自己，到那时候你想摆脱我的控制也不能够了。"

桑谷隽握紧了拳头。可他能怎么样呢？眼前的每一个人，每一件事，每一个地方，都是他不忍心伤害的。

雒灵道："这里是你的心。如果你认为你有足够的力量召唤天蚕，那你就召唤吧，只要你足够自信就一定会成功。"

第五章
鸣条之战：大夏覆灭

箭与甲

第四个坟墓的影像消失后，有莘不破道："羿老大，你看清楚了吗？"

羿令符摇了摇头。

奈月道："好了，那柄剑的事情以后再说吧。那个叫炼的男人好像要过来了，他好像有点生气，玄鸟小子，如果你不想死的话，还是先想想怎么对付吧。"

羿令符道："我们俩加起来就力量上来说可以和他一拼，不过到最后只怕也是两败俱伤的局面。而且炼前辈赢面要比我们大得多。"

奈月点头道："你说得对。力量可以叠加，对境界的领悟却无法靠联手取得。"

有莘不破道："前辈，如果是你的话，能不能胜过炼前辈？"

奈月淡淡一笑，道："我虽然穿着甲胄，其实对战斗并不擅长。"

有莘不破道："真是这样的吗？江离也是太一宗，可他打起架来也很厉害！"

奈月脸上划过一点淡淡的忧伤，道："他已经不是纯粹的太一宗了。我们四大宗派和你们这个时代的几位以武通玄、以玄悟道的武者不同。我们修道的直接目的就是为了参悟天地与生死，而不是为了战斗。那些克敌制胜的法门是为了应付现实中的事件而创制的，仅仅是手段，而不是目的。而像炼，还有我没见过的有穷、季丹、子莫首等人，他们是先追求武力，最后才从中悟道。虽说到最后可能殊途同归，但中间的曲折，还是有些分别的。你所知道的都雄魁，其实已经偏离了血宗正轨，身上武者的气息比道者的气息浓重得多。江离也偏离了——在我之后，太一宗已经被污染了。太一与神龙的结合也许能使得他在战斗中更加强大，但未必是好事。”

有莘不破听得似懂非懂，对太一宗的事情他知道得并不多，然而关于江离的事情，他还是关心的，因此努力地听着、记着。突然羿令符一拍他的肩膀，道：“来了！”

有莘不破抬起头，炼已经来到眼前。

羿令符道：“炼前辈，你要来杀我们吗？”

炼反问道：“你说这句话，是为了求饶吗？”

羿令符叹道：“不是，我只是感叹自己生得太晚，若早生二十年，或许现在已有与前辈一较高下的力量。若能在巅峰状态中与前辈一战，那才是不枉此生！”

炼还没回答，奈月竟然道：“这也未必不能。”

三个男人都是一怔，奈月道：“把手给我。”

羿令符迟疑一会，伸出右手，奈月伸出左手，和羿令符指掌相扣，右手屈指数数：“一年、两年、三年……”

有莘不破看得大惑不解，正要发问，眼角扫到羿令符，突然发现这位朋友的相貌似乎出现了些许变化。

随着奈月口中数字越来越大，羿令符的变化也越来越大。数到“十年”以后，羿令符发鬓已经长出一二丝白发，数到十五，羿令符的两鬓已经化作苍白，眉角微显皱纹，但他的身躯却更加沉稳、更加厚重。

奈月数到“十七年”，犹豫了一下，道：“十八年！”便放开了羿令符的右手。

眼前的羿令符，已经不复青年模样，有莘不破仿佛穿越了十八年时光，看见自己的朋友完全成熟后的模样。而羿令符的气势也产生极大的变化。一开始是随着年岁的成长而越来越威猛，到了“十年”时似乎整个身体都已经容纳不下他体内的强大力量，散发开来，逼得有莘不破站立不稳，但“十年”之后那气势却反而沉敛下来，当奈月放开羿令符右手的时候，有莘不破几乎感觉不到羿令符力量的存在。

炼在旁边一直没有打扰，直到这时才狂喜道：“哈哈哈哈……妙极！妙极！小子！没想到这次觉醒，居然能遇到你这样一个好对手！”

连奈月也叹息道：“好小子，现在的你都几乎可以媲美有穷国的那个后羿了。”

羿令符微微一笑，人影一闪，突然消失。

有莘不破大喜道：“玄空挪移！”

奈月道：“不是。是他把自己射出去了，因为太快，所以你没看清楚。他不是洞天派的嫡传，不可能这么随心所欲地施展玄空挪移的。”

有莘不破道：“前辈，我一个朋友曾身受血宗的未老先衰诀，你刚才这神通是不是和未老先衰诀原理相似？”

奈月道：“那怎么一样。未老先衰诀是在生命之源上做手脚。我扭曲的却是他这个人所处的时空。是有所节制的宙逆。”

有莘不破道：“那你能不能也让我变化一下，好去帮忙。”

奈月道：“不行啊。你朋友是一个半想象的虚幻存在，扭曲他的时空没什么关系。但如果对你做手脚，说不定会产生我所不能掌控的连锁反应，会扰乱整个世界的。再说，现在你朋友大概也不需要你帮忙了。”

一阵剧烈的震荡突破虚空断绝的限制，从奇点之界传了出来，震塌了崦嵫山，昆仑基界众人无不惊骇。

师韶心道：“这应该是有穷饶乌和季丹洛明爆发冲突所产生的余威。却不知不破他们怎么样了。进入是非之界后，就再感不到他们的气息，到底是怎么回事？嗯？这是什么声音？难道是师父？唉，他终于来了。”

捕剑

有莘不破忽然抽出天心剑，递了过去，但却是剑柄抓在自己手中，剑锋对准奈月。

奈月道：“为何这样无礼？”

有莘不破道：“我突然想起一件事情。”

奈月道：“何事？”

有莘不破道：“我曾经深陷心宗的心幻大阵，迷乱到连真假都不分，但后来把天心剑一拔出来，就什么幻象都斩破了。”

奈月淡淡道：“那里和这里是不同的。如果不信，你可以试试。”

有莘不破犹豫了一会，终究不敢挥剑斩她，转了个方向，凝聚氤氲之气向激战中的炼斩去，但那道剑芒却马上被笼罩在炼四周的强烈罡气消于无形。

奈月道：“看见没有。你没法单单凭这把剑就斩破眼前这一切，因为我们并不是完全的幻象，而在这里，我们的实力比你强！”说着伸手握住了剑锋，剑锋没有割破她的手，反而变了颜色——竟然变成了盘旋着灵体的天狼剑。

有莘不破大惊，手一松，剑已经被奈月拿了过去。奈月手一抚，天狼剑和灵体重新融为一体，回归剑形。有莘不破心中惴惴：“如果我被她摸到，会不会马上变成一个婴儿？”

奈月斜了他一眼，道：“你放心，要像对付这柄剑一样对付你，只怕没那么容易。要不然，太一宗早就天下无敌了。”说着弹了一下剑锋，说道：“此剑曾吸食超过十万以上的怨灵，后来被心宗高手净化，由邪入正，万千怨恨化作恒久平宁，连我刚才的宙逆也无法让这些怨灵重生仇恨……炼成此剑的，是那个叫雒灵的女孩子吗？真是了不起啊。”

有莘不破听到奈月的赞美，心中既感高兴，又替雒灵自豪。

奈月道：“此剑之成，成于有意与无意之间，可作为心宗之至宝。

你刚才说它叫天心剑，为何叫天心剑？”

有莘不破道：“为何……这我也不清楚，大概是因为它原来叫天狼剑，后来被灵儿以心法净化，灵儿是心宗，因此改叫天心剑吧。前辈，有什么不妥吗？”

谈到这里，远处一声剧烈爆炸，炼引爆了太阳，强烈的太阳风席卷万里星空。羿令符化于无形，藏于月轮之内。

有莘不破张开无明甲抵抗太阳风的余威，甚感吃力，心道：“我在外围也这样吃力，不知羿老大在冲突核心如何受得了！”

奈月躲在他无明甲内，对有莘不破的努力熟视无睹，回答有莘不破刚才的话，道：“天心剑之名不妥。此剑之成，与天何干？小孩子就是小孩子，太不懂事。此剑以心名之便可。”

有莘不破叫道：“前辈！现在什么时候了，你还在纠缠一个名字干什么？”

奈月道：“此剑早已通灵，你不给它正名，它会不高兴的。”说着递还给有莘不破。

有莘不破道：“前辈，你真没有办法让我也变得更强？”

奈月道：“我为什么要让你变得更强？”

有莘不破道：“那你刚才跟我说那么多话干什么？”

奈月轻轻一叹，却不说话。

有莘不破怔怔地看着她，突然之间，眼前一阵恍惚，以为自己在看的是江离，但眼睛一定，才发现看的仍然是奈月。

奈月抬起头来，和有莘不破眼光相接，那是一次超越时空与声名的对视。奈月摸了一下有莘不破的头，轻轻道：“小伙子，你还是想办法出去吧。”

有莘不破弄不懂奈月的情绪，便也不猜，直截了当道：“我也想啊！可到现在都不知道怎么出去。”

奈月道：“从这把心剑上想办法。只要你能激发出足够强的力量，就能把我们都送走。我们一走，这半真半假的鬼门就会关闭。鬼门一闭，那不纯不粹的心门绝对困不住你。”

有莘不破道："炼前辈和羿老大打架，我连插手都做不到，哪里还能够送你们走！"

奈月道："你现在的实力确实还不大行，不过我感到了这个时空已经存在第三股强大的力量。"

有莘不破道："第三股？炼前辈是一个，羿老大是一个……我不算，前辈你算不算？"

奈月道："我也不算。"

这时太阳风的袭击已经过去，但无数星球残骸却飞袭而来，有莘不破取出鬼王刀砍砸挡拨，慢慢后退。好容易稳定下来，便见一道刺得人眼睛疼痛的光芒把整个晦明不定的空间耀成一片白色，等到眼睛渐渐习惯那强光，才隐隐看清是羿令符出手反击，炼半挡半避，羿令符的箭被斩断，半截断箭从炼的无明甲中擦出，误中一颗星辰，引发了一连串的星辰爆裂。

就在这场爆炸中，有莘不破隐隐看见一道血光闪现在宇宙尘埃之间。

奈月道："你也看见了，是吧？"

有莘不破愣了一愣，道："剑！是第四座坟墓里出来的那柄剑！"

奈月道："没错，就是它。小伙子，去抓住它吧，借助这把血剑的力量，再加上心剑的灵异，你应该可以把我们送走。"

有莘不破道："它飞得这么快！怎么抓住它？哎！不好，又消失了，不知躲到哪里去了！"

奈月却不再说话。

有莘不破心中有了一个目标，也不再彷徨，朝着那道血光消失的方向冲了过去，中间经过炼和羿令符交锋的冲突点，那真是个九死一生的险境，好几次只差了那么一点就被炸得粉身碎骨。

这时候炼已经无法掌控战局，羿令符也没法停手，但有莘不破还是努力地在躲避中前进。

在这个不知多大的空间里，他不知寻找了多久，是几天，几月，还是几年？终于，血光从他身边划过，他不敢伸手去抓，拔出鬼王刀企图拦住，血光过处，坚不可摧的鬼王刀竟然断成两截。

有莘不破大怒，眼见那道血光在前方一个盘旋，从左下方打横经过，随手丢开鬼王刀，抽出心剑脱手射去，眼见心剑就要和血剑撞个正着，有莘不破大感后悔。这心剑是雒灵留下的最重要的东西，灵儿不在时，他往往抚剑相思。这时冲动之下发剑射去，只怕心剑也会像鬼王刀一样被血光粉碎，不由得着急万分。

谁知道两道光芒相撞，却没发出什么摩擦，血光转了个方向，心剑竟然黏附着跟了过去。

在一瞬间，血剑闪现出了一个寂寞武者的身影——那是个陌生人，但有莘不破却似曾相识，很快他想起了祖父所珍藏的一幅画像来——血剑宗！竟然是血剑宗子莫首！

但血剑宗难道已经死了吗？

这第四个坟墓，埋藏的究竟是血剑宗的人，还是他的剑？

有莘不破惊喜之中，两剑渐飞渐远，竟然飞到炼与羿令符中间，恰巧遇上两人同时对攻，巨大的冲击把他们中间的一切都化作粉碎，什么心剑，什么血光，全都化为乌有！

有莘不破心中一痛，心中十分害怕和雒灵的联系也会随着心剑的消失而从此断绝。他叫了一声“前辈……”想要求教，才发现奈月此刻已经在空间的另一个角落。要回到她身边，又得再冒生命危险穿过炼与羿令符之间的战场。

有莘不破已经开始感到疲累，而那两个男人的冲突却比方才更加激烈。看着两人那流星雨般的光华，有莘不破知道自己只怕没法回去了。

“就算回去了又能怎么样？如果她真有办法，早就跟我说了吧……”他想帮羿令符，却不知应否出手，甚至不知道能不能帮上忙。他想离开这个地方，可这个地方就像是整个世界。

“我该怎么办？”脑袋一阵空白之后，他又问自己，“我到底在干什么？”想了一下这些日子来的经历，他问了自己第三个问题：“我自己到底想干什么？”

他发现，不知从什么时候开始，他的所有行动都是别人在推动：祖父授命他主持玄战，师父指点他上昆仑——可这些都是自己的目的吗？

“我为什么来这里？为什么干这些事情？”

为了家国？为了朋友？还是为了妻子？如果是，那现在做的事情和这些有关系吗？如果不是，那他到底来这里干什么？

在别人眼里，他是在出神，在有莘不破自己，他却是在沉思。

一颗流星在有莘不破失神中向他冲来，却被一股莫明其妙的力量撕开。眼前的无量星辰，在有莘不破眼中有如无物。他不知道自己为何能如此平静地面对自己的内心，也不知为何能让真正的自己拥有这样的安宁。

在有莘不破失去意识的刹那，心剑终于捕捉到了血剑，双剑在炼与羿令符的巨大冲击力之下合为一体，跟着又出现在了有莘不破手中。

有莘不破毫无意识地一挥，整个世界陡然大变！那是绝顶强劲的破坏力，加上绝顶精深的精神力，双剑合体时所产生的力量，一举破除了眼前这个幻境的所有迷障。

有莘不破仿佛听见炼在笑，是大笑，笑什么，好像说：“好家伙……哈哈……”

他仿佛听见奈月也在笑，是微笑，微笑中好像对他说：“我在你剑上留了点东西，记得带给……”

最后，他仿佛看见羿令符也在笑，他笑得很简单——简单的笑容，简单的话：“不破，干得好！”

然后，羿令符就消失了。有莘不破大吃一惊，伸手去抓，却抓了个空！他醒了过来，却发现周围什么都没有了。

眼前是破碎的星辰，以及一座半颓的坟墓。

奈月，炼，还有羿令符都不见了。

“羿老大！”有莘不破声嘶力竭地吼着，却没有听见一声应答——哪怕是他自己的回音。

“奈月前辈……炼前辈……”

有莘不破仿佛意识到了什么，可却连自己也不敢相信那是真的。唯一能让他有真实感的，只有手中的那柄剑，那柄不知从何而来的剑，那柄陌生而又熟悉的剑。

是心剑吗？似乎不是。是血剑吗？似乎也不是。

有莘不破抬起头，重新注视那座半颓的坟墓，墓碑已经被斩裂，碑上的迷雾正在散开。

有莘不破握紧了剑，慢慢靠近，当迷雾散尽，他终于看清了墓碑上的文字……

墓碑之上，竟然写着“雒灵”！

有莘不破大怒！

太过分了！雒灵又还没死，怎么会有一座坟墓在这里！

忽然间，有莘不破明白过来：假的，假的！眼前的这一切肯定都是假的！

甚至就连那个羿令符，也很可能是假的！

墓碑倒塌后，一个无比熟悉的女人从坟墓中升起来——雒灵！

有莘不破已经气得浑身发抖了！

怒火烧迷了他的心！

“又出来了一个假货！”

手中的剑在怒火中发出了一道精金之芒，直射雒灵。

雒灵似乎连反抗都未曾，便在剑芒之中兵解了……

汤誓①

当昆仑的玄战进行得如火如荼之际，下界的战争也白热化了。

大夏王朝的家底虽然被败坏得差不多了，但百足之虫死而不僵，当大夏王发起了总动员，夏王朝的军力便仍然不可轻侮。南方昆吾一带夏军节节进逼，商军的主要盟友芈压甚至阵亡了。而在昆吾之北，夏人也有一条严密的防线时刻提防着商人的反击。但是，从大战开始以来，商国对这一条战线并没有进行多么激烈的攻击，就连夏人最为忌惮的成

① 汤誓：指成汤在讨伐夏桀时发出的军誓，这篇誓词载于中国现存最古老的史书《尚书》，是我国历史记载中第一篇战斗檄文。

汤，以及他的左丞相仲虺[1]（huǐ），右丞相伊尹都没有出现，似乎兵力都被南方的战事牵制住了。

然而此刻，却有一支秘密的部队聚集于斟寻国一个无名山谷附近，一个威严的老者正主持阅兵，如果龙逢还没死，一定会诧异于这个老朋友竟然会出现在这个地方——这个老者，竟然就是在商国朝堂上与伊尹并肩为相的仲虺。

而仲虺所检阅的军队，人数虽然不多，却包括最精良的青铜战车七十乘，以及整个商国最精锐的勇士六千人。这支军队，才是商国赖以制胜的必杀队伍。

“陛下，阅兵已毕！”

仲虺让往一边，成汤骑马上前，他已经很老了，岁月在他的脸上留下了犹如沟壑般的皱纹，但大战当前，他的精神状态却奋发犹如壮年，他的眼神并非锐利，而是一种能够带给将士信心与勇气的沉着。

“来吧，诸位，请听我说！”成汤开口了，“今天，不是我子履胆敢冒天下之大不韪，背叛天子，实在是大夏王倒行逆施，祸害万姓，因此，上天才命令我去讨伐他！”

山谷中静悄悄的，没有一个人说话，甚至连战马的呼吸都很克制。

成汤继续道：“现在你们大家也许会问，‘我们的国君为什么不体贴我们，让我们放下手中的农活，却去征讨夏王？’这样的言论我早已听说过，但是履癸有罪，他获罪于天，而我敬畏上帝[2]，因此不敢不去征讨。

“也许还有人要问：‘大夏王的罪行到底怎么样呢？’那我来告诉你们，履癸他为了自己的私欲，耗尽了民力，剥削天下百姓，败坏了天

---

① 仲虺：造车鼻祖奚仲的后代，和伊尹一起是商王成汤的左、右相。仲虺为成汤献出“以宽治民”的策略，帮助成汤奠定统治基础。成汤被夏桀囚禁之后，他进献美女、珠宝给夏桀，成汤才得以保命。

② 上帝：指华夏之至上神，也称天帝，即《山海经》中的帝俊。后来基督教传入中国，传教士窃取此称谓来翻译耶和华，西学东渐后，西方知识普及而传统文化沦丧，以至于今人一听上帝就以为是基督教的。

下的风气，以至于现在的民众忍无可忍，但又怕被履癸迫害，个个敢怒不敢言，只能指着天上的太阳骂‘你这个太阳什么时候才能消失？我们宁可和你一起灭亡。’”

将士们听了成汤的话以后，身躯都为之一耸，却听他们伟大的王道：“将士们，百姓已经到了要和履癸同归于尽的地步了！履癸的德行败坏到这种程度，我们还能坐视不理吗？因此现在我一定要去讨伐他。”

“你们只要辅佐我，行使上天对夏朝的惩罚，我将大大赏赐你们！你们不必担心我会失信！但如果你们不听从我的誓言，我就让你们去当奴隶，以示惩罚，决不宽恕！”

成汤的话音还在山谷中回荡，而誓师之词却已经结束，六千死士齐声呼喊：“愿随我王，讨灭罪夏！”

仲虺上前一步，一挥军旗，军队偃旗息鼓，开始了潜行军。在伊尹巧妙布置的掩护下，他们迂回绕过了夏军的防线，直袭大夏王都。

最后的梦

成汤和仲虺率领精锐，奇袭夏都时，东南的夏军却还蒙在鼓里。

都雄魁一路南进，横扫而下，祝融城就在眼前了。

城中一个人也没有，眼前竟然只有一个少年，但都雄魁却忽然陷入某种思念当中。

思念与现实纠缠在了一起。

“哇！好大、好热闹……走快点！葫芦！走快点！”

不，这里不是，这里是祝融，不是那个地方。可是，这里的一切好像……

“你听见没有啊！走快点！葫芦！”

“等等！等等……”

都雄魁有些恍惚。为什么自己会想起这些少年时的事情呢？这里是祝融城，又不是自己的故乡。是有人在施展乱人心神的功夫吗？不，不是，独苏儿已经死了。周围也没有心宗的人。

但是很快，那少年时的情景又窜入脑中。

嗯？这不是记忆中的声音，那是现实中的了？

空荡荡的祝融城，连鸡狗也没剩下几只，竟然还有一个人在。

是马蹄！

尽管都雄魁已经不大记得马蹄的名字，却还是能记得住他的容貌。不过，都雄魁并没有理睬他。

马蹄说道："我应该怎么叫你，师父？姐夫？咦，你干什么？为什么不理我？喂！师……师父——"

马蹄很诧异地发现都雄魁没理会自己，似乎一副心事重重的样子。

"这个地方变得陌生了。"都雄魁心道。

当年来到这座城池的时候不是这个样子的。城，原来也会长大、会变老的。可是它的生命，是不是也能吞噬呢？

回忆又浮现了……那里是两个贫寒的少年，其中一个，是自己。

粮仓，匠棚，市集，宫殿……好像到了哪里都一样，到了什么时候都一样。记得那个人说过——不，不是那个人，而是那个人的影子。见到他的时候，他已经消失在这个世界了。没有人知道他去了哪里，只在那把磨得光亮的刀里留下了一个模糊的影子。

"我徒弟走错道路了。宗统这种东西，一走错路就很可怕。因为要挽回，不是靠年来计算，而是靠代来计算。一个人的认识定型之后，一生都很难改变了。要改变，就只有毁灭他，然后靠他的传人来改变和推进了。不过他的传人的改变，也未必永远都是前进性的。比如我的徒弟，他就错得厉害。而我徒弟的传人，显然也不可能完全逃脱他的笼罩和影响。那也许要等到再传弟子甚至第四代、第五代，这个宗统才有回归正统的可能——当然，也有可能在歧路上走得更远。不管怎么样，这个东西就留给你吧。我希望的那些事情，或许你也不能完成吧。那就只能再等待下一代了。别的宗派，也许二三十年就是一代了，而我们这一派，一代与一代之间的间隔是很难预计的。所以，本宗的路途，还遥远得很啊……”

那面镜子里的东西只显现了一次，不过那已经够了。

斟寻一宗留下的那些东西，只要能稍稍领略，就足以改变一个人的一生……

远处望去是一座山，这里是南门了。再过去，就是华夏力量所未能到达的地方了吧。许多追求玄真的人则常常跑到那些蛮荒的地方去，因为那种地方没有人会来打扰你，有的，只是些妖怪、精灵、魔鬼、神仙。

他们有可能会侵犯你，也有可能会告诉你许多故事，许多秘密。比如古老的森林中，会存在一些上千年的树木。如果能听懂它们的语言，你得到的，将是纵横千古的眼界和人所不知的秘闻。

都雄魁的思绪又飘到了多年之前，飘到了一个树妖那里。

“小东西，你怎么会一个人来到这个地方呢？真是奇怪。你是‘人’吧？许多年前——你问我多久？已经不记得了——两个和你差不多的小东西来到我身边。一个躲在我身后，一个四处乱找。一个故意露出点破绽，就让另一个找到了。找到之后，他们就抱在一起，互相啃咬着对方，像发情的野兽那样子……后来他们就坐在我身上，看着天上的星星。他们看不起我长远的生命，认为生生灭灭是宇宙间的必然。这一点我当时也是赞同的，心想那一定是两个很旷达的‘人’吧，真是少见啊。我记得，你们‘人’总是要追求比我们更长的生命，记得有个‘人’曾在这个山上寻找能让他活得更长的果实，结果把自己毒死了。只有这两个人，他们的看法和别人完全不一样。不过很奇怪，这样的两个人后来竟然会变得那么偏激。纠纠缠缠，离离合合，最后竟然死在我身边。他们已经具备一举手就把我毁灭的力量，可到最后，他们的生命还是不及我的百分之一。”

树妖所说的自以为看破生死存亡的，那大概是洞天派的人吧，也许就是他们的祖师。其实他们真的看破了吗？只怕未必吧。如果连生死也看破了，那还有什么让他们活得那么痛苦又死得那么激烈？

独苏儿好像说过，有比生死更重要的东西。嘿嘿，如果有，那就是偏执，无谓的偏执。

只有生存，才是至高无上的存在。就是因为这个理念，自己进入了血宗。

东边的门，对准了一条大路。从这里可以通向已经颓废的寿华城。

都雄魁心想：伊挚现在应该正迅速地调动军马前往甸服吧。虽然只是一点蛛丝马迹，但他瞒不过我。

不过，现在谁还有工夫去管大夏的事情呢？一个王朝的生命，可以是几百年、一千年，但终究是要灭亡的。而一个能够生生不息的人，却可以千万年而不朽，活得越长，见识就越高，力量与智慧都会与日俱增。万年之后，那将是如何的一个境界啊？希冀由传人来突破自己，还不如干脆由自己来突破自己。

毕竟，只有实现真正的不灭，才是通往大道至高的康庄路途。时间是向前的，而不是真正可逆，不是循环的，也不可能超然地跳出去。太一宗的人都入魔了，他们不懂得，人只有随着它的前进而前进，随着它的流淌而层累，才能由少而多，由迷惘到清晰，只有登上最高峰后再俯视群山，那时候的悟才是真正的悟。待在这个时空里想象着超越这个时空的境界，根本就是一个笑话。

“葫芦……”

这个声音，以后只能在回忆中听见了。那个叫葫芦的家伙其实已经死了。就算阿芝再怎么淫荡地叫喊，也并不能让那个人的声音重现。

“葫……芦……”

这就是那个人的最后一句话，说出这句话的时候，也是在西门——虽然不是这祝融城的西门。不过在当时，那里也是一座空城了。同样是为了逃避不可战胜的敌人，逃得一干二净。

从这条道路再往西，就是云梦了，那个海一样大的水泽，好像藐姑射就是在那里诞生的。

都雄魁忽然冷笑了起来。

藐姑射被斟寻一宗从祝宗人那里复制出来的时候，那个叫葫芦的自己大概还没出世吧。然而藐姑射自己也不知道自己的身体是怎么来的，就像洞天派那个小伙子不知道自己的灵魂是哪里来的一样。

为什么四宗的人一定要纠缠在一起呢？大家本来并没什么关系，既不是兄弟姐妹，也不是同门同道。结果千百年来却总是你来创造我、我来毁灭你的局面。独苏儿当初用“神裂”造出了川穹原神，正如当初那个老头子用影复再造藐姑射的身体。他们在干那件事的时候，动机都是自然而奇怪，而产生的后果却都大大超出他们自身的想象。

“师父……你真的不杀我吗？那我走了……”马蹄说。

听到这句话以后，都雄魁的心回到了现实。

走？眼前这个年轻人转过身去的时候，那种感觉真让人感慨啊，好像在哪里见到过。

可是他走得了吗？这座城池，已经完全弥漫在血潮的笼罩之下。那是以十万将士和三十一万奴隶的性命造出来的血潮，一路来又吞并了上百万的生命。在这片血潮面前，只怕连伊挚也束手无策了吧。所以他才会躲着不敢出来。

“你干什么这么看着我！”马蹄道，“哼！你还是决定动手了，是吗？师父！”

“咦？”都雄魁很诧异，眼前这个年轻人居然融入血潮之中而不受伤害，难道他已经悟出了生灭无碍的道理了？不过也不奇怪，卢城十万昆吾大军消失得一干二净，应该都被他吃了吧。如果是这样，那他可能已成长得相当不错了。那么，他就是这个世界上第二个不会受到这血潮影响的人。

“师父……你这些东西……哈哈，好舒服啊！”

马蹄出入于血潮之中便如游鱼出入于浪涛之间，果然，如果要对付他，这片纵横天下的血潮也许半点用处也没有。

“哈哈，师父，你简直就是给我带来了一顿大餐嘛！”

他在吞食血潮，真是个贪得无厌的家伙。这也难怪，他这个年纪，大概还以为力量越强大就越好吧。他还不懂得，什么叫做精纯，什么叫做深远。

当初自己为了走捷径吃了那么多人，后来为了勘破最后那层境界，却又不得不花比吃人更长的时间、更多的工夫去把那些东西吐出来。捷径？那根本就是歧路。这小子明显也犯了这样的错误，他现在只懂得抢夺，只懂得吸纳，也许要十年，也许要二十年，他才会懂得付出与抛弃的道理吧。

不过，他没那个时间了。

“哈哈……”马蹄放肆地笑着，直到发现都雄魁正冷冷地看着自己，“咦，师父，你、你……”

天地间突然静穆起来，都雄魁回来了，他不再为少年时的往事迷惘，他负手侧立，势若泰山。他的眼神既像是秋雨后的月夜，又像是一头刚刚梦醒的雄狮。

整座祝融城没有一点声音，方圆千里的生命都吓得不敢动弹。

他要出手了。

洞庭之战

都雄魁进城以后，马蹄就跟在他后面，随着他一起东西游走。他不知道血祖在干什么，对方好像是在回忆，又像是在做梦。于是他慢慢地有些宽心，直到在血潮中被都雄魁一掌打下来。

马蹄从地上爬起来，很惊讶地发现眼前这个男人又恢复了王都时候的模样：霸道与凶横藏于微笑之中。但马蹄又把他和刚才那个都雄魁比较，心道：“那个时候的他，是不是这个绝代宗师的真实面目呢？”

"师父。"马蹄叫道。

"什么师父！我呸！"都雄魁冷笑道，"不过对你这臭小子，我还真的看走眼了！说！你的功夫都哪里学来的？"

马蹄也不隐瞒，道："是你教我的啊。"

都雄魁奇道："我？"

马蹄道："师父，你还记不记得拜师那天你给过我一颗果实？"

都雄魁道："那又如何？"

马蹄道："我吃了之后，拉出了一大堆腐烂的血肉、肠子什么的。后来我听人说，我已经有了什么血之胃。"

都雄魁讶然道："饕餮之胃！那颗破烂果实居然能帮你制造一个饕餮之胃！"脑际一转，便明白过来，"是了！血晨那小子去了天山，多半是那见鬼的老头子给他的！"

马蹄道："开始我吃点血肉只是长力气，后来我吃的人越来越多，一些本事竟然自然而然地就懂了。再后来，我连头颅被砍下也死不了，没有肠胃也能吃人。"

都雄魁道："那是嗜血之胃由实转虚后的状况。这么说来，小子，你也算有资格做我徒弟了。告诉我，你叫什么名字？"其实马蹄在王都的时候跟他说过，但他那时根本没记住。

马蹄道："我叫马蹄。"

都雄魁道："马蹄，名字还不错。"手往自己胸口一按，马蹄便觉心跳急速加快，一弹指间跳了不下百下，体内的血流如风浪狂涌，几乎就要冲破血管爆裂而出。

都雄魁竟然能将别人的身体，和自己的身体联系在了一起！他笑道："你的承受力倒是不错。"又往自己的肚子一拍，马蹄只觉得肚子一阵抖动，肠胃竟然自己胶结起来，越勒越紧，最后竟崩了个粉碎。

都雄魁再往肺部、后腰连连拍三拍，马蹄的肺叶立即爆裂，肾脏化作一堆血水，和早已粉碎的肠胃一起喷了出来。

都雄魁重新往胸口一拍，马蹄哇的一声，心脏脱口跳出，七窍中鲜血狂射，四肢萎靡，瘫痪在地。

都雄魁道："不用装了，你既然能由实化虚，就算这具身体毁掉了，元神应该也还能保住的！"见马蹄瘫在地上一动不动，走过去一脚踏下，马蹄的身体在巨力下分崩离析，都雄魁却反而叫道："要糟！又被你小子瞒过！"

先前被马蹄吐出的心脏突然一崩弹起，向血潮跳去。

都雄魁冷笑道："想躲入血潮之中吗？没那么容易！"脚下的影子飞缠过去，化作一头雄狮，铜牙一合把心脏咬住。

噗的一声，心脏破开，化作数股血水流淌出血狮子的牙缝。血狮子化作一个没有缝隙的落网罩了下来，但那些血水还是逃出了三两滴，渗入地底。

都雄魁哼了一声道："在卢城时你要是就懂得这么收敛躲藏，也许我找你不到。现在想逃可就没那么容易了。"

说话间血气渗入地表，追踪马蹄的元神。血滴极小，血气的覆盖却极大，把上下左右和后方的去路都堵住了。马蹄无奈，只好向前狂逃，融入了大江。

都雄魁笑道："我看你逃得了多远！"

血滴逆江而上，逃入了云梦泽（洞庭湖）之中。其时云梦占地广袤，比三千年后大出七八倍，北人到此，有的甚至误以为它就是南海。马蹄本以为一入云梦，对方便再难捉到自己，等入了湖口才骇然发现整个云梦泽都被血气所笼罩。

"他竟然早已算到我会逃到这里，已经在前面设下了陷阱！"无奈之下，只好藏入一尾青鱼体内，希望能瞒过血祖。

都雄魁知道马蹄就在云梦之中，却一时捉不到他，冷笑两声，说道："你以为你这样我就没办法了吗？"他用血气结成血网拦住湖口，放水不放鱼。召来血潮，用血潮中的血肉造出一只和大江横截面等大的巨型妖兽，往上游入湖口一压，滚滚而来的大江之水被挡住，登时四溢而出。都雄魁可不管大江两岸接下来会遭受怎样的洪灾，仰头一吸，把剩余的血潮吸入腹中，化作一个巨人。他这个巨人和季丹洛明的"法天象地法"化成的巨人不同，法天象地变化出来的巨人其实只是一团气，而血祖所化的这个巨人却是实体。

都雄魁一俯身，张口就吞，滔滔湖水龙卷而上，被都雄魁一口气吞了三成。再一口，云梦泽中之水只剩下一小半了。

马蹄大骇，他藏身的青鱼也在那第二次被吸走的水中，知道这次躲不过了，连忙弃了青鱼的身体，在被都雄魁吞食之前逃出，撑开两片小小肉翼，变成一只小虫飞走。

都雄魁笑道："你化身之术还差得远呢！"巨手掩来，捏住了血滴。血滴溅开，一眨眼间竟然干了。都雄魁惊道："好小子！好大的胆子！"

原来马蹄眼见避无可避，竟然行险，透过都雄魁的皮肤渗入他的体内。一开始他也不知进了都雄魁体内会如何，但进入之后发现自己没被对方融合，便知道这一步走对了，心道："只要不进入他的食道，应该就没问题。"

一扎头，马蹄融入都雄魁血管之中。

都雄魁吐出血潮，恢复原形，但觉一点麻痒在血管中迅速游走，心道："这小子危险得紧，连这种法子都能想到。"

他身体的每一点血肉都是千锤百炼而成，不待元神念动，血管中的鲜血自然而然地要把入侵者排挤出去。

马蹄只觉无数白色小点在周围盘旋、挤压、攻击，越来越难受，前进也越来越困难，本来他想游到都雄魁心脏里面捣乱一番，报复他毁掉自己身体的仇怨。但游到肩颈处就抵挡不住，心道："这样下去，还没到心脏就没力气了！"血滴化作血气，血气化作脉气，藏入都雄魁经脉之中。

都雄魁怒道："臭小子！竟然敢进我手太阴肺经！"

真气鼓动，对准马蹄化身的脉气前后围堵，马蹄无奈，由奇经转入八脉，再遇拦阻，不得已躲入都雄魁血管与肌肉的空隙之中。

马蹄心道："师父的嗜血之胃是虚实并存。实的就是食道，虚的就是包含身体所有功能的元婴。如果他无法把我逼入食道，那迟早要出动元婴来对付我。怎么办？凭我现在的力量根本就没法对抗他！无论如何得先躲起来再想办法，可躲到哪里去呢？食道是万万不能去的，可是其他地方……等等！就去那里！那个最靠近肠胃的地方，他一定想不到我会躲在那里！”没等都雄魁围堵住自己，马蹄便躲进都雄魁的阑尾之中。

川穹下了昆仑，四处寻找都雄魁。

当他来到甸服附近，发现有不少东方的军队正朝着王都的方向进发。应该说，那些军队的行动是十分隐秘的，但川穹连妹喜的魂魄都能发觉，这些军队的行动又哪里能逃过他的感知？

那支军队的将领以为行踪被发现，匆匆出来要杀人灭口，却反而被川穹制住。

川穹拿住他之后就问：“知不知道血祖都雄魁在哪？”

那将领一开始还以为川穹要逼自己吐露军机秘密，没想到对方问的居然是这个，愣了一下道：“在南方！现在可能在祝融附近。”

川穹道：“你没骗我吗？”

那将领苦笑道：“你再往南走走就会知道我没说谎了，血祖所到之处赤地千里，他驻足的地方连根草都长不出来。这种事情除了他还有谁能做到！”

川穹的出现打乱了东方人秘袭的计划，在后方，伊挚综合各方面的信息稍加盘算，已推测出都雄魁被什么事情绊住。“女鸩说莫首兄没有随他们一起，那么或许是他使的手段！”于是改变了方略，干脆挑明了旗鼓，向王都进发。

夏人慌忙应战，拼凑起最后的力量，双方在夏都东南的漫长战线上相持着。

川穹却没搭理背后这些事情，径自向南而来，果然没飞出多远就感应到了南方那可怕的气息。他来到祝融的时候，天地间只残存着一些血门的气息。川穹凭虚感应，发现西方有异状，一个玄空挪移，跳到了云梦泽上空。

都雄魁发现马蹄不见了！

经脉、血肉、内息都没法感觉到对方的存在，不由得大是惊奇：

“这小子藏到哪里去了？刚才胃部似乎有点麻痒的感觉，难道他一个不小心钻到我肠胃里去了？不可能！天下哪有这么大的蛤蟆满街乱跳的！”

考虑了许久，终于元婴出窍，离体而出，化作一个黑点，钻入自己的身体之中。元婴是都雄魁最强也最致命的状态。他的灵魂、情感和最核心的生命之源都深藏其中。

马蹄的元婴虽然千变万化，终究有迹可寻，而都雄魁却已经能将自己的元婴化为乌有，藏于无形，因此就是独苏儿等人面对面也找不到他的致命点所在。此时都雄魁元婴现形，实在是迫不得已。不过他也并不担忧，因为他元婴之强，就是有莘羖的精金之芒也未必能迎面摧毁，何况比自己弱小得多的马蹄！

生生不息

都雄魁巡视着自己的身体。

这是他的作品，也是他自己。这个身体的每一处地方都没有半分瑕疵——如果曾经有瑕疵，也早被他修补好了。

可是，这个身体如果已经完美，是否意味着已不需要改变了呢？

当巡视到心脏的时候，都雄魁突然想到这个问题。“是的，这个身体绝对是完美的。”

但为什么自己拥有这样一个完美的身体，却仍然没有压倒独苏儿、藐姑射的信心呢？

当巡视到经络的时候，都雄魁觉得，血宗应该有更进一步的突破才对。可是，该如何突破呢？这个身体已经像外面那个天地一样，增一分会显得多余，减一分会出现残缺，稍加改变会显得突兀……

“难道……”他忽然想到一个很可怕的问题，“难道我之所以无法再改进自己，是因为自己的想象力已经到达某种极限了？”

知识和功力可以越积累越深厚，但一个人的想象力，并不是说拓展就能拓展的。在某些时候，那些越积越多的旧东西，会变成新变化产生的阻碍。这个道理，都雄魁从很久以前就懂了。他知道这个时候，最好的办法就是把那些旧的东西有选择地破灭掉。可是，如果阻碍新变化的就是自己这个存在本身……

都雄魁有些颤抖起来，自己为什么会有这样的念头？

他忽然想起了几十年前见过的那个斟寻一宗的残影，那个残影所留下的回忆跨越数十年的时间间隔，引导他去理解血宗历代相传的理念。

“难道……难道我对宗门的理解其实也有歧异？难道……”他忽然想到了死，可是，“不！不行！我一死，很多东西都会丢掉，不管传人多么优秀，他都不可能像我这样出色！”

可是如果自己的这种想法其实也是一种执念呢？

沉思中的血祖开始巡视自己的食道。这是最后一个地方，虽然马蹄不大可能会在这里——因为来到这里意味着他将被消灭。然而让他意想不到的事情发生了，他感觉到马蹄离自己越来越近了。

“他居然想到了我没想到的地方！”这件事给了都雄魁很大的震撼。这里是他的身体，一个对血宗的了解远远不及他的年轻人，居然有超越自己的想象能力。

一念至此，都雄魁暂时停止了前进。仇皇的道路，已经被证明了是错的，他一直以为自己所代表的才是真正的血门正宗。可是，自己真的完全是对的吗？

血宗追求的，究竟是什么？

所谓的长生不死，所谓的生生不息……难道自己以前的理解真的错了吗？

在那一刻，都雄魁不再是那个操持天下权柄数十年的大夏国师，而仅仅是一个修道之人——一个掌握了某种奥妙玄理的血宗宗师。

前方有危险，他甚至预感到有一股无比强大的力量在埋伏着他。

但是都雄魁，又前进了。

川穹来到云梦泽的上空，然而凭着天生的敏锐，他没有下去，反而在到达的那一刻就向上飞去。

下面，危险！

座下的燕羽，已经达到了它所能达到的高度极限。就在这时，川穹突然感到眼睛一阵剧痛，比太阳还要强烈的光芒忽然从下面爆射，虽然不是直接面对，但仍然让他闭着眼睛也感到难受。跟着，他听见了剑鸣以及自己的心跳——那是两种不同的韵律，心跳催发着他所未涉及的力量，引发着他身体里面的共振，而剑鸣则是破坏、破坏、再破坏。只那么三弹指间，川穹知道自己再留在这里一定会死掉，闪身一躲，躲入了洞内洞。

这是属于他自己的空间，这个空间隔绝了外界的一切，但那两种力量的余威还是在他关闭洞内洞、切断与外界联系的那一刹那闪了进来，令他惨受被撕裂、被分解般的痛苦。

也不知过了多久，川穹的神智才恢复过来。又不知过了多久，川穹的心跳才平静下来。

“云梦泽那里，究竟是爆发了什么样的力量呢？”

他很害怕。此时的他甚至已经具备和藐姑射周旋的力量了，可刚才那两股力量还是让他感受到死亡的威胁。而他，对那两股力量而言仅仅是一个旁观者而已。

“好像没事了吧。”

川穹打开洞内洞的出口，跳了出来。

外面，已是一片月光。周围静静的，除了方圆千里的云梦泽被糟蹋得不成样子以外，没有任何可疑的人或事。

“好像已经结束了。”

静静的夜里，只有一个不协调的声音，那是一个人在呕吐。川穹飞了过去，看清楚了那个人——那是一个少年，不管从哪个角度看，他都是一个少年。他的手，他的脚，他的头发，还有那刚刚抬起来的脸——这个人的一切都显得那么年轻，显得那么有冲击力。

“你在干吗？”川穹问。

“没看见我在呕吐吗？”少年喘息着，仿佛吐完了，但马上又开始呕吐。

可他脚下什么都没有，似乎是什么也没吐出来。少年看了川穹两眼，问道："你是谁？怎么会在这里。这儿千里方圆应该没活人了才对。"

"我叫川穹，刚刚躲了起来。你呢？你叫什么？"

那少年想了一下，道："我，我叫……"

他就想说我叫马蹄，然而话到嘴边忽然停下。不知道为什么，吞吃了都雄魁之后，他的心态忽然变了，变得很奇怪，仿佛自己的内心注入了一股清流似的。

都雄魁在生命的最后阶段似乎顿悟了，一个那样邪恶的人，在生命的最后阶段竟然会产生那样干净的念头。

少年在那一瞬间忽然不想再被叫做马蹄，正如都雄魁在玄功大成之后不愿意被人叫做葫芦一样，他想要告别自己的过去。

"我……我叫彭陆。"他脑中晃过了许多人，不知道为什么忽然想起了自己的那个已经死去的朋友，便冒认了他的姓名。

彭陆对川穹说道："你刚才居然能躲过去，可是四宗传人？"

川穹道："我是洞天派的传人，你是血宗的弟子吗？"

彭陆道："是吧。"

川穹道："我想找血祖都雄魁大人。"

"找他干什么？"

川穹道："我想跟他说句话。"

彭陆犹豫了一下，摇头道："只怕不行了。"

"为什么？"

彭陆道："他没了。"

"没了？什么意思？"

彭陆道："没了就是没了，现在血宗，只怕只剩下我一个人了吧。"

川穹呆住了，隐隐猜到了什么，问道："你是都雄魁大人的徒弟？"

彭陆道：“我给他磕过头，算是他徒弟。”

川穹又问道：“刚才那异象，是你和你师父在打架吗？”

彭陆道：“也是，也不是。本来，我已经被他逼入了死角，但有个藏在我身体中的家伙爆发最后的力量帮了我一把，我毁灭了他的身体，重创了他的元婴，本来他还有一点机会的，不过他自己却莫明其妙地放弃了。所以……”

“所以怎样？”

彭陆道：“所以……我把他吃了。”说到这里忍耐不住，又俯身呕吐起来，仿佛那是他吃过的最难吃的东西。

川穹呆呆地看着他，血宗的事情，他也不是很懂，不过那并不重要，重要的是不要让眼前这个人上昆仑就是了。

“那个……你叫彭陆是吧？我来是要和血宗传人说一件事情，既然你师父已经没了，那就跟你说。记得，无论如何，不要上昆仑去。”

彭陆一怔，抬头道：“昆仑？听说那里在打玄战，打完就会关闭。都这么久了，那里的玄战还没打完吗？”

川穹道：“还没有。不过那场玄战跟我们没什么关系。只要你记得不要去就好。”

“为什么？”

川穹道：“跟你直说也无妨。你听过藐姑射这个名字吗？”

彭陆闭眼想了一下，道：“洞天派宗师，是你师父吧？”

川穹道：“不错，都雄魁一死，上一代四大宗师，现在只剩下我师父一个了。可是我师父疯了，竟然要发动宇空毁掉昆仑，把四大宗派全都埋葬掉。”

彭陆眼角跳了跳，道：“埋葬？如何埋葬？”

川穹道：“太一宗和心宗的传人都在上面，如果你我也上去的话……”

彭陆接口道：“你师父只要把我们一起杀了，那四大宗派就完了？”

川穹道：“没错。”

然而彭陆却没有一点害怕的样子，问川穹道：“你刚从昆仑来？”

“嗯。”

彭陆问道：“好像昆仑上有个长生之界，对吧？”

川穹皱了皱眉头，道：“是，那又如何？”

彭陆道：“我想去看看。”

川穹呆了一下，愠道：“我刚才的话，你没听清楚吗？”

“听清楚了。”彭陆道，“可我还是想上去看看啊。就算面对你师父也在所不惜。”

川穹冷笑道：“你莫非以为自己很了不起，能对付我师父不成？”

彭陆却摇头道：“不是。你师父我虽然没见过，但既然与我师父齐名，想来本事也差不多。而我和那老家伙之间的差距，我还是知道的。”

川穹道：“那你还上去？”

彭陆道：“有些时候，干不干一件事并不是看它危不危险，而是……怎么说呢？就是有一股莫名的冲动，让你就算知道有危险也要去试它一试。这种体验，你也应该有吧。”

川穹沉吟片刻，终于叹了口气，道：“我师父说得对。如果你要上去，不是我一句话能劝阻的。不过，我不会让你上去的。”

彭陆双眉一扬，道：“你要干吗？杀我？”

“杀你？那不是遂了我师父的意？”川穹手指一指，彭陆的上空马上裂开一条巨大的空间裂缝，“这是洞内洞，你到里面歇会吧。等事情过了我再放你出来！”

彭陆脸上微微一惊，就在要被那裂缝吸进去的前一刻，他的身体突然土崩瓦解，碎成千万片。

川穹微微一惊，月光下一个影子和他垂在地上的影子连在一起。还来不及反应，后颈一凉，一个人从川穹的影子里钻了出来，在他脖子上吹着气笑道：“我这么一咬，鲜血喷出，只怕你就完了吧。”

川穹哼了一声道：“大概是吧。”

彭陆道：“我好像听说，通往昆仑的道路虽然有二十一条，但你们洞天派却能自由来去，真是这样吗？”

“是又如何？”

彭陆道：“现在几条通道好像都离这里挺远的，有一些还不知为什么被人关闭了。所以，不如劳烦你帮一下忙，带我上昆仑，如何？”

川穹冷笑道：“如果我不答应又如何？”

彭陆笑道：“现在我已经没什么吃人的欲望了，但如果形势所逼，我吃上一两个也并不反胃。”

长生之界

彭陆威胁性地张开变得像布袋口一样大的嘴巴，作出一副就要把川穹吞下的样子，忽然一种不祥的预感涌了上来，倏地跳开，逃得远远的。

川穹哼了一声，冷笑道：“你见机倒快！”

原来彭陆刚才忽然感到川穹的体内突然出现一个会向内塌陷的可怕事物，现在的他虽然还不是很清楚洞天派神通的奥妙所在，但危险的程度还是可以凭直觉感知的。

“如果刚才真的把他吞下去，只怕到头来我反而会被那东西吸到不知哪里……”想到这里他叹了口气，知道眼前这个人是吃不得的。

川穹道：“你还有什么本事？”

彭陆笑道：“杀你的办法我还有一些，要吓倒你却好像没那么容易。”

川穹的眉毛扬了扬，又敛了下来，道：“你连我都对付不了！何况我师父！”

彭陆道：“说起来，你干吗和你师父作对？”

“我不想死，就这么简单。”

彭陆道：“我也不想死，但我想上昆仑。所以说，我们的目的其实不矛盾。”

“我可不这么认为！”川穹道，“你一上昆仑，就得死——大家都得死！”

“那如果我们联手呢？”彭陆道：“我们的实力联合起来……”

川穹截口道：“在终极灭世面前，联手是没用的！”

听到终极灭世四字，彭陆的脸色也沉重下来：“你师父不会那么疯吧？终极灭世，那可是要先杀死他自己！”

川穹额头上的头发动了动，说道：“不是。不一样的。”

“什么不一样。”

川穹道：“洞天派的终极灭世，和血宗、心宗都不一样。”

“哦？”

川穹道：“心宗的‘无是非’摧垮的是文明，血宗的‘流毒’毁灭的是生命，你们两派的灭世，都是推己及人：无是非是先扰乱自己的心灵，再去影响别人；流毒是先异化自己的生命之源，再去毒害其他生命——这两派的灭世，发动者都会自食其果于世界毁灭之前。”

彭陆点了点头，道：“无是非我不知道，但流毒确实如此，难为你知道得这么清楚。”

川穹又道：“但是，宇空不是。它是完全不一样的。我师父能够成为最后一个被至黑之地吞噬的人！也就是说我师父在发动宇空之后，还有机会看见整个世界灭亡。”

彭陆皱了皱眉头，道：“那又怎么样？最后还不是得一起死？”

“不！那不一样！死于世界灭亡之前和死于世界灭亡之后，那是完全不同的！”川穹道，“相对于其他三宗的终极灭世，本门的方法要简便得多。你们要付出生命才能做到，但我们只要功力足够深，就能够把裂缝维持到它会自己扩张！我不知道你能否理解那种疯狂的心理，但是……当我领悟到玄空挪移的真谛之后，我有时候会想一个问题：这个世界灭亡的时候，到底是怎么样的？宇宙最深的奥秘，是不是会在那一刻出现？”

彭陆突然间感到背脊发冷，大声道：“喂！那个川穹！你可千万别想岔了！”

川穹微微一笑，道：“放心吧，至少现在我还不想死。我不像我师父那样，经历过那么深的痛苦。”

彭陆道：“听起来你师父蛮危险的，不过，昆仑我是一定要去的，无论是谁也阻挡不了我！”

“是吗？你以为你还有机会？”

“什么？”彭陆呆了一下，随即警惕地望了望脚下：他的脚下，不知什么时候开始产生扭曲，那扭曲的范围达到直径数里，就像一个沼泽一样把他往下拖。

“你不会以为我的玄空裂缝只能在头顶出现吧？”川穹淡淡道，“这次你逃不掉了。不过无论如何，我也是为你着想，不希望你去送死！你好好在里面待着吧。等我师父的事情解决后，我会放你出来的。”

彭陆半截身子已经陷进去了，在这种情况下，就是换了都雄魁也没法脱身了，他脸上大急，叫道：“等等！万一你死了怎么办？”

“放心，我若死了，洞内洞就会消失，在消失之前，它会先把里面的东西吐出来的。”手一挥，切断了彭陆与外界的任何联系。“成了，虽然有些曲折，但总算拦住了。”川穹抬头望了望虚渺的月空，喃喃道：“不知道昆仑怎么样了。缺了血宗，他还会发动宇空吗？”

川穹决定再上昆仑看看，当他来到昆仑的时候，基界和下界的决战几乎是同时展开。

基界的山川河岳几乎都已经被硝烟所遮蔽，妖魔鬼怪的尸体铺满了万里河山。每一寸土地都布满了残余的阵法，每一寸天空都充满了重复的结界。川穹来到基界，竟被这混乱的局面困住，一时没法跨越过去。

只听一个熟悉的声音道：“下界的决战已经展开，师父！血祖的大军没有及时回援，下面的这场仗，只怕是夏人最后的抵抗了！”是师韶。

另一个苍老的声音冷冷道：“那便如何！大夏五百年基业，没那么容易撼动！”听声音却是师韶的师父登扶竟。

只听一个声音喝道：“乐正大人。跟他们罗唆什么！把他们杀光，赶紧增援下界为是！”

师韶笑道：“杀光我们？只怕没那么容易吧。这些日子来贵我双方大战三次，小战八十余回，似乎占上风的是我们啊！”

登扶竟哼了一声，不再说话。群山之间忽然一阵混乱，一座山冉冉升起，尘埃落定，别人才看清楚那山便如一口倒扣的钟一般。一个大将召来翼龙，把那座钟山衔起。

师韶大惊，叫道：“是伶伦黄钟！快取夔鼓！夔鼓！”

数位东方玄士一起作法，召来一只土鳖，把夔鼓托起，爬往东方玄阵中的最高峰。

登扶竟提起手中拐杖，师韶握紧拳头，同时向钟山夔鼓虚击虚擂。

川穹此时身处两大阵营之间，他见识过这两人的本事，可没胆子在这种情境中听他们同时奏乐，一个玄空挪移跳了出去。就在那时，钟鼓齐鸣，基界的所有结界一起被震得粉碎，川穹也被震得掉了下来，半空中被人扶住，一扯一带，跳往一个遥远的所在。那人却是藐姑射。

“师——”

川穹叫道，但第二个字却马上被钟鼓之声淹没了。这里离乐战之场已经极远，但他仍然抵抗不住钟鼓齐震的威力。

藐姑射身子一晃，似乎也有些难受。

川穹道：“师父，我们进四界去躲躲。”

藐姑射点了点头，带着川穹闪入长生之界。

他们师徒尚且受不了，基界众真更是难堪。不少人在钟鼓齐鸣时便当场死去，剩下的苦苦支撑，只有登扶竟与师韶这两个演奏者反而没有什么感觉。

川穹一进长生之界便大感难受，这个地方，竟然是一个屠宰场一般，到处都是鲜血、腑脏、头颅、四肢。

藐姑射见到川穹很不习惯的样子，说道：“在昆仑的人死了以后，如没有经过特殊处理，尸体都会被吸到这里来。在昆仑，这里就是生命力的源头，也是所有生命的归宿。你眼前这些都是你下去时候死在基界的玄士大将。看，那边那个，就是昆吾王的头颅。”

川穹顺着藐姑射的手指望去，只见那个昆吾王的头颅眼睛环睁，还在不断冒火，不由得有些害怕：“他还没死透吗？”

藐姑射道："尸体在长生之界这里不会腐烂的，所以如果都雄魁在这里，可以无休止地让他们的身体复活。不过这些人的元神已经流往是非之界，就算都雄魁复活他们的身体也没用了。除非独苏儿也出手才行。"

尽管长生之界和基界之间阻隔重重，几乎处于完全不同的时空，但登扶竟的钟声和师韶的鼓声还是不断传来。

藐姑射叹道："基界的修真士，现在只怕已经死了九成了吧。"

川穹道："这些人一死，那他们所在的门派是不是也会失传？"

藐姑射道："他们来之前应该有作安排才对，要么就留下传人，要么就留下典籍，未必就会失传。"看了川穹一眼，仿佛看透了他的心思，说道："不过你若死了，洞天派一定会失传的。"

"为什么？"

"为什么？"藐姑射微笑道，"因为你还没有结成传宗之发啊。你现在在用的这头发，是我悟透所有的洞天派奥秘之后才结成的。而你现在对本门功夫知道得还不全，如何能传宗衍道？所以，你也不用枉费心机了。"

蓦地钟声大作，压过了鼓声，穿透空间传来，震得川穹立足不稳，跌了一跤。

藐姑射叹道："登扶竟这个老头子……"忽然看着川穹的影子发怔，下半句话竟然没说下去。

川穹道："好厉害！不知道师韶怎么样了。"

藐姑射道："别人家的事情，管他作什么！对了，你这次下去，可找到都雄魁了？"

川穹沉吟着，摇了摇头。

藐姑射道："那么你是没赶上了。"

"赶上？"

藐姑射道："赶上给他送终啊。"

川穹啊了一声，道："你知道！"

"都雄魁一代宗师，他的死是一件大事，我自然会有所感应。何况他又不是像独苏儿那样悄悄地走，临终前爆发出那么大的动静，我怎会不知？”说到这里，藐姑射又轻轻一叹，道：“其实他如果不留在下界，也许便不会死。”

“为什么？”

藐姑射道：“在长生之界，都雄魁的元婴是不会死的，就算受了伤也能瞬间复原——也就是说，他在这个地方是无敌的。就算是子莫首和伊挚联手也对付不了他！对了，这次下去，你可见到了他的传人？”

川穹沉吟着，说道：“见到了，不过你放心，我已经将他困住，他不会上昆仑，你也找不到他的。”

藐姑射微微一笑，道：“是吗？”

乐正

川穹听见藐姑射的话，就知道多半有什么事情不对头。再看看师父的眼光正注视着自己的影子，忽然想起一件事情来，暗叫不好。他还没来得及行动，一个声音笑道：“好像被发现了。”跟着便有一个影子从川穹的影子中分离出来，那影子渐渐成形，又从中“长”出一个男子来，不是彭陆是谁。

川穹的脸顿时一片苍白：“你怎么能……被我困住的那人是谁？”

彭陆笑嘻嘻道：“是我造出来的一个分身啦。当时我虽然知道留在你身边很危险，不过若不冒大险，怎能成大功？”

川穹道：“你……”一时气急，竟然说不下去。

藐姑射道：“我早说过，该来的，怎么也挡不住。”

川穹心中一动，对彭陆道：“这里就是长生之界。”

彭陆道：“我知道——虽然没来过。”

川穹道：“你在这里，本事应该比在下界大得多！”指着藐姑射道，“没办法了，不想死就和我联手对付祂。”

藐姑射微微一笑，道：“好徒儿，确实该这样的，不过已经来不及了！”

彭陆呆了一呆，一时也没发现什么不妥。川穹却感应到了在四界之外的虚空中已经出现一条裂缝，惨然道：“你……”

藐姑射道：“我看破这个小朋友的行踪之后，就开始了，你没发现吗？嗯，现在基界的人大概都还没发现吧。不过等他们发现，就已经迟了。”

川穹道：“现在动手，就还不迟！”

藐姑射摇头道：“没用的。现在也迟了。”

彭陆审视着两人，知道发生了大事：“怎吗？难道你师父已经……”

“对……他已经打开了通往至黑之地的裂缝。”

彭陆全身一震，道：“宇空？”

川穹道：“你现在才知道后悔吗？”

彭陆沉默了，但他的眼睛却分明充满了坚持。

川穹道：“你留在这里，我到基界去一趟。”

彭陆道：“你去干什么？”

川穹道：“我还有个办法的，不过没有太大的把握。趁还有一点时间，我要去把基界通往下界的大门都关了。这样的话，就算最后我失败了，整个昆仑都被吸进去，也许还可以保住下界不受影响。”

彭陆道：“要不要我去帮你？”

川穹道：“这件事情你帮不了我什么的，而且……”他看了一眼藐姑射，“如果能够的话，试着把祂杀了——现在也许还来得及！”说完便消失了。

彭陆看着藐姑射，藐姑射也看着彭陆：“小伙子，你真要杀我吗？”

彭陆道：“你为什么还留在这里？你应该知道，在这里对我比较有利。”

藐姑射叹了口气，脸上有一股在川穹面前没有显露的凄美。

彭陆道：“其实，你对你徒弟的态度好像很特别。”

“是吧。”藐姑射道，“他就像是过去的我……也像是我的来生……”

彭陆道：“他嘱咐我杀你，你伤不伤心？”

藐姑射道：“如果我不想死，你杀不了我的。如果我想死，怎么死又有什么所谓……至于伤心……我已经忘记这种东西了。”

彭陆看着祂，有些不理解眼前这个人：“这真是和师父齐名的宗师吗？为何处处都是破绽？难道他是为了诱我出手？可是也不像啊。”正迟疑间，忽然发现长生之界出现了新的尸体——那是粉碎得连血滴也不完整的尸体。而那粉身碎骨的尸体，似乎竟是来自于是非之界。

川穹的警告引起了昆仑基界的大混乱，东西方的玄士大将纷纷逃命，连师韶和登扶竟的乐战也停了下来。

川穹关闭了基界通往下界的所有通道后，虚空中那条可怕的裂缝已经大到连基界也可以看见了。

“奇点之界和长生之界的通道已经关闭，混沌之界我是赶不及过去了，只剩下一个是非之界……江离，你应该知道如何断掉混沌之界与下界的通道吧？”

鸣条之战

大夏王履癸坐在宝座上，品着美酒。他的坐姿依然英武，如果他不是天子而投身武道，他其实也可以媲美三大武者吧。

只可惜啊，美人不在附近，不然今天的天气，却正好出去打猎。

昆仑的玄战还没有结束，自己那个愚蠢的儿子正用九鼎为大夏王朝拖住商人最重要的力量，而东南的战况却似乎非常理想。

如果昆仑的局面不堪收拾，那就切断昆仑与人间的通道，就让已经上昆仑的人都去死好了，只要最后美人能逃回来，那就行了。

“陛下，陛下！”

一个老臣匆匆跑上大殿，呼号着仿佛失了魂魄。

“商军……商人的叛军……出现在了西面！”

“什么！”

西面？那怎么可能，商国可是在东面。

但已经没有时间去质疑这一切了，商国的军队正一拨拨地出现在了西方，正向夏都逼近过来。

当……

酒杯落到了地上，履癸在刹那间丧失了方才的风度。

“混账！”他怒吼着，“没用的都雄魁，狡猾的商贼！”

“陛下……现在……现在怎么办啊……”

“慌什么！”履癸竭力稳住自己的手，挥动着，道，“朕还在这里，大夏亡不了！”他发出了号令，“整军！”

可是，由于大部分的兵力都已经调往东方，大夏王都之内，还有多少兵马？

忽然，他想到了一件事情：能否把江离调回来呢？

昆仑的玄战固然重要，但现在火烧眉毛，顾不得了。

……

“宗主……好像出了大事了！”

“嗯。”江离喃喃道，“应该是宇空，没想到，藐姑射竟然会这样决绝。”

“那当如何是好？我们是不是暂时放下和东人的成见，联合所有人的力量……”

“没用的……”江离道，“除非是季丹洛明出手，可他现在大概没心思理会这个了吧。对那个男人来讲，有穷饶乌的最后一箭比整个世界都重要！”

“那我们……”

“等吧，等吧。”

“等？”

就在这时，下界又传来了可怕的消息。

山鬼看到了玄光传信之后，整张脸都苍白了。

成汤竟然率领精锐，迂回奇袭，如今已经从西面逼近了王都，如今正与大夏王决战于鸣条。

天上地下，昆仑王都，竟然同时遇到了最大的危机。

“宗主！”山鬼、河伯一起道，“陛下要我们赶紧下界援救！”

“下界？”江离的眼神出现了前所未有的迷茫感，“现在还来得及吗？其实下界的战争，从我听说都雄魁大人没上来时，我就预感到下界的情况已经凶多吉少了。”

“那……我们不如现在就下去……”

“来不及了。九鼎已经植根于此，要把混沌之界的布置解除，需要时间。解除之后再回到下界也需要时间……只怕没等我们赶到，下界的战争就已经结束了。”

“那……”

“其实我们早该想到的。当我们企图让昆仑与下界的战争一起胜利的同时，也应该要考虑昆仑与下界会一起失败的可能……但这还不是我最怕的。我最担心的是，当不破来到我这里的时候，下界的事情已经解决，而我却还站在这里。到那个时候，我到底是要去阻拦他，还是去帮助他？哈哈……山鬼啊，我第一次发现自己这么幼稚、这么无力……”

师韶坐在夔鼓上，颓然道：“好像没有办法阻止了。”基界还活着的人都已经逃光了，只剩下另外一个瞎子陪伴着他。

“这的确不是我们能阻止的。”登扶竟道，“不管怎么说，藐姑射选择在这里发动宇空，总算不是太绝。”

师韶道：“师父，我好像听你说过，季丹大侠可以在宇空完全完成之前破解它。”

“不可以！”登扶竟道，“那是一个男人对另一个男人的承诺，在奇点之界关闭的时候，他们就已经把生死、荣辱、天下、是非都抛却了。我们的乐声虽然可以穿透藐姑射设下的虚空隔绝，但我们的乐德不允许我们为了苟延自己生命而去打扰那场对决！”

师韶道：“但这宇空真的不会影响到下界吗？”

登扶竟道：“昆仑是另外一个时空。只要能及时关闭所有通道，应该不会影响下界才对。我刚才已经通知了江离宗主，川穹也去了是非之界。应该还来得及。”

师韶道：“也就是说，到时候死的，可能只是我们几个而已了。唉，不知不破怎么样了。若他也死在这里，那便麻烦了。”

登扶竟道：“东人既然寄望于他，想必他是极有担当的。此刻他连是非之界也还没破，更别说混沌之界的江离宗主，有担当的人，不会在这种时候下去的。”

师韶道：“都雄魁大人已逝，血剑之鸣亦成绝响。下界战火逼天，却不知此刻如何了。”

登扶竟道：“你奏一番乐来，我听听气象。”

师韶道：“奏何乐？”

登扶竟道：“试试轩辕氏的《云门》。”

师韶擂鼓，却是一声败响。

登扶竟道：“下界大乱矣，全无盛世之德！再试试尧帝的《咸池》。”

师韶再擂，三着鼓沿。

登扶竟道：“公心已失，禅让之业不可复矣。再试试舜帝之《大韶》。”

鼓声不威而哀，登扶竟道：“乱了乱了！这哪里是《大韶》！徒儿，你已经入神了吗？还听得见为师的话吗？试试本朝之《大夏》吧。”

登扶竟侧耳听了片刻，垂泪道：“勤德丧尽，淫乱丛生！这是乱音！乱音！”又听了片刻，惊道，“咦！好多的血，好多的死人……尸体、尸体、尸体！这是战场吧？难道下界的战争已经结束了？”

师韶手掌拍两拍，脚步站稳，停顿片刻，拳头突然雨点般擂去，发出一轮急响。

登扶竞呼吸加急，用手杖支撑住身体，说道：“这是追亡逐北的马蹄声吗？”

师韶的脚步渐渐凝重，而鼓声则越来越威武，登扶竟侧耳聆听，叹道：“我军已不成军矣……”痛拍山钟，为军魂作殇。

师韶头发披散，已然全不知有我，夔鼓之响，如江河天降，澎湃不可阻遏。

登扶竟叹道：“民心已丧，都城不保矣。”再拍山钟，为都城作殇。

师韶突然停了下来，立定，蓦地跃起，用头撞了一下夔鼓，咚咚声震，略无章法。登扶竟道：“这是什么调子？”

师韶没有回答，跳开几步，举拳虚擂，稍有韵律。登扶竟道：“非《大夏》矣……此乃新乐，莫非大夏社稷已不保？”再听片刻，叹道，“新乐已成！弘矣大矣，东方之圣君，吊伐之功已成……此乐可名之曰《大护》！”

说到这里，已知势不可挽，第三掌拍出，为大夏作殇。

钟鼓之声未歇，支持不住的登扶竟却已经倒下。那钟声跨越千山万水、空间阻隔，传到了混沌之界。江离听到，泪流满面。他不用去观看鸣条的战场，就已经预感到了一切。

“宗主……”

“山鬼，听见了吗？那钟声……那是大夏的丧钟！方才，娘娘已经成功了……她终于实现了她的诡计，可那又有什么用呢？”

兵解

“娘……娘……”

雒灵回过神来，不知道自己为什么会在这种时候想起儿子。那小不点应该还不会说话，可她却仿佛听见他在叫唤自己。

“衣被天下，护我山河！”

桑谷隽终于请来了天蚕，护住了他最脆弱的回忆。没有什么比天蚕丝铺盖整个天地更加美丽的了——那是一种纯洁的白色，即使是在这梦幻的世界里，它依然具有令人感到安详的守护力。

雒灵在空中飘着，天蚕丝围绕着她上下纷飞，就像雨丝那么密集，又像雨丝那么温柔。

雒灵终于被天蚕丝困住了——始祖神兽的心灵不是人类所能左右的，雒灵纵然能搅乱桑谷隽的心魂，却无法扰乱天蚕的意志。

然而，就在天蚕茧合拢的那一霎，雒灵看到了桑谷隽要保护的东西。

“原来……你那次来亳都，不是要来找不破，而是要来找我……”

桑谷隽全身一颤，天蚕茧那一丝破绽再也没能合上。

“伤心吗？那是没法治疗的痛苦啊。就算是我，也……”雒灵没有说不能，也没有说能，然而那声叹息却是那么渺茫。

燕其羽难道真的没救了吗？桑谷隽的颤抖越来越剧烈，终于忍不住嘶吼起来：“你为什么要这么做？你应该知道，在这个时候对付我，等于是在拖不破的后腿！”

“那是我和师姐的一个约定……”

“约定……比你丈夫更加重要的约定吗？”

“不！只要完成了这个约定，我就能名正言顺地去帮不破了。江离身处混沌，背靠九鼎，凝聚着太一宗历代宗师的力量，不破就这么上去一定不行的。我想得到心宗历代祖师的支持，只能这么做了。”

“你和妹喜到底立下了什么约定？”

“解除你对她的威胁……就是这样子。”

“所以你要杀我？”

“那倒不一定……”雒灵道，“其实，我只是想将你对我师姐的仇恨抹去……”

桑谷隽呆了一呆，随即怒吼道：“那不可能！”

雒灵道：“如果我能救燕其羽，你也不肯答应吗？”

桑谷隽颤抖得更加厉害了，是活着的爱人重要？还是逝去者的仇恨重要？

雒灵道：“我本不该用这个和你做交易的，但除了这样，似乎没有更好的办法了……”

桑谷隽颤声道：“你真有办法救她？”

“本来，过了这么久，她的魂魄早就灰飞烟灭了……”雒灵道，“可是，似乎有人护住了她，要不然，她的身体早就僵死了。所以，在那个人离开她之前，应该还有办法的。”

“有人护住她？是什么人？”

“就是她的孩子啊！”雒灵又想起了自己的孩子，“孩子，有时候比大人们更有力量呢。”

“你……你真的愿意救她？”

“只要你答应我，我就能去帮不破，只要不破平安回到下界，以他的性情，一定不会眼睁睁看着燕其羽死去的……这一点，你应该很清楚。”

“可是……可是……”

雒灵道：“仇恨是比爱更加深刻的灵魂印记，在我们灵魂的深处，它甚至比爱欲更加诱人。它让我们愿意贡献自己的心灵、命运与幸福。它能左右着我们的抉择，让我们在一种痛苦的快感中不断地迷失，又在一次次的迷失中加深一种注定要孤独的执著……”雒灵的眼睛里竟然放射出某种光华，“那种程度的执著，在我们心宗这里是一种极为可怕的力量。可惜我不曾仇恨过，否则单单是这一种执著，就足以让我发动无是非了。”

桑谷隽心中一惊，道：“你最后这句话是什么意思？难道你渴望有仇恨不成？”

“是啊……至少是曾经……”雒灵的眼里闪动着某种渴望，“可是怨恨这种东西，不是你想有就能有的。如果你在乎一件事、一个人，你怎能自觉地去抛弃它？如果你的爱念不够深，那你抛弃了它也不会产生那种偏执啊。在我的生命里，尚未出现让我怨恨的人和事，这是我的幸福……”

“可是你现在的样子，似乎很想……”

“很想拥有，是不是？”雒灵道，“确实如此。强大的执念，也是一种力量。不过，对于执念的追求，也是另一种偏执，叫做‘贪’。一辈子钻研心灵奥秘的人，总是希望自己能有机会经历各种各样心境，快乐，痛苦，愤怒，仇恨，都是。”

雒灵从天蚕茧的裂缝中伸出了她的手，仿佛要触及桑谷隽的眉心。“其实只要我杀了你，不破一定会恨我的，到时候我只怕就会被卷入各种各样的痛苦与不幸中不能自拔，那时候我的心境一定会有前所未有的丰富经历……”然而她的眼神终于还是慢慢地平静下来，“不过，我还是放弃了……我不想那样。二十年来，我心如止水地走来，何必为了某种所谓的理念去破坏自己的人生？更何况，那种理念也许根本就是错的。桑谷隽，我不想强渡弱水了，我只想帮完不破这一次，就回家去好好抚养我的孩子。”她忽然想起了江离的话，“在亳都的宫殿里，逗逗鸟，插插花……”

天蚕茧内的雒灵，变得平凡起来。“少女时代的梦想，不破其实已经给我了。被坏人捉住，被情人拯救，再跟着粗鲁的他游历四方——那是多么的刺激又多么的幸福！当少女时代的梦即将结束的时候，我又成为了一个母亲……”

雒灵迷惘的眼光收束起来，望着桑谷隽道：“你知道吗？不止是燕其羽被她的孩子救了，我也是。当我的心开始乱，当我对不破的情感开始变成某种偏执的时候，那个小东西出现了。炼心会让我的心灵力量变得更加强大，但这种修炼本身到了某种时候又会变成一种枷锁。那小东西出现之后，我才能以另一种完全不同的心情来审视自己的过去，就像跳出了这片天地后再审视这片天地，一回头，才发现那根本不是一个天地，而仅仅是一口破井而已……”

“破井……”

“是啊，桑谷隽，你对仇恨的执著，其实也可能只是这样一个东西……”

天蚕不知什么时候已经消失了，雒灵不知什么时候已经走出了天蚕茧，伸手一探，从桑谷隽的眉心里取出一团光芒。“看！你以为比天还大的东西，其实也只是这么一点东西而已……”

桑谷隽一阵恍惚，似乎忘记了一些东西，然而他也不打算再想起它。

雒灵淡淡一笑，道："好了，我们走吧。和师姐的约定，我已经完成了……我们一起去混沌之界，去找江离。"

桑谷隽道："那不破呢？"

雒灵道："我师姐的力量对付不了不破的。或迟或早，不破一定会突破师姐的迷阵。其实，我怕的反而是她太过执著，明知拦不住还要硬撑，到时只怕反而会被不破……"说到这里，雒灵忽然顿住了，眼神流露出恐惧。

桑谷隽道："你怎么了？"

雒灵道："我怕？"

"怕什么？"

雒灵道："原来……原来她是可以这样的……"

桑谷隽道："什么这样？"

雒灵道："我们快些出去，必须赶在她想到这一点之前！"然而还来不及行动，她忽然倒了下去。她那"妹喜"的外表脱落，恢复了自己的形态。

川穹突破了迷幻，进入是非之界。然而就在这时，他发现主导是非之界运转的两股力量混乱起来。

"你怎么了？"

"别过来！"雒灵伏在地上颤抖着，"师姐……你好狠！"

桑谷隽道："到底发生了什么事情？"

雒灵道："她……她引导不破兵解了我的身体。现在她的元神已经回到她的身体了……我……我变成无主孤魂了。"

桑谷隽大惊道："你说什么！那怎么办？"

雒灵颤声道："我虽然已经练成了魂游物外，可支持不了多久的，我很快就会被我师姐驱逐出这个身体。"

桑谷隽道："没法补救了吗？"

雒灵道："我不知道……桑谷隽，你快出去吧，现在她还没完全夺回她的身体，但也快了，我怕她恢复过来之后会对你的真身不利。"

"可是你……"

"我会带走你的仇恨！无论如何，这是我对师姐的承诺，我不会像她那样的。"说到这里，雒灵苦笑两声，道，"桑谷隽，真对不起了，帮助燕其羽的承诺，我只怕已经没法兑现了……"

桑谷隽全身一震，勉强道："现在不是说这话的时候。"

雒灵的声音似乎越来越虚弱："刚才和你斗心力，我已经消耗得很厉害，出去后支持不了多久的。我想求你答应我一件事情。"

桑谷隽道："你说。"

雒灵道："不破应该还不清楚状况，出去之后，不要对他说出真相。"

桑谷隽心中一颤，道："那怎么可以！"

雒灵的眼神却罕见的执著："答应我！"

"我……好吧。"

"娘……娘……"

雒灵仿佛又听见了孩子的呼唤……她的眼神迷离起来，然而瞬间忽然又大放光华："我看见了，我看见了……"

桑谷隽道："你看见了什么？你孩子吗？"

"不！不是！"雒灵道，"是江离！"

桑谷隽道："你说什么？"

雒灵道："桑谷隽，再帮我带一件东西给不破，让他交给江离！"

桑谷隽道："是什么？"

雒灵却没有说是什么，只是道："那是我和江离之间的约定。你告诉不破，无论如何不要落泪，我将留给江离一行……"

话未说完，微笑的音容已经消失，然而那笑容中却挂着一行泪水。

逝者泪

“雒灵！雒灵！”

桑谷隽和雒灵一起离开了那个内心世界，然而雒灵却没有在现实世界中现身。还有些模糊的桑谷隽仿佛感到一阵杀气，一闪避开，眼前一阵清晰，却是妺喜的一记杀招。

桑谷隽怒道：“心宗的人！也要靠动手才能杀人吗？”

妺喜勉强冷笑一声，闪身逃入是非之界通往下界的通道。她一走，笼罩着是非之界的重重幻象立即消失。桑谷隽就要追进去，忽然一个声音大叫道：“桑谷隽！”

桑谷隽停住了脚步，一个人跑过来拍他肩头：“太好了，你也没事！你见过雒灵了吗？”正是有莘不破。

桑谷隽心头大震，不知该如何回答。

有莘不破道：“怎么了你？”

桑谷隽摇了摇头，道：“见到了。”

有莘不破道：“她在哪里？”

桑谷隽道：“走了。”

“走？去哪里？”

桑谷隽低下头，道：“去巴国，救我妻子去了。”

有莘不破惊道：“你妻子？燕姑娘？”

“嗯。”

“妻子？哈哈，恭喜你了，上次来怎么没跟我说！对了，她出了什么事情了吗？”

桑谷隽抬起头，道：“她被妺喜那婆娘用心法伤了，已经昏迷了大半年了，所以……”

他的眼睛已经红了，有莘不破却会错了意，以为他是在担心燕其羽，安慰道：“放心吧，有灵儿在，一定不会有事的。”

桑谷隽闭上眼睛点了点头，又问道：“你呢？你那边怎么样了？”

有莘不破道：“妺喜那婆娘弄了五座坟墓，从里面跳出来的人一个比一个厉害，弄得我都不知是真是假！嗯，事情复杂得很，等下了昆仑再跟你细说。后来妺喜那婆娘过分得很，竟然装成灵儿从第五个坟墓里跳出来，吓了我一跳！”

桑谷隽道：“后……后来呢？你怎么办了？”

有莘不破道：“还能怎么办？我识破她的奸计之后，发出精金之芒，让这婆娘粉身碎骨！”他拍了拍桑谷隽的肩头，道：“真对不起了，本来该留给你的，不过要不宰了她，我只怕就没法出来了。”

桑谷隽全身一震，道：“没……没什么！”

有莘不破道：“你的脸色怎么这么差？不是发生了什么事情了吧？”

忽然一个声音冷冷道：“都什么时候了，你们还有空在这里聊天？”

两人一起抬头，却见到了川穹。

有莘不破叫道：“川穹，是你啊，你也来了！”

川穹道：“你们要死要活？”

有莘不破道：“怎么说这话？你也要来和我为难吗？”

川穹道：“我没时间和你们废话了，长话短说，我师父藐姑射发动了宇空，要吞噬整个昆仑。”

有莘不破和桑谷隽同时大吃一惊，川穹道：“所以如果想活命，就赶紧逃回下界去。我要关闭这通道了，不然连下界也得一起完蛋！”

有莘不破道：“逃？开什么玩笑！”

川穹道：“你逃不逃我都不管，总之我现在就关闭是非之界通往下界的大门，待会你们不要后悔就是。”

有莘不破道：“干吗要关闭这通道？”

川穹道：“只有把所有通道都关闭，才可能让宇空不影响下界。少废话了，要逃就快，我要关闭它了。”

有莘不破道：“你关吧，反正无论发生什么事情，我都要先上混沌之界走一趟的。”

桑谷隽却忽然道：“等等，我要下去。”

有莘不破奇道：“桑谷隽……你，你不和我一起上混沌之界？”

“本来我应该陪你一起去的。”桑谷隽道，“可是现在的形势，我必须下去。我在下界还有一件事情要做。”说着忽然抱住了有莘不破，“我出发前，父亲为我祷祝，现在，我希望这祝福会降临在你身上。”拍了拍有莘不破的背心，转身向通往下界的大门跃去。

有莘不破叫道：“你到底要下去做什么？”

桑谷隽顿住了身形，道：“报仇！”

“报仇？妺喜已经被我杀了啊！”

桑谷隽迟疑了一下，道：“那是已经被人带走的旧恨，我现在要去报的，是新仇，为的不是亲人，而是朋友。”他最后看了有莘不破一眼，道，“对了，雒灵临走前留了一句话给你。”

“什么话？”

“她让我告诉你，无论如何，不要落泪。”

说完这句话，桑谷隽便消失了，川穹也随即把通道关上。

有莘不破回味着桑谷隽最后那句话，隐隐感到有什么事情不对头，然而川穹的话却打断了他的思考：“有莘不破，你真的不下去吗？”

有莘不破道：“下去？通道都被你关闭了，还怎么下去？”

川穹道：“奇点之界的大门在季丹他们进来之前就已经被我师父关闭。长生之界和基界的通道也都被我斩断，现在还剩下一个地方可以回去。”

有莘不破道：“混沌之界？”

“不错。”川穹道，“如果你不想死就跟我来吧。”

有莘不破道：“等等！关闭了混沌之界的大门之后，你怎么办？”

川穹道：“我本来就没打算回去。”

有莘不破惊道：“什么？”

川穹道：“其实，我有办法摧毁宇空的，只是没有十足的把握，怕弄巧成拙，反而把那条空间裂缝变大了，所以动手之前才要把空间通道都关闭。再说，如果事情能够解决，我还是有办法回去的。好了，我要去混沌之界了，你要一起吗？”

有莘不破大喜道：“你可以带我最好，省了我多少脚程！”

川穹拉住有莘不破，感应着江离发动玄空挪移，然而一阵扭曲之后他们却被弹了回来，一起跌在地上，狼狈不堪。

有莘不破道：“怎么了？”

川穹皱眉道：“是江离！他在混沌之界内立起云日山河四根柱子，布成了那个见鬼的子虚乌有境界，我没法跳跃过去。”

有莘不破道：“那怎么办？”

川穹道：“只能走过去……但那样根本就来不及！”

“没有其他办法吗？”

“混沌之界是他太一宗根基所在，我……”川穹额头上的头发忽然跳了跳，他一拍手道：“也许有办法！”

有莘不破道：“什么办法？”

川穹道：“我把整个是非之界移过去，和混沌之界重合在一起，那江离就是想拦也拦不住了！”

有莘不破骇然道：“把整个是非之界移过去？你做得到吗？”

川穹道：“如果这里是奇点之界，我利用历代祖师留在那里的星辰无限或许可以做到。这里……”

有莘不破道：“这里可是是非之界！”

川穹道：“这里是心宗的大本营，可以发动无穷的想象力……不过得先取得这个地方主人的支持。”

有莘不破道：“主人的支持？这里一个活人都没有。”

川穹看了看他背上的剑，问道：“那是什么？”

有莘不破道：“那是心剑。”抽了出来，却发现这把剑已经和进入鬼门心幻阵之前大不一样，一时之间，他仿佛想到了什么，但总是没法把那些线索串起来。

“心剑吗？”川穹道，“借我看看。”接了过来，蓦地见平滑的剑锋上闪过一丝若有若无的血光，心中一寒，道：“这把剑叫心剑，是和心宗有关吗？”

“是。”有莘不破道，“是灵儿留给我的。”

“灵儿……”川穹想起了那个在胡营里唤醒自己的女孩，“她人呢？”

有莘不破道：“她在你来到之前就走了。”

“走了？”

“嗯。”有莘不破道，“回下界去……”忽然感到一阵莫明其妙的心酸，顿了顿，道，“去救桑谷隽的妻子。”

心剑忽然鸣叫起来，有莘不破莫明其妙地悲伤起来，就想痛哭一场，但想起雒灵要桑谷隽转达的话，脑中电光一闪，见川穹似乎也悲戚欲泪，忙道：“小心！收摄好心神！我上来前听师父说过，心宗有一种很可怕的力量，能让人伤心落泪——一落泪就死！他嘱咐我千万小心。”

川穹点头答应，稳住情绪，忽然剑光一闪，照亮了某个被隐藏起来的所在，川穹心中一动，对有莘不破道：“你看！”

有莘不破顺着他的手指望去，顿时惊得呆了。

那是一座低矮的山峰，山上有无数不大不小的洞窟，布列如蜂巢。每一个洞窟中都安放着一个沉睡的人。有莘不破和川穹都醒悟过来：那一定就是心宗前辈存放遗体的地方。那个地方，在心剑出鞘之前隐于不知何处，这时却呈现在两人的眼前。

这些在世时惊天动地的心宗宗师们，此刻已经把她们所有的伤心事都带走了，只留下一具具安详平静的遗体。

在众多遗体之中，有莘不破只认得一位，那就是曾布下心幻大阵困住他们的沼夷。而在沼夷的旁边，另有一个让人看不清面目的凄冷女子，无数星尘漂浮在她周身，把她和这个世界隔绝开来，仿佛怕她的绝代姿容被尘世沾染。

“这层星尘……”川穹道，“应该是我师父蒙上去的。”

“这么说起来，她一定就是灵儿的师父了……”有莘不破在沼夷旁边那个遗体前跪了下来，叩了几个响头，默默道，“前辈放心，如果我有命下去，一定会好好照顾灵儿的！”

他才站起身来，独苏儿的脸上忽然垂下两行泪水。有莘不破心头大震，后退两步，却又发现不止是独苏儿，所有本应安息的心宗宗师们竟然都在流泪。

有莘不破和川穹站在这些宗师的遗体面前，沉默着，沉默着，一时只感到天地浩渺，古今苍茫，都在这泪水之中了。

重叠

妺喜逃下昆仑，然而呈现在她面前的，却是一座改易了旗帜的血火之城。

鸣条之战，是成汤的精锐突入完全没有准备、临时组织起来的夏朝防守军，尽管履癸勇猛善战，却也已经无力回天。

夏军完败！

王都，此刻也已经陷落了！

她不知在那里站了多久，才听见背后一个男人道："你做了这么多事情，好像根本就没有一点用处。"

妺喜倏地回头，见到了桑谷隽。

桑谷隽道："你师妹化解了我对你的仇恨，可是，你自己又重新添上了一笔。"

妺喜后退着，她在害怕，但害怕的不是桑谷隽，而是……

"看这样子，你的男人好像已经完了。"

桑谷隽的声音很温和，但妺喜却已经被刺激得跳了起来："不！不！不会的！就算城破了，他也未必就……"

"未必就死，对吧？"桑谷隽道，"可是他是天子。城陷了，国破了，对他而言，也就是死亡。"

妺喜跌跌撞撞地逃走了，不是逃避桑谷隽的追杀，而是逃避现实。

桑谷隽没有动手，只是静静地跟着她。

在血火之中，妺喜找到了和大夏王有关的消息——他果然还没死！

她一路向南追去，根本没理会背后还跟着一个桑谷隽。终于，她在大荒原西界找到了丈夫，然而他们的团聚并不长久，一场突如其来的大火，把这对男女的绝望与生命一起包围住。

发出这一场大火的，是芈压那双冒火的眼睛！

这一天，离昆仑玄战完全结束已经很久了。

有莘不破望着流泪的独苏儿，不知道为什么心忽然痛得厉害。然而他不能哭，那是雒灵的嘱咐。

川穹手里的剑鸣叫起来，有莘不破接了回去，在他拿到剑柄、川穹的手尚未脱离的片刻，剑上闪过一个人影。

“江离！”两人一起叫出声来，川穹心头一动，握住了剑锋，剑锋割破他的手，同时也隔破了时空，眼前的一切都混乱起来：东方是一片春日下的桃林，西方是秋杀万物的雪峰，南方是夏雨中的火山暴怒，北方是冰冻万里的无边海域。而在这一切的中央，却是一片厚实的黄土祭台，祭台上一株直径三千丈的大树，大树垂下若干枝条，勾住九座龙纹巨鼎，排成洛书之图。九鼎下面，立着一个衣衫单薄的少年。

“江离！”有莘不破叫了起来，就想冲过去，却被川穹拉住。

“别动！一切都还没稳定！你会被两个世界交替的力量撕碎的！”

果然，江离消失了，九鼎消失了，巨树消失了，祭台消失了，火山冰海、雪峰桃木都消失了，只剩下肉眼看不见的是是非非，连是非也平息之后，一切又恢复为斜月方寸山的孤寂。

眼前的一切，就在冷寂与旷远两种状态中交替着。

师韶背着登扶竟，踏进长生之界的入口。

“藐姑射来过。”登扶竟说。他虽然很衰弱，但感官却敏锐如初。

师韶道：“嗯，不过大概已经离开了吧。”

看不见前路的他们只是凭其他感觉一步步向前走去，时而有粉碎的血肉从身边飘过，他们也不在意。忽然，登扶竟道：“等等！”

“怎么了？”

“好像有人！”

“有人？不会吧。”

奇点之界早被关闭，是非之界战况未卜，因此他们师徒二人便选择了长生之界这个本应无人把守的领域——都雄魁没上昆仑的事情，此时登扶竟等人也已得知。

师韶问登扶竟道：“继续上路，还是看看是什么人？”

登扶竟叹了一声道：“你已经超越我了，你决定吧。”

师韶想了想，道：“先探探吧。如果长生之界发生了什么事情，说不定会影响整个昆仑的。”他的眼睛看不见，但他的心眼有时却比肉眼更加管用，感应了片刻，便转了个弯走来，在感应到的那个人面前停下。

那人横了他们一眼，也不理会。

师韶道：“你好，阁下是血门中人吗？”

那人道：“我在做事，别来烦我。”

师韶皱了皱眉头，道：“师父，听出他在干什么吗？”

登扶竟道：“好像在收集什么东西吧。”

那人听见这两句问答看了他们两眼，忽然道：“你们是瞎子？”

他问得虽然直接，师韶倒也没有见怪，微微一笑道：“是。”

那人道：“过来，我试试帮你们复明。”他倒不是好心，只是想试试本事。

谁知道师韶却摇了摇头道：“不用，我们已经习惯了。这位小哥，听你的声音似乎年纪不大，你叫什么名字？和都雄魁大人如何称呼？”

“嘿！我叫彭陆，你们说的那人我曾给他磕过头，算是我师父吧。”

登扶竟和师韶同时心中一震，登扶竟笑道：“这么说来，那次感应是真的了。”

彭陆道：“什么感应？”

登扶竟道：“都雄魁大人已经死了，而且是死在你手上，没错吧。”

谁知彭陆却道：“错了，他是死在他自己手上！他已经不死不灭了，天下间除了他自己，谁也杀不了他。”

登扶竟和师韶一下怔住了，彭陆又道：“这里是长生之界，你们又不是四宗的人，来这里干什么？”

师韶道：“下界的事情差不多已经定了，昆仑的玄战也该是时候结束了。我们正打算回去呢，希望能赶在混沌之界的通道被关闭之前，要不然我们就得在这里过一辈子了。”

彭陆沉吟了一下道：“昆仑的通道，不是四大宗派都能打开的吗？”

登扶竟呵呵笑道：“自然不是，能够开启小通道的只有洞天派，要像这次这样大开诸门，那只有四宗联手才做得到。你应该是血门最后一人了吧？都雄魁没跟你说起这事吗？”

“没有。”彭陆想了想，又道，“那如果最后的通道也被关闭，困在这里的人会如何？”

登扶竟道：“那就不清楚了，多半再也回不去了——除非有洞天派的高手接应。当然也有另一个可能，就是在所有通道关闭之后，整个昆仑都消失了。”

“消失了？”

“嗯。”登扶竟点头道，“上一次玄战也打得天崩地裂，日月无光，可当昆仑之门再次大开，这里的山川河流依然如故。所以这个地方也许本身就是一个超越现实的虚幻存在，一切本是乌有之一气，只是在有人来到的时候才重组起来。”

师韶道：“师父，我怎么没听过这种说法？”

登扶竟道：“这也只是我自己的猜测，作不得准。”

彭陆道：“也就是说，如果回下界的门全部关闭，留在这里的人有可能也会一起消失，是吧？”

登扶竟道：“是的，有这个可能。”

“消失，那也就是死……”彭陆喃喃道，“但这么粉碎，只怕实在是来不及。”

师韶道：“粉碎？来不及？你到底在干什么？”

彭陆沉默了好久，才道：“重生。”

川穹仰头望着那越来越明显的暗黑区域，有些担忧地道：“季丹留给我一种力量，应该可以摧垮它——可我并没有十足的把握。也许我反而会被吸进去，或者空间裂缝会变得更大。

有莘不破道：“哪种可能性高一些？”

川穹道：“不知道。有莘不破，我们作个约定吧。”

“你说。”

川穹道：“看这裂缝扩张的速度，也许我等不到混沌与是非的重叠稳定了，我得抢在事情不可收拾之前上去阻止。如果我成功了，那自然万事大吉；如果我被吸入至黑之地，也还有回来的可能。但如果是第三种情况，那可就危险了，你一定要想办法在它吞噬整个昆仑之前关闭最后的通道，同时把江离带回下界去。”

有莘不破道：“你好像很关心江离。”

川穹道：“我不是关心他，是关心我自己。只有江离的元神不灭，我才有可能回来，否则就完了。”

有莘不破道：“为什么这么说？”

川穹道：“我也不知道。不过上次我被我师父送到至黑之地，就是因为江离才能回来的。”

有莘不破道：“说起来，你师父哪儿去了？是不是发动宇空之后他就死了？”

川穹道：“没有。现在那裂缝还没达到自我扩张的界点，还在靠我师父的力量维持着。”心道：“看来彭陆没有对师父动手，或者动手了却打不过他。”忽然身子一轻，似乎就要离地而起，川穹大惊道：“不好！宇空快完成了。”对有莘不破道，“记住我的话！保重了！”

一隐一现的空间跳跃中，川穹渐渐靠近那片吞噬一切的黑暗。

“重生？”师韶道，“重生什么呢？”

但彭陆没有进一步解释他在做的事情，实际上他又开始专注起来。

师韶没得到回答，又道：“小哥，我们要去混沌之界了，你一起去吗？”彭陆还是不开口，师韶又叫唤了几声，都没听见对方的回应。

登扶竟道：“没用的，他已经听不见你说话了。”

师韶道：“那就把他留在这里？万一他来不及逃跑被宇空吞噬了怎么办？”

登扶竟叹道：“那也没办法。他现在的状态，已经是‘入神’了，生死存亡对这时候的他来说，只怕也不如他现在所做的事情重要。”

师韶想起自己参悟乐理至道时候的状态，也叹息一声，知道恩师说得没错，对彭陆所在的方向说了一句“保重！”便背着登扶竟向混沌之界而去。

第六章
商朝建立，众神归隐，神话时代结束

界乱

有莘不破目送川穹远去，眼见川穹跳跃的速度越来越快，靠近无底洞的影晕之后竟然不再跳跃，只是全凭无底洞的吸力就去得疾如闪电。有莘不破心道：“川穹莫要给那无底洞吞了才好！”待见川穹终于在影晕边缘稳住了身形，这才放心。

蓦地一条人影不知从何处闪出，在巨大的暗黑引力中长发飘扬，衣袖飞逸，如一片雪花点缀着黑暗的影晕。

“藐姑射！”这是有莘不破第一次见到这个人，但这个名字他却几乎是冲口而出，除了这位最后的宗师，天地之间还有谁能在这暗黑影晕中来去自如？还有谁能在这生死一发的形势中依然保持着这绝美的风姿？

川穹见到藐姑射忽然出现也微微吃了一惊，然而也不感到意外，叫了声“师父”。

藐姑射拦在川穹前面，此刻祂所处的位置正是川穹能自由行动的极限，再往前，川穹便无把握能行动自如了。

藐姑射道：“通往下界的通道，你都已经关闭了吗？好像还差一个啊。”

川穹道："是还差一个，但已经来不及了！"

"哦？"

川穹道："再过片刻，宇空就完全开启了，我要赶在那之前毁灭它！"

藐姑射道："凭你？"

川穹道："上次见面，季丹给了一件东西。"

"嗯，空流爆。"藐姑射道，"那种规模的爆炸，确实有可能让这道裂缝弥合——如果由季丹来控制的话。不过在你手中，也可能会加速这裂缝的扩张。到时候不要说你，就是我出手也没法收拾了。"

"我知道。"川穹道，"所以我才要预先把通往下界的大门全部关闭。现在我要动手了，你最好让开。"

藐姑射微微一笑，道："好。"说着身子一侧。

川穹倒是怔住了，他也没想到藐姑射真的让开了。空间裂缝的核心就在前面了，但他却不知道该如何出手。

"看不透，是不是？"藐姑射叹道，"就算你有季丹借给你的力量，也没那么容易成功的。当年我们功力都大成之后，又在一起研究了整整三年，季丹才有九成以上的把握能粉碎我开辟的宇空。至于你……"

川穹咬着嘴唇，他知道，自己这一出手，要么就成功，如若不然，只怕连命都要搭上。

藐姑射柔声道："给你个提示吧。空流爆和宇空，乃是相反又相通的，你要成功，必须用上宇空的感应力，才能找到那个点……"藐姑射还没说完，忽然一场剧烈的震动从奇点之界传来。这一次震动比之前几次都来得更加剧烈，连藐姑射也稳不住身形，川穹更是被震得往无底洞中直冲。幸而，他利用吸力和震力的交错一个盘旋，又用玄空挪移向外急逃，这才逃过被吞噬的噩运。

"师父！"川穹叫道，"这震动是怎么回事？"

"嗯，好像……"藐姑射道，"好像是他和有穷硬碰的后果。真是了不起啊，奇点之界的外围和我的虚空隔绝都已经快经受不住了。看这样子，他们决胜负的时候也快了。”

川穹心中一凛，道：“那他们会不会冲出来？”

“本来未必会。昆仑四界不但各自有很强大的力量，而且太一居上，三界居下的格局也很能构成一个稳定的结构。”藐姑射道，“但由于你的胡来，把是非之界挪了过来，四界相互维持相互支撑的格局已破，虚空隔绝被粉碎以后，从奇点之界流出的力量多半会引起一场大灾。感应到了吗？好像首先被影响的，是长生之界啊。”

不但川穹感应到，连有莘不破也看到了：这个世界（混沌之界与是非之界的重叠）与长生之界的交界处出现了一片巨大的裂痕。裂痕破碎以后，一头洪荒巨兽冲了出来。等那巨兽冲得近了些，有莘不破才看清那“巨兽”根本就只是无数失去灵气的血肉拼凑而成。那“巨兽”进入这个世界之后，受到是非之界灵体的影响，灵肉结合，一阵爆裂后化做上百头魔兽，四处乱闯乱飞。

血肉纷飞中一团东西从空中坠下，似乎是两个人，有莘不破一眼瞥见，惊道：“师韶！”

师韶背着他师父，危急中他引吭高歌，控制了一头飞鳌，把师徒两人托起，落在有莘不破身边。

三人还来不及叙话，登扶竟道：“这里真是混沌之界吗？怎么这么混乱？”

有莘不破道：“川穹把是非之界移了过来，和混沌之界重叠。”

“什么！”登扶竟和师韶都大吃一惊。

师韶道：“这就怪不得了！江离呢？不破你见过他没？”

有莘不破道：“你没感应到吗？他就在那边，看是看见了，却过不去！”

登扶竟点头道：“不错，现在这么混乱，最好不要乱动好，等这个时空稳定下来再说。”

有莘不破又问道：“你们怎么来了？基界怎么样了？”

师韶道：“基界已经没人了，不是死了，就是逃了。”

有莘不破道：“那登扶竟大人是要弃暗投明了，是吗？”

登扶竟哼了一声，师韶微笑道：“不是弃暗投明，而是大势已定，我们的责任已了，师父他没有坚持下去的意义了。但师父也不愿到新朝受新主的供养，还好他总算还认我这个徒弟，所以我会服侍他老人家终老。”

有莘不破听到“没有坚持下去的意义”一语，望了望远处时隐时现的江离，心中若有所感。

师韶问道：“在想什么？”

有莘不破沉吟了一会儿，问登扶竟道：“前辈，你在夏都见过江离吗？”

登扶竟道：“他是太一宗新一任宗主，当初为了大局虽对外界保密，但太一宗宗主继位乃是本朝大事，我身为大夏乐正，自然要去观礼的！”

有莘不破道：“江离他被血祖控制了，这件事你知道吗？”

登扶竟讶异道：“有这样的事？不会吧。”

有莘不破道：“一定是这样的，要不然，他不会与我们为敌的。”

登扶竟回忆了一会，摇了摇头道：“不，不可能！他登上祭台那天我曾为他抚过一曲，他聆乐之心清明如镜，没有乱象。”

有莘不破愣了一下，道：“你是不是弄错了！”

他这种怀疑的语气对登扶竟来说颇不尊重，然而登扶竟也不生气，只是道：“老朽虽盲，但对自己的心聆还是有点把握的，再说，都雄魁大人又不是独苏儿，如何能控制别人的心神呢？”

有莘不破道：“也许……也许他控制的是江离的身体！”

登扶竟摇头道：“那更不可能。入主九鼎宫那天，江离宗主曾以大夏血脉召来神龙——如果他的血被污染了，神龙是不可能认同他的。而且江离宗主的功力已经相当深厚了，在你逃离甸服后我曾与他一晤，当时他的功力已经直追乃师，功力如此高深之人，已经不是任何人所能控制得了的。”

有莘不破听得愣在当场，登扶竟又道：“而且，你离开甸服之后，夏都玄门又有大变。”

有莘不破道：“什么大变？”

登扶竟道：“本来这不当对你说，但现在时过境迁，说也无妨。你离开甸服之后，江离宗主一统镇都四门，九鼎宫压制了长生殿，连都雄魁大人也不得不受江离宗主的节制。”

有莘不破骇然道：“你说什么！”

登扶竟道：“也就是说，在那之后，江离宗主已经是大夏玄门的领导者，这次昆仑玄战，实际上也是他促成的。”登扶竟说到这里，叹了一口气道，“可惜他也并未真正统一大夏玄门的力量，都雄魁大人和妹喜娘娘各怀异心，要不然，局势或许不会如今天这般。”

有莘不破待在当地，远处的九鼎巨树、高台少年就像梦一般幻化不定。而他的人却彻底迷糊了：那真是江离吗？做这些事情，真的是他自己的意愿吗？”

千百声巨吼传了过来，那些魔兽终于在这个幻化不定的时空成形了。成形之后，为了生存，为了强大，它们正不断吞噬其他魔兽。其中一些则分别向江离和地面涌来——甚至向无底洞冲去。它们把有莘不破、江离、川穹等人都当作了食物，却似乎不知道这样做其实是在送死。

冲向江离的魔兽大部分被空间交替的力量撕得粉碎，化作血肉溪流，再次向长生之界涌去；有一小部分侥幸地在时空交替的瞬间冲了过去，但马上又不明不白地消失在江离脚下。

与此同时，有莘不破却在发呆，完全不知道有无数魔兽张牙舞爪地向自己冲来。

登扶竟道：“不妙啊，徒儿，出手吧。”

师韶道：“我没剩下多少力气了。不破，不破！”无奈有莘不破却没有反应，不得已，他只好自己出手抵挡。

登扶竟忽然道：“我怎么感到他身上好像有伊挚的气息。”

师韶道：“那是尹相的紫气分身。”

登扶竟道：“紫气分身？嘿，怪不得伊挚会让他独自前来。这紫气到现在还圆满无缺，想来他在是非之界都没消耗过半点。唉，真不知道妹喜娘娘在干什么！”

师韶以乐音把魔兽挡在外围，甚感吃力。登扶竟道："把我放下。你试试用乐理激发他身上的紫气分身，你是他朋友，又是伊挚同僚，应该可以做到的。"

师韶沉吟道："都到了混沌之界了，也是时候用了。"说罢引声长啸，荡人心魂。有莘不破全身一震，想起了师父的嘱咐。这一动念间，一片白云飘起，紫气氤氲，罩住了有莘不破和登扶竟师徒。

箭·逝

紫气白云出现之后，有莘不破回过神来，凝聚氤氲，一个大旋风斩卷起，把冲过来的魔兽撕得粉碎。但那些残留下来的血肉灵气重新聚集，似乎又要变成新的魔兽。

有莘不破道："怎么没完没了的，难道这些玩意儿就杀不死吗？"

登扶竟道："这些东西虽然烦，但也伤不了我们。眼下最可忧惧的，还是宇空。"

有莘不破心头一震，仰头望去，川穹仍未出手。有莘不破道："莫非是被他师父拦住了吗？我去助他一臂之力！"

师韶道："不可！洞天派师徒对决，一个不小心就是天崩地裂，还是再看看……"话未说完，又一阵剧烈震动从奇点之界传来，长生之界受到波及，似乎随时有崩溃的可能。

有莘不破嚼舌道："好厉害！不愧是有穷饶乌！不愧是季丹洛明！他们要把昆仑四界都毁掉吗？"

登扶竟道："这也未必没有可能。"

就在这时，长生之界的边缘再次出现裂缝，一团血雾喷薄而出，跟着飞出数千点红色的光点，像针一般四处乱窜。

有莘不破一惊道："什么东西！是血蛊吗？"

登扶竟摇头道："不是，是血钩。"

"血钩？干什么用的？"

登扶竟道：“用来收集血肉的。那是只有血门顶尖高手才能释放的东西，我见都雄魁大人用过。”

有莘不破道：“都雄魁……他现在还躲在长生之界吗？怎么不敢出来！”

师韶道：“不是都雄魁大人。都雄魁大人好像已经逝世了。”

有莘不破大吃一惊道：“你说什么！”

师韶道：“你没感应到吗？大概是你还在是非之界的时候，都雄魁大人在下界好像遇到了厉害的对手，跟着就没了气息。”

有莘不破道：“什么对手打得死那个老家伙？哈，我知道了，他一定是遇到了他徒弟！”

师韶微微一笑，道：“可能是吧。具体的情况，我们也不清楚。”

有莘不破道：“那现在在长生之界里面的，就是都雄魁的徒弟了？哈哈，真想看看是什么样一个小魔头，连血祖那样的大魔头也能栽在他手里！”

师韶道：“是个年轻人，好像叫彭陆，年龄也许不比你大。我们经过长生之界的时候，他好像也在用血钩搜集血肉。他对这件事情很用心，甚至知道藐姑射大人要毁掉整个昆仑也不以为意。”

有莘不破道：“他到底在收集什么东西？”

师韶道：“不知道，好像和什么‘重生’有关系。”

说话间，一些血钩飞到了紫气附近，四处追寻一些连肉眼也看不到的东西。有一枚血钩甚至穿入紫气，衔走了有莘不破头发上的血珠。

有莘不破嘿了一声道：“好小子，连紫气也拦不住这些东西吗？”

登扶竟道：“也许是因为这些血钩对我们没有敌意。”片刻之间，数千血钩似乎已经找回了它们要找的东西，撤回了长生之界。

奇点之界传来的震荡越来越强烈，眼见四界摇摇欲坠，空间碎片不断被至黑之地吸去。有莘不破和登扶竟师徒感觉脚下的土地也在震动，知道奇点之界的震荡毁伤了昆仑四界的根基，至黑之地的吸力正要把整个昆仑四界连根拔起。

师韶骇然道：“大事不妙！”

有莘不破道："川穹说他有办法的，怎么还不行动！"

师韶道："也许他需要时间！"

"时间！我们还哪里有时间！"有莘不破叫道，"我看多半是被藐姑射拦住了！"

登扶竟道："总而言之，洞天派门人对决的时候决不能轻举妄动！"

三人正不知如何是好时，九鼎中央与长生之界中同时传来两股奇异的力量。师韶喜道："他们一起出手了，事情或有转机！"

那些四处乱窜的魔兽受到江离力量的影响，竟然瞬间还原为灵肉分离的状态。跟着那些血肉便如江流一般，遵循长生之界里传来那股力量的牵引，慢慢流了回去，化作血泥肉土，把长生之界外围的裂缝弥补起来。

登扶竟赞道："好本事！他竟然能以生命力量暂时代替空间力量，虽然只是权宜之计，但长生之界的灵力一时不会外泄了。"

长生之界的崩溃虽然延缓，然而整个空间还是不断被无底洞扯去，甚至连远处的九鼎也动摇起来。

白云中一个声音道："糟了！"

有莘不破惊喜道："师父！你来了！"

白云间的声音道："我的本尊还在下界，这是我的分身。"

有莘不破道："师父，你有没有办法阻止那见鬼的无底洞，我都快站不住了！"

"没办法的。"白云间的声音道，"能阻止的只有季丹，但他只怕不会理会这些了。此刻对他来说，没有比和有穷决斗更重要的事情了。咦！川穹……"

川穹终于要出手了，他依然没有把握，但他已经不能不出手了，因为宇空就要完全形成了！他伸出了手，掌心上空裂开一个异度空间，这个极为狭小的空间里，几道不知名的力量互相冲撞，每一次冲撞就是一次看似轻微却隐含无穷力量的爆炸。

有莘不破惊叫道："空流爆！"

登扶竟点头道："没错，是季丹的空流爆。川穹是藐姑射的徒弟啊，怎么会这功夫？”

白云间的声音道：“看这样子，他不是会，只是‘拥有’罢了。多半是季丹给他的。”

有莘不破大喜，高声叫道：“川穹！好样的！快出手！”

隔得那么远，川穹自然不可能听见有莘不破的声音，他盯着藐姑射，道：“我要出手了，虽然没有把握，但……要么就生，要么就死！”

藐姑射点头道：“好。”

川穹五指一舒，掌心的异度空间忽然消失，接着出现在了无底洞的核心。

白云间的声音叫道：“不破！快布开无明甲！”

有莘不破领会，融会紫气和自己的内息张开七层无明甲——这是他从炼那里偷学来的神功。

登扶竟叫道：“韶儿，动手！”

师韶心中一动，引紫气入丹田，跟着仰天长啸，啸声荡开，在无明甲的外围又形成六层音波防御。

几乎就在同时，无底洞核心那个光点爆裂开来，那一弹指的时间有莘不破等人都不知道自己是怎么挨过来的，尽管离得遥远，但那场爆炸的冲击还是在一瞬间就把有莘不破和师韶的一十三层防御全部摧毁。有莘不破大吼一声，长剑出鞘，剑风荡开形成一个环形，守住了最后的防线。

一切都安静下来之后，众人定眼再看，周围的一切都已经惨不忍睹：奇点之界一片混沌，长生之界血肉模糊，而混沌之界与是非之界的重叠也在这场激荡中稳定下来。

空中一片清朗，无底洞也已不见。

有莘不破怔了一怔，随即大喜道：“成功了！川穹成功了！糟了！他哪里去了？”

白云间的声音道：“放心，他应该来得及躲开。”

果然，高空中裂开一缝，川穹跳了出来，原来他是躲入了自己开辟的洞内洞。登扶竟正松了一口气，忽然高空中又出现一条裂缝，几个人异口同声骇道：“藐姑射！”

藐姑射看着川穹，那眼神如清风掠水面。

川穹完全忘记了两人刚才还在对峙，就像一个小孩子一样兴冲冲地对藐姑射道：“看！我成功了！师父！我成功了！”

“是啊，恭喜你。”藐姑射的声音很平静，既不愤怒，也未失望。

川穹道：“你好像并没有不开心，是决定放弃了吗？”

“放弃？放弃什么？”

川穹道：“放弃灭世啊。经过这一回，你应该有所改变才对……”

“你错了！”藐姑射道，“虽然你破了宇空，确实超出了我对你的期望，但是我也不是没想过会有这样的结果。”

川穹怔了一下，道：“你的意思，我不是很明白。”

藐姑射道：“你知不知道我和祝宗人、独苏儿、都雄魁这三人的最大区别在哪里？”

川穹摇了摇头。

“传宗之发应该有告诉过你，他们的终极灭世一定是先毁灭自己，然后再影响这个世界，但我……我们不是……”藐姑射手往天心一指，高空中又裂开一道缝隙。

川穹吓得几乎无法呼吸：“你……你……难道你要……”

“嗯，你好像猜到了。”藐姑射淡淡道，“没错，我和他们最大的区别就是，能再次发动终极灭世。”

川穹身子一晃，再也支持不住，从高空中直掉下来。白云间射出一道紫气，把川穹托住，落在有莘不破身边。

落下来这段时间里，川穹一直处于震惊的状态当中，身子一着地，马上跳了起来，叫道：“他……他疯了！他要再度发动宇空！”

有莘不破和师韶同时惊道：“什么？”仰头望去，空中那道裂缝果然越来越大。

有莘不破道：“那你的空流爆还有没有？”

川穹又急又气：“当然没有了！”

“那怎么办？难道就没办法了吗？”

白云间的声音忽然道：“未必。”

有莘不破喜道："师父！你有办法？"

白云间的声音道："你们看，川穹的师父站不稳了。"

众人举目望去，果然，藐姑射一手抚胸，一手搭背，不停地颤抖，不住地摇晃。

有莘不破道："怎么回事？"

登扶竟叹道："自然是因为他支持不住了。终极灭世岂同寻常？一个人的功力再高，也难以连续发动两次的。"

空间裂缝越来越大，但藐姑射也越来越虚弱，白云间的声音道："这一次我们不会有危险的，他的力量应该无法支持到让宇空完成。但他要是再勉强下去，只怕会送掉自己的性命！"

有莘不破和川穹听了这句话一起呆住了，有莘不破问川穹道："你师父为什么要这样做？"

"我也不知道……"川穹道，"也许我从来就没真正理解到祂的用意……"

忽然间，藐姑射身子一震，竟被他头顶的无底洞吸了进去。

川穹大骇道："我去救他！"

然而一条人影比川穹去得更快，在藐姑射被无底洞吞噬的前一刻抱住了祂要把祂扯回来。

尽管因为离得太远而看不清那人的面目，但地上的两个年轻人还是在一瞬间知道那人是谁，一起叫了出来："季丹！"

已经瞑目待死的藐姑射全身一颤，睁开眼来，凄然道："你怎么来了？决斗结束了吗？"

季丹洛明怒道："我还哪里顾得上什么决斗！"

藐姑射的睫毛就像被情人抚摸般颤抖着："你……再说一遍……"

季丹洛明怒道："都不知道你这个人为什么……"

藐姑射半眯着眼睛，十分沉醉，忽然间瞳孔暴张，消失在季丹洛明的怀中，又出现在他的背后，抱住了他。季丹洛明还没反应过来，一箭飞来，从藐姑射背后射入，穿透祂的身体又刺入季丹洛明的后心，把两个人的心脏钉在一起。

这是有穷饶乌最后的一箭，在这一箭射出之前，那个号称箭神的男人就已经死了，而这一箭透体而入，藐姑射和季丹洛明还没来得及感到疼痛也已一起死去。

两个人一起闭上了眼睛，就像睡着了一般被无底洞吸了进去。

往事如昔

川穹捂着脸，跪了下来，跟着又俯伏在地。

有莘不破不知道这双洁白如雪的手后面掩藏着怎么样的神情，也不知道这个远离尘土的朋友此刻为什么会以这样的姿态贴近脚下的尘埃。

登扶竟颤巍巍站了起来，幻化出一张古瑟，一曲叹息之音，为逝去者招魂。

“我要去至黑之地。”川穹站了起来，说出了这句令人吃惊的话来。他的双手已经放开，脸上没有泪痕，眼中没有犹豫。

“去至黑之地？去干什么？”

川穹道：“我要把师父和季丹的遗体接回来。”

有莘不破看到他这个样子知道劝无可劝，然而仍然忍不住道：“你有把握回来吗？”

“没有。”川穹摇头道，“实际上，我甚至不知道如何回来。”

“那你岂不是要去送死？”

“那个地方，或迟或早我总要去的。”川穹道，“既然如此，不如就现在去。”

有莘不破道：“但如果你无法回来，那这一去岂非枉然？”

此时是非之界和混沌之界的重叠已经稳定，川穹望了一眼远处的江离，说道：“只要江离的元神在，我还是有机会回来的。”说完这句话，他便消失了，跟着闪现在高空上，在无底洞完全合拢之前跳了进去。

师韶喃喃道：“他这样做，值得吗？”

“不是值得不值得的问题。”有莘不破低着头，说道，“藐姑射和季丹对他来说，并不仅仅是师父和朋友那么简单。如果不把他们接回来，川穹在这个世界大概会很寂寞吧。”

师韶呆住了，道：“你似乎很能理解他。”

“我也不知道为什么会这样。”有莘不破转身面向巨树，说道，“无底洞的威胁已经解除，你们不用着急下去，等我和江离谈妥了再说吧。我们就此别过。”

师韶道：“我跟你去。”

“不。”有莘不破摇头道，“这件事情，我想自己处理。”仰头叫道：“师父！”

被呼唤者似乎很能理解他的心思，说道：“你的意思，可是要我莫干涉你的决定。”

有莘不破点了点头，见白云紫气默认了他的请求，便迈步前行。他走得并不快，一步一步地接近混沌之界的中心，巨树下那个少年的身影越来越清晰，终于，连他脸上的神情也能看清了。

江离坐在一个巨大的树疙瘩上，那双漠视昆仑万物的眼睛在看到有莘不破后，还是泄漏出一些内心的动摇。

有莘不破站在江离面前，盯着他的眼睛；江离倚着巨树，被有莘不破看着。

“我来了。”不知过了多久，有莘不破终于打破了沉默。

“嗯。”江离道，“为什么到现在才来？”

“你很希望我早点来？”

“本来并不希望。但在发现都雄魁大人自作主张留在下界以后，我就时时刻刻盼望着你快点来。你早一刻到来，我们之间的胜负就能早一刻解决。如果我赢了，我就能带着玄战大胜之余威回下界压服东方的叛逆。如果你赢了，那我也不用留在这个地方空自焦心。可是……”江离顿了顿，道，“你却等到这个时候才来。如今天下大势已定，我输了是输，赢了也是输。筹谋这么久，在混沌之界安排下这么大的阵势，等到的却是一次无关痛痒的对决。”

有莘不破盯着他，愤然道：“输？赢？我们之间为什么要有输赢？

你本应和我们站在一边的！我们的输赢，就是你的输赢！”

“我们？应该是你吧。”

有莘不破道：“我！我们！”

江离道：“我的立场为什么要由你来决定？”

有莘不破道：“那好！不由我来决定，就由你来决定也行！”

“哦？”江离道，“我要你背过来打你祖父也行吗？”

“这……”

江离道：“不破，不要说这么幼稚的话了。我的来历，现在你就算不完全清楚，也该猜得到大半了。无论是我的师承还是我的血脉，都注定我只能站在你祖父的对立面，而你——无论你如何逃避，始终要回到你祖父的旗下。”

不破握紧了拳头，咬牙道：“早知道，在天山我就不掉头向东了！”

“天山……”江离笑了，笑得很轻又很讽刺，却不知道在讽刺谁，也许正是在讽刺包括他自己在内的所有人，“都雄魁大人为了取得全胜把我带了回来，结果却给自己埋下了败亡的种子。你为了救我而东行，路走到最后，却不得不杀我……”

有莘不破怒道：“谁要杀你?!”

“你！”

“没有……从来没有！”

“你没有，可是我有。”江离道，“其实很早以前我就想过要杀你了……当我们还是伙伴的时候。”

“不可能！”

“真的。”江离道，“还记得你攻破三天子嶂山的那个晚上吗？就是你遇见雒灵的那天晚上，我当时就想杀了你的！那天晚上，你醒来过一会儿的，结果看见了神龙……还记得吗？”

“好像记得。”

江离道：“你以为我叫出神龙干什么来了？就是要杀你……”

“我不信！”有莘不破道，“如果你真想杀我，我早死了，哪里还能站到现在！”

江离无语以答，抱起膝盖，把下巴磕在膝盖上，说道：“说起来，我也不知道当时为什么不杀你。那天晚上的事情，我一直想不通。在公，你这人是个祸害；在私……嗯，那时候我还不知道自己的血脉，还谈不上私心。可是神龙是知道的，祂要杀你，我为什么阻止呢？为什么？”

有莘不破叫道：“江离，你现在一定是给都雄魁作了手脚！一定是这样的！一定是这样的！”

“不要把事情都怪到别人头上。”江离道，“我的心从来就没有模糊过，也没有被人控制过。这一切，都是我自己的决定。”

“我不信！无论你说什么，我也不信你能抛开我们之间的情谊，掉过头来对付朋友！”

“朋友……”江离道，“其实我们之间已经交过几次手了。龙门山那次，我赢了你。王都那次，我输给了羿令符。”

有莘不破道：“那些……”

“那些事情，都是我策划的。”江离道，“虽然是由都雄魁大人出面，但幕后的主使是我。你没猜到吗？还是不愿意猜？不管如何，羿令符应该是猜到的。”

有莘不破心头一震：“他知道？”

“嗯。”江离道，“王都就像一个棋盘，下棋的人，一方是我，另一方就是羿令符。我算到了羿令符会赌上自己的性命，可是有些东西，我还是算漏了，比如那条蛇……所以，我输了。但我到现在还不知道我为什么会算漏。难道是说，我本身丢失了一些东西……”

“不要想那么多了，好不好？”有莘不破道，“我不喜欢下棋，更不喜欢跟朋友钩心斗角。我只是希望自己能过得自在一些，希望朋友们都不要出事。反正现在大夏已经完了，你没必要为它殉葬。我们走吧，把昆仑关闭，永远离开这个地方！”说着伸出了手。

江离却把头偏开，说道：“不行！”

“不行？为什么？”

江离道："如果你祖父被人杀害，你会如何？"

"我当然会杀了他，为祖父报仇！"

江离道："如果对方强大到你杀不死呢？"

"杀不死，那就让他杀了我！"说出这句话后有莘不破就后悔了，但江离已经接口道："你说得对。夏都沦陷之后，我依然守在这里等着你，就是等你来杀我。大夏王族奉太一宗为正统数百年，如今它灭亡了，太一宗总要有一个人来殉葬的。"

有莘不破叫道："你不要这么傻好不好！"

江离道："事情发展到现在这样子，已经不是算计不算计的问题了。决定我生死的，也并不是理智。"

有莘不破瞪着江离，不知该说什么，江离微微一笑，道："动手吧！不过，我不会坐以待毙的。如果你本领不够，说不定会被我杀了，那可就冤枉了，王孙。"说着手一挥，一根藤鞭子横扫过来，把有莘不破荡了开去，跌在巨树根系之外。

有莘不破爬了起来，江离却依然坐着。一阵春风拂过，他的脚下已经遍布荆棘。荆棘丛越长越高，越长越密，终于把江离给挡住了。

有莘不破道："这点草根，拦不住我的。"剑也不抽，手一挥，精金之芒就辟开了一条大道。

江离道：."为什么不用剑？你背上这把剑，应该大有玄机才对。"

有莘不破道："我说过，我来这里，不是要来杀你的。"

江离黯然道："不杀我，你如何夺鼎？"

有莘不破道："几口破鼎，不要也罢！"

江离叹道："不要……要不要不是你能决定的。"

有莘不破道："如果我就这么决定呢？"

江离道："不破，在天山的时候，雒灵来见过我，这件事你知道吗？"

有莘不破呆了呆，点头道："知道一些。"

江离道："那天她走后，我看见了一些东西。"

有莘不破道："什么东西？"

“人，一个巨人。”江离道，“我看见自己一直在那个巨人的手上不停地走着，走啊走啊，一直在他的左手掌心转圈。走了好久，我开始感到痛苦，可是我又能怎么样呢？那只手就那么大，我就是弹跳也好，翻跟头也好，最后还是得落在他的手掌上。如果是你，你会怎么办？”

有莘不破道：“我会找到他的手掌边缘，跳出去。”

江离点头道：“嗯，我也是这么办的。手掌之外，是一片我看不透的迷雾，然而我也顾不得那么多了，死就死吧。于是我奋力一跳……”

有莘不破道：“怎么样了？”

江离道：“我逃离了那只手掌，脚下一实，落在另一只手掌上。”

有莘不破听得呆了。江离道：“不破，你还坚持着要带我们回去吗？”

有莘不破的脑袋一片混乱，但仍坚持道：“是！”

“嗯，那我们就试试吧。”

江离说肯回去，但人却坐在那里不动。有莘不破向他走去，伸出手就要拉他起来。就在他伸手的那一瞬间，周围的时空迅速幻化着，当他触摸到江离的时候，才发现自己所处的地方已不是昆仑，而是那片熟悉的大荒原。

这是怎么回事？难道是时空逆转了？

有莘不破猛地想起了太一宗“宙逆”的传说。难道，那是真的？太一宗真的能令时空逆转？

大树不见了，九鼎不见了，脚下只有一堆白雪，雪下一抔泥土，土里埋着一个人。

有莘不破颤抖着挖开雪土，露出雪土底下的美少年。

“江……江离。”他叫唤着，土里的少年并未苏醒，继续沉睡着，仿佛忘记了整个世界。

“这是幻象，还是我真的回到了过去？”

“这不是幻象，也不是过去，而就是现在！”一个声音从耳边传来，有莘不破一转头，看见了一头羽毛都掉光了的鸟栖息在自己的肩头上。

“你是什么东西！”

丑鸟道：“我不是东西，也不是南北，我就是我。我，是玄鸟凤凰。也就是你子姓一族所供奉崇拜的祖神。”

“玄鸟？凤凰？”有莘不破几乎笑了出来。

这么丑的一头鸟，居然说自己是玄鸟凤凰？

却听丑鸟道：“当然，除了我，世界上还有谁能够伴随你穿越时空，来到这里？”

有莘不破却不肯相信，他一挥手，正要赶它走，丑鸟忽然叹了一口气，那声音对有莘不破充满了怜悯。

有莘不破停下手，道：“你在可怜我？”

丑鸟道：“你对眼前的事情充满了迷惘，唯一可能告诉你真相的，就是我，而你居然要把我赶走。”

有莘不破停了下来，说道：“但你也可能是我最大的魔障。”

“错了错了！”丑鸟道，“你最大的魔障不是我，而是……”

“而是什么？”

丑鸟望了一下江离。

有莘不破道：“你是说，我最大的魔障是江离？”

“不是。”丑鸟道，“现在对你来说，最大的魔障，是要不要理他。”

有莘不破呆住了。

丑鸟道：“现在的你已经知道，这场雪根本不会伤害他。如果你不带走他，他并不会死于寒冷或者饥饿。再过些时日，他自己会醒来，祝宗人也会来接他。”

有莘不破迟疑着，终于把手缩了回来，把江离重新埋了起来，站在那里发呆。

丑鸟道：“你站在这里干什么？”

“我……我不知道接下来要干什么。”

丑鸟道：“你现在是在大荒原，而不是在昆仑。你当初不是想到万里之外的西土去闯荡吗？好吧，去吧，现在没人拦你的。”

“那……江离他……”

“他会自己醒来，被他师父带走，成为太一宗新一代的宗主。从此他的人生将会很正常。没有遇到你，对他来说也许会减少许多困扰。”

有莘不破道：“那他会和我祖父为敌吗？”

丑鸟道：“会，还是不会，这些和你又有什么关系呢？如果你连这也抛不下，还如何西去？”

有莘不破道：“但是就这么孤零零地西去，也太孤寂了……你说我能不能带上他去闯西土？”

丑鸟叹了一声，道：“我不知道。”

有莘不破道：“如果我就此甩手而去，那我虽然记得他，他只怕却不会记得我。那样我岂不是失去了一个好朋友？”

丑鸟闭上了眼睛，不说话。

有莘不破道：“如果我从一开始就失去他，那和到最后才失去他又有什么区别？”他一边把江离挖出来，一边喃喃自语着，“只要在大相柳湖保护好他，只要到天山之后我能控制得住局面，之前的事情并没有改变的必要。”于是他抱起江离，向前走着，一直走到又困，又饿。于是他望了望天上的龙爪秃鹰，倒了下来。

有莘不破这一倒并非真的脱力，他临倒下的那一眼狡黠并没能瞒过老奸巨猾的羿之斯，因此，有穷商队并没有如期而至。有莘不破等着，等着，一直等了一天一夜，才知道历史已经改变了。

他抱起江离，来到了寿华城下。在城门处遇到靖歆，那个方士出言挑衅，被有莘不破一拳打死。寿华城主葛阒闻言赶了出来，有莘不破不想造成太大的骚动，只是向葛阒要了些食物和水酒，就在城门口坐下，对满城的大惊小怪丝毫不理。

黄昏时，有穷商队才到达寿华城，他们在大荒原出口被札罗伏击，虽然最终击退了群盗，但伤亡颇为严重，在路上经过休整，迟了许久才来到寿华城。而原本会比他们更早到达的窫窳（yà yǔ）寨群盗也没出现。

三十六辆铜车、七十二匹风马卷起的沙尘把江离呛醒了，他睁开眼皮，瞳孔里虽然闪过一丝慌乱，但还是很快镇定下来，问身边的有莘不破道："这是什么地方？"

有莘不破微微一笑，道："寿华城。"

"寿华城……"江离喃喃道，"真是麻烦啊，我怎么会来这里？"

"我带你来的。"有莘不破笑道，"我看你被大雪埋了，就把你……救了出来。"

江离不无责怪地盯了有莘不破一眼，但终于没有发作，道："谢谢你的好心，不过这次你多管闲事了！"说着把怀中的小银狐摸出来，放在肩头上，举步就要走。

有莘不破道："你睡了这么久，肯定饿了，不吃点东西吗？"

江离迟疑了一下，说道："不用。谢谢了。"

有莘不破又道："这大荒原的天劫就快到了，这寿华城是唯一安全的地方，你还是别走太远的好。"

江离讶异道："天劫……你知道！"

有莘不破微笑道："知道一些。"

江离上下打量了他一眼，道："你看我的眼神为什么这么奇怪？倒好像我跟你很熟似的！"

有莘不破笑道："如果我说我们上辈子是很好的朋友，你信不信？"

江离犹疑了一下，道："也许吧，不过就算是，那也是上辈子的事情了，和这辈子没什么关系。"说到这里，他的肚子忽然咕噜咕噜叫了起来。

有莘不破取出食物道："还是吃点东西吧。"

江离说了声"谢谢"，却没有接，弯腰在地上敲了一敲，地面长出数丛香草，花叶上承着水珠，江离就着花叶将水珠吃了。有莘不破望了望西边道："太阳下山了。"

江离并不接话，径朝大荒原走去。有莘不破想留住他，却不知说什么好。

丑鸟笑道："他现在是认识你了，但好像并没往心里去。"

有莘不破道："人总要一起经历一些事情才能建立信任的。过两天天劫就要来了，到时候我们应该还有见面的机会。”

说完入城，找到了羿令符。羿令符像一堆粪土一样被自己遗弃在金织家附近，有莘不破停在他身边，他抬头望了有莘不破一眼，便没什么兴趣地低下了头。

有莘不破坐在他身边，却不知该说什么好，也不知道如何才能让羿令符振作起来。

元月十六，大荒原的天劫终于在全无征兆中开始了。从四更开始，不断有人来报告一些城里城外的异象：城北水门旁突然成群地出现拇指粗的黑蚂蚁；城西数十只鸡鸭被掏空了肚肠，手法很像三尾讙（huān）的惯技；角落里老鼠开始暴走，有积年的更夫说是因为它们听见了鵸䳜（fú xī）的鸣声；大风堡的屋檐上，在破晓之前突然飞来无数三身鸱（chī），无论如何也赶不走……

葛阗和羿之斯在这段期间并未产生罅隙，寿华城的军甲和有穷商队一起在外城挡住了第一次妖乱。在第二次妖乱袭来之时，一群强盗加入了攻城的行列——窫窳寨的札罗，外围的土城就快被突破了，城破之际，知道再下去会两败俱伤的葛阗和札罗达成了协议。三股势力联手击退了第二次妖乱后，葛阗传下了命令：

“空出地下室和第一层，由原城中各里正安排，分批住下。”

“窫窳寨人众入驻东北角附堡，九夷商会入驻西北角附堡。”

“派出第九旅，搜索外城食物武器，带回内城备用。”

“派出第七旅，搜杀城内漏网妖兽。”

“派出第三旅，维持秩序，妖乱期间，所有人不得擅离所在，不得散布蛊惑言语，违者，杀！”

“所有事宜，限日落之前回报。”

满城的民众在葛阗的命令下组织起来，强壮者协助守城，老弱病残则先退往大风堡。

外城的民众退得干干净净之后，东城只剩下有莘不破和羿令符两人。有莘不破冷漠地看着眼前无数人的死亡，不为所动，而羿令符却仿佛什么也没看见。后来，连羿令符也被一个卫兵统领接走了。

“似乎一切又回到原来的轨道了。”看着这一切，有莘不破嘴角露出一点笑容。

终于，蛊雕出现了。这头千年妖怪一出现就是已经清醒了的样子。“是谁弄醒它的呢？”

是江离！

衣衫单薄的江离此刻极为狼狈地在大风堡下和蛊雕周旋着。大风堡上面，无论是葛阒还是札罗，都只是默默地看着，一直到羿之斯看不过眼，射出玄冰之柱把蛊雕冻住。

一切都静了下来，有莘不破知道，此刻大风堡内正进行着某种交易——为了对付共同的敌人蛊雕。当然，葛阒不忘派人暗中监视着有莘不破——一个能一拳打死靖歆的年轻人，也许是个比蛊雕更可怕的敌人。

但有莘不破并没有干涉这一切，只是在一旁看着他们把蛊雕装入有穷之海，他们并没有把有穷之海带入烛阴阁，而只是放置在大风堡外。羿之斯、札罗和葛阒相继进入有穷之海。江离进入有穷之海之前，迟疑了一会，问有莘不破道：“对了，上次忘了问你叫什么名字。”

有莘不破笑道：“有莘——不破。”

形势的发展和曾有的记忆不大相同，但基本还是沿着原来的轨迹进行着。

有莘不破在羿令符发愤之后溜进有穷之海。他进去的时候，蛊雕已经瞎了，它恐怖地吼叫着，怪力卷起的狂风甚至能拂动有莘不破的衣角。但和蛊雕近在咫尺的羿令符仍默默地站在那里，稳得就像是铸死在地面的铜柱，动也不动地守在银环蛇的前面，有好几次蛊雕的怪手几乎和他擦面而过。

羿之斯、葛阒和札罗都已身受重伤，江离有些摇晃地站了起来，似乎想作出最后一击。

“我来。”有莘不破拦住了他，展开法天象地，变成巨人，一脚踏下。蛊雕虽然铜皮铁骨，却经受不起有莘不破这一脚的压力，鲜血不断从它的九窍喷出，在耗尽最后一丝抵抗力之后，这头纵横大荒原的妖兽终于被有莘不破踏成一团肉饼——但它的皮毛居然还是完整无缺。

羿之斯父子和江离敬畏交加地望着有莘不破。有莘不破并不喜欢这种眼光，他忽然觉得自己也许错了，如果他不厌麻烦，像记忆中那样带着江离的种子跳入蛊雕的体内，也许会让一切显得更加自然吧。眼前几个故人的眼光，让有莘不破隐隐感到大事不妙。

出了有穷之海以后发生的事情，印证了有莘不破不祥的预感。由于商队货物在几场波折中几乎全部丧失，羿之斯决定回国。临别前，羿令符抱了抱拳对有莘不破道："若他日有莘大侠路过有穷，还请光临舍下，让羿令符一尽地主之谊。"

有莘不破听得心中苦笑，望着远去的车队，他又不知该如何是好了。他婉拒了葛阗的邀请，离开了大风堡，追着窦窳寨群盗的足迹而去。

肩头上的丑鸟忽然道："看，他跟着你过来了。"

有莘不破一回头，见到了江离。

"你跟着我干吗？"其实他是很希望能和江离同行的，但羿令符的离去却给了他不小的打击，这里的一切，似乎和回忆不尽相同。

江离道："我想来看看你是怎样一个人。"

有莘不破苦笑道："那现在看清楚没有？"

"没有。"江离道，"像你这样神通广大的人，我倒也听说过几个，但你都不像是他们。"他顿了顿，道："我觉得你的行事和气质有点像传说中的那位季丹大侠，不过应该也不是。"

有莘不破叹了一口气，道："我不是季丹大侠，嗯，虽然我和他有一些渊源。"说完又继续上路。

江离跟着他，问道："你这么急急忙忙的，想去哪里？"

"去找一个人。"

"什么人？"

"我前世的妻子。"

"啊！"江离道，"我可以也去见见她吗？"

"可以啊。"有莘不破微笑道，"但你不等你师父了吗？"

江离脸色微变："你怎么知道我要等我师父？"

有莘不破微微一笑道：“我也不知道我为什么会知道。”

江离沉吟了一会，黯然道：“我见不到他，也不知道还会不会从此再也见不到他了。”

“不要担心。”有莘不破道，“他没怪你，也许现在正在某个地方看着你也说不定。”

江离奇道：“你怎么知道的？前辈，你见过我师父吗？”

有莘不破听他叫前辈，怔了一下，并不感到好笑，反而感到悲凉：“前辈？我有那么老吗？”

江离道：“你的外貌是很年轻，不过看你的眼睛，应该是经历过很多事情，那不是青春小子能有的眼神。”

有莘不破沉默了好一会，叹道：“原来如此，怪不得羿之斯他们会叫我‘大侠’，而不是‘少侠’……”

来到三天子嶂山已经入夜，有莘不破一脚踩进去，驱散群盗，札罗不敢抵挡，从后门逃了，匆匆之际什么也来不及带走。有莘不破找到了藏宝库，精金之芒发出，斩断玄铁锁，走了进去。他也不去看子母珠，也不去找七香车，直接来到第四个房间，站在门前却一时不敢进去。

江离道：“她就在这里面了吗？”

有莘不破点了点头。

“那还不进去？”

有莘不破道：“我……”

“你不会是胆怯吧？”

仿佛是被人看破了心事，有莘不破挂着一点掩饰的笑容：“好吧。”伸手推门，房间内却空空如也。

有莘不破颓然退了出来：“变了！变了！一切都变了。”

江离道：“会不会被札罗带走了？”

“不会。”有莘不破道，“札罗应该不是她的对手。”

“不要放弃！”江离鼓励他，“也许她现在就在附近，一起去找找吧。”

“嗯！”有莘不破振作起来，凭着某种感应向东南方向掠去，直到看见月光下一条窈窕的人影如风中的蒲公英般滑翔飘飞。

当有莘不破发现这个人的时候，也被对方发现了，她忽然停住，回过头来，警惕地盯着有莘不破。那张俏脸，不是雒灵是谁！

江离赶了过来，与雒灵对望片刻，忽然道："你是心魔的传人！"

雒灵盯着江离，又看了看有莘不破，脸上一片平静，既未承认，也不否认。

江离对有莘不破道："前辈，会不会弄错了？这人很可能是心魔的传人！"

有莘不破听他开口心魔，闭口心魔，呆了一呆才想起这个时候的江离对心宗还存着很大的偏见。再看看雒灵那充满戒备的眼光，忽然明白了过来："记忆中那个我和现在的我已经完全不同了。刚才我展现气势吓跑札罗的时候，雒灵多半也感应到了，心中忌惮，才逃了出来。"一念至此，便知道自己和雒灵初遇的奇妙缘分也已错过，朝雒灵挥了挥手，道："走吧，我认错人了。"

雒灵仿佛也自知不是有莘不破的对手，慢慢退开，消失在黑暗中。江离看着有莘不破那无限留恋的眼神，叹道："原来你没有弄错，真的是她。"

有莘不破黯然道："是又如何，已经不可能了。"

江离道："前辈，心宗女子无不是魔道中人，你还是不要迷恋为好。要不然只怕会……会……"

有莘不破接口道："会大祸临头，是吧？"

江离点点头道："是，本来晚辈不该说这些的。不过……"

有莘不破道："不过你不要前辈晚辈的好不好，我听你叫我前辈特别扭。"

江离笑了笑道："好。"

有莘不破道："羿令符回去了，灵儿也回去了，再往前只怕也未必能和桑谷隽结缘。江离你呢？你是不是迟早也要抛下我？"

江离听得怔了："我？"脸上一片迷惘，似乎不太能理解有莘不破的话。

“是啊，你。”有莘不破道，“现在，就只剩下你一个了……就像在昆仑的时候一样。”想到这里，忽然道：“不！在昆仑，我还有灵儿在下界等着我。”

“昆仑……”江离道，“是传说中那个大地中央之山吗？那里也有一个我？”

“嗯。”有莘不破道，“在那个地方，我无法说服你。在这里……你会跟我走吗？”

江离道：“去哪里？”

有莘不破道：“我也不知道，总之是走得远远的，到一个没有拘束的地方去。”

江离蹲了下来，捧着头，想了好久，道：“有那样一个地方吗？”

“我也不知道。”有莘不破道，“所以才要去找啊。”

“万一找不到怎么办？万一找到了却发现和现在没什么两样，那怎么办？”

有莘不破也蹲了下来，黯然道：“你说得对。找到了，却发现和原来没什么两样……甚至更糟！”

“那你还去找吗？还是回去？”

“啊！回去……”有莘不破喃喃道，“回哪里去？昆仑？”

“是啊，你不是说你是从昆仑来的吗？那里不但有另一个江离，还有你妻子。”

“昆仑、昆仑……回昆仑……”有莘不破道，“那你呢？”

江离道：“我，我自然是回大荒原去等我师父。我本来担心他不要我了，但就像你说的，也许他现在正在某个地方看着我呢。可是我有点担心你。”

“我？”有莘不破笑道，“我有什么好让你担心的，别忘了，我现在的本事比你大得多。”

“不，我是担心我走了之后你一个人会很寂寞。”

有莘不破怔住了，望着渐渐发白的东方，道：“你为什么会这么想？”

江离道："你应该不属于这个世界吧。你说我是你前世的朋友，可我根本不记得你。你说要找前世的妻子，可她也不认得你。你本事虽大，但万一前面一个知心的人也找不到，这路你还怎么走下去呢？"

有莘不破默然半晌，道："如果真的那样，我……我大概会回昆仑……"

"可你不就是因为在昆仑过得不适意才来到这里的吗？"

"嗯。"有莘不破道，"在那里，我失去了很多东西，失去了自由，失去了最重要的朋友……"他收拾心情笑了一笑，道，"不过，那边至少还有个妻子在等着我，而且，昆仑上那个江离也还有挽回的可能。所以你不用担心我啦。"

江离道："你这么说话，是希望我离开吗？"

有莘不破低下了头，说道："本来，我是很希望能和你们一起去闯荡的，但现在已经没这个想法了。"

"为什么？"

"因为现在的你给我的，并不是记忆里的那种感觉。一切，都已经错过了。"

最后，江离还是走了。

有莘不破坐在朝阳里，对肩头上那丑鸟道："他走了。"

"嗯。"丑鸟道，"你呢？你真的打算回去？"

有莘不破道："我留在这里干吗？在这个世界，我完全是多余的；在那边，我至少还有过去，有朋友，有亲人……而这里……这里究竟是心幻，还是说我真的是回到了过去？"

丑鸟道："我说过，这不是过去，这里就是现在。"

有莘不破道："我现在只想知道我该怎么回去。"

他想了很久，终于想到一个"主意"，于是再一次来到了大荒原，希望能找到这个世界里的祝宗人，让他帮自己想办法。结果祝宗人没有找到，却碰到了一个奄奄一息的大男孩。他扶起那少年的脸，却像看见了一面镜子。

这个奄奄一息的大男孩，赫然就是当年的有莘不破！

丑鸟道：“好像是你自己。”

“嗯。”

丑鸟道：“这可怜的孩子，他的生命之源被人抽干了。”

有莘不破心头一动，道：“你是不是在提示我什么？要我救活他？”

丑鸟道：“也许是。”

有莘不破道：“难道说，这里其实是另外一个世界？我能在这个世界存在，就是因为他？”

丑鸟道：“也许是。”

有莘不破道：“那如果我把生命之源给他，我会怎么样？”

“也许……”丑鸟道，“也许你会消失。”

“消失？在这个世界上消失，再回到昆仑吗？”

“或许吧，我也不是很确定。”

有莘不破哈哈一笑，说道：“原来在这个世界里，我就像是一头幻兽啊！”笑声中，他把那个昏迷的少年抱了起来，紧紧拥住。

有莘不破闭上了眼睛，睡了过去，这时丑鸟的双目闪出了一道光芒。

明朝如梦

当有莘不破再度睁开眼睛，看见的却是一片废墟。身旁坐着两个人，却是师韶和登扶竟。

师韶叹道：“谢天谢地，你终于醒了。”

“师韶！这里……这里是哪里？”

他甚至想问，这里是哪一个时空！

“是夏都。”

“夏都？”有莘不破走出几步，踱了圈子，“夏都怎么变成这样了？”

师韶道：“经过战火，总难免的。”

有莘不破道：“我们为什么会在这个地方，江离呢？”

师韶叹道：“这里是九鼎宫的旧址啊，昆仑最后一个通道，出口就在这里。”

“昆仑最后一个通道？”有莘不破道，“那……那昆仑……”

师韶道：“都已经结束了。当时太过混乱，你又昏迷不醒，玄鸟携带九鼎冲出来后，我们只来得及把你带下来……”

“等等！”有莘不破打断了他，问道，“你什么意思？只来得及把我带下来，这么说昆仑上面还有人？”

师韶道：“对。血宗的传人彭陆应该还在长生之界，临走时我传音给他，但他却没有回应，可能他还沉浸在他正在做的事情里面，也可能他来不及出来……”

“谁问你这个！”有莘不破大声道，“血宗传人关我什么事！我是问江离！他怎么样了？”

师韶登顿时不知该如何说才好，登扶竟叹道：“迟早都要说的事情，搪塞隐瞒又瞒得住多久！”

有莘不破暗叫不妙，果然，师韶道：“江离已经死了。”

这一句话震得他太阳穴嗡嗡作响，一阵天摇地晃之后，有莘不破叫道：“你胡说！他怎么会死！他……”

师韶叹道：“他肉身虽存，元神已散。大变之时我和师父觉得还是把他留在昆仑的好。他应该是属于那里的。”

“混账！”有莘不破吼道，“死了……哈哈！我知道！这一定又是什么破烂时空！死吧！死吧！都去死吧！”

师韶大惊道：“不破！你怎么了？”

有莘不破怒道：“滚！你不是我朋友！你跟我一点关系都没有！”

师韶惊骇莫名，登扶竟却拉住他道：“这个时候不要去惹他，等他沉静下来再说。”

师韶道：“那我们……”

“现在说什么也没用。”登扶竟道，“而且，听他的举动，这个他应该才从那个平行的过去中回来。”

“什么！”师韶道，“难道那时候不是玄鸟让他复活，而是说他才从那个世界回来？”

登扶竟道：“有可能是，除此之外，我也想不出有别的可能。”

师韶道：“那不破对昆仑的那段记忆，应该是一片空白了？”

登扶竟道：“本来就还未经历过，哪里来的记忆！”

师韶道：“那我们怎么办？”

“等。”登扶竟道，“等到你的啸声传来，再把他送回去。”

师韶道：“送回去……他若回去，岂不是会被江离给……”

登扶竟道：“那烛龙[①]之息，也未必是真的杀人。也许只是令他进入某种状态之中。再说，就算如此，我们也没有其他办法了，有些事情，对不破来说虽然还没有发生，但却已经注定了。”

师韶叹了口气，道：“也只有如此了。”两个黑洞洞的眼眶对着天空，想起了在昆仑发生的事情。

有莘不破进入子虚乌有境界之后，师韶便陪着登扶竟在外围等着。一开始，昆仑上的一切都十分平静，有莘不破和江离似乎也没有动手的意思，就在师韶稍稍放心的时候，忽然感到一阵不安，坐在地上的登扶竟颤巍巍地站了起来，惊道：“这……这……”

师韶没有眼睛，但他分明也感到有莘不破的气息消失了。

“师父！这是怎么回事？连一点冲突都没有，不破怎么就……难道太一宗真有这么可怕的力量？嗯，白云紫气……还有那把天心剑似乎还留在这里。”

登扶竟沉吟道：“这位小宗主在干什么，我也看不透。这样吧，你试试用共鸣之曲，探探他的心声。”

师韶取出古瑟，按宫商，调角羽，清音一曲，穿透进去。他师徒以音乐融会四宗理念，这共鸣之曲，用的是以乐探心之理。

---

① 烛龙：《山海经》中的创世神，人面蛇身，身长千里，睁开眼就为白昼，闭上眼则为夜晚，呼气为夏天，吸气为冬天，又能呼风唤雨。据《山海经·大荒经》记载：“西北海之外，赤水之北，有章尾山。有神，人面蛇身而赤，直目正乘，其瞑乃晦，其视乃明。不食不寝不息，风雨是谒。是烛九阴，是谓烛龙。”

铮一声响，瑟弦断了一根。师韶道："探不出来。"

登扶竟道："他以子虚乌有为界，以九鼎为基，再加上本身的功力也已经相当浑厚，自然没那么容易的。"

"那当如何？"

登扶竟道："没办法，只有'入神'了。"

师韶道："我'入神'之后，就算领会到了他的心声，觉醒后也会完全忘掉啊！"

登扶竟道："若只有你在自然不行，但有我在此，应该能从你的乐声中听出个究竟。"

师韶道："不错！"调好弦丝，奏一曲《大夏》，以私器奏天子乐，乐音由正而偏，由偏而奇，师韶放纵心神，任由心神被音乐牵着走，渐渐迷乱，渐渐恍惚，渐渐自失，终于完全丧失了自我。

登扶竟侧耳倾听，微微皱眉道："原来是被送到一个平行世界的过去了。嘿！傻孩子，除非你完全按照当初的一切行事，如若不然，哪怕只是一小步的差别，也会引发之后的种种不同啊！"

铮然暴响，瑟音断，师韶回过神来，调息片刻，听师父说起有莘不破的去处，忧形于色道："怎么会这样！"

登扶竟道："刚才你瑟音忽断，显然是他已经离开了。"

"离开了？那怎么还不回来？"

登扶竟道："多半是跳跃的时候出了什么岔子吧。好像小宗主也不知他往哪里去了。"

师韶道："那可如何是好？"

登扶竟哼了一声道："小宗主找不到，未必我们也找不到！这次不要通过小宗主了，直接与有莘不破共鸣。你听过玄鸟之音是吧，奏起来！用上大搜神诀！我就不信找他不出来！"

师韶再次入神，奏出凤凰之鸣，上天下地，往来古今，这次持续了足足半个时辰，却没有半点回响。师韶哇地吐出一口血来，委顿在地，乐音遂绝。

登扶竟鼓励道："徒儿！努力！既然出手，不可半途而废！"

师韶凝神聚气，一时间却连动也动不了了。登扶竟道：“手指动不了，就靠心！用心奏！”

师韶心中一凛：“心奏？”

登扶竟道：“这里是混沌之界与是非之界的重叠，当能发挥一些你在别的地方无法发挥的能力。振作起来！试试以心奏乐，凭想象穿越时空。”

师韶捂住了耳朵，越捂越紧，整张脸竟然被压得扭曲，周围静悄悄的，只有登扶竟能听见那些别人听不见的声音。他一边听一边道：“还不行！还不行！再投入些！”

师韶的七窍都流出血来，登扶竟却显出喜色：“找到了！找到了！听！那……咦！怎么会？”他呆了半晌，才惊骇到几乎是吼叫一般道：“这孩子！这孩子……他居然去了未来！不是别的世界的未来，就是这个世界的未来！”

师韶已经完全自失了，仿佛连灵魂也跟了过去。登扶竟听了好一会，叹道：“为什么会是这么痛苦的声音，这么深重的悔恨，这么彻底的绝望……这孩子在那边到底是发生了什么事情！”

师韶哇的一声又吐了一大口血，心奏亦断。待回过气来，又问道：“师父，找到了吗？”

登扶竟叹道：“找到了，不过很麻烦啊！那是幽囚之曲，那是自绝之章，那是暴狂之态！”

师韶道：“幽囚？他被谁关起来了吗？”

登扶竟道：“被谁关起并不重要，重要的是，他似乎把自己的心锁起来了。”

师韶道：“那怎么办？我再试试。”

登扶竟道：“不行。一来你未必撑得住，二来他的灵魂也未必会再次响应你。”

师韶道：“但总不能放他在那里什么也不做吧。”

一个声音忽然道：“不错，还是把他接回来吧。”

师韶讶然道：“江离！是你吗？”

“是！”子虚乌有境界敞了开来，登扶竟和师韶确切地感应到了其中透出来的缥缈气息。

师韶道：“那你就把他接回来啊。”

“我刚才已经试过了，但他拒绝了。如果要强行把他带回来，我一个人做不到。”

师韶道：“那你待如何？”

“如果你的乐音能再次穿透过去，我的力量借着你的乐音来回，会方便得多。”

师韶道：“但我现在的情况，只怕再没办法和不破产生共鸣了……”

“有一个人，和你的关系比你和不破的关系要密切得多。如果能得到那个人的回应应该可以事半功倍！”

师韶道：“谁？”

“你自己！”

师韶奇道：“我？”随即恍然大悟，“我明白了！”

坐了下来，却迟疑着不知该如何着手，问登扶竟道：“师父，这次该奏什么曲子？”

登扶竟道：“真是好笑！你要找的是你自己，却来问我！”

师韶闻言莞尔，微笑道：“是啊，我真是糊涂了……”也不擂鼓，也不操琴，仰天长啸，啸声中，子虚乌有境界内扭曲起来，白云环绕，心剑归主，但回来的那男人却已不是消失前的那男人。

了结

江离看着眼前这个落魄的有莘不破，若相识，若不识。

那是从未来回来的有莘不破……

“你怎么会变成这样？”

“我怎么会变成这样？”有莘不破抚摸着心剑，忽然近乎咆哮地吼道：“灵儿呢？你告诉我！灵儿哪里去了？”

江离的眼神黯淡下来，是非之界里发生的一切他虽然没有亲见，但早已猜到了。

有莘不破逼视着他：“为什么不回答我！”

“回答？”江离道，“其实，你已经知道了，是吧？”

有莘不破的眼睛已经干枯了，什么也没流露出来，然而他的手已经动起来，仿佛就要挥剑。“一直以来，我都认为那一剑是劈开了迷幻，谁知道那一剑却是断送了灵儿，更断送了我自己！”他停了停，道，“告诉我，怎么样才能让灵儿复活？”

“复活？”江离叹道，“死了的人不能复活，注定的事情不能改变——经历了这么多，难道你还不接受这个事实？”

有莘不破却只是重复着：“告诉我，怎么样才能让灵儿复活？”

江离道：“我一直以为我们可以改变一些事情的，但那路却越走越远，羿令符死了，雒灵死了……我们努力着，可到最后却还是这个结局！”

“现在还不是结局！”有莘不破叫道，“我一定要救她，我一定要救活她！还有……还有你！”

“我？”

有莘不破惨笑道：“把我送到未来的是你，难道你自己却不知道那边发生的事情吗？”

江离摇了摇头。就算是太一宗的绝顶高手，对时间奥秘的了解与掌控其实也十分有限。有莘不破去到未来，有一半乃是意外。

有莘不破道：“我先是回到过去，但是没能改变过去。跟着我又莫名其妙地去了未来。可是在那里……你死了！在那里，你已经死了！”

见江离一点惊讶都没有，有莘不破反而忍不住叫道：“我说你会死你听清楚没有？你死了，川穹没有回来，血宗那家伙也被困死在昆仑……没了，除了我自己，你们都没了！”

江离道：“本该如此。”

“本该如此？”有莘不破怒道，“为了自由，我把功业与威名都舍弃了。为了你们，我连自由也舍弃了。可到头来，你……你们一个个丢下我，让我在那个世界里孤零零不知如何自处！到后来，祖父也去世了，我一个人坐在王座上，接受四方诸侯的参拜。身边空荡荡的。虽然周围有很多人围簇着，却还是那么寂寞，那么孤独！身边的人都怕我，匍匐在我脚下，恭维我，向我宣誓效忠。可面对他们的宣誓我一点也不高兴！我杀了很多人，王宫的卫队把很多人头一个个地砍下，鲜血把护城河都染红了。而我则站在城头笑。我不知道自己为什么看着落下的人头笑，我只知道自己很不开心。哈哈……这不就是我在那僵尸眼里看到的一切吗？我提前看到了，甚至提前经历了——却没法去改变这一切！这算什么！这算什么！早知如此，我还顾忌那么多干什么！死吧！死吧！让一切都完蛋！都去死！你不是还有一招什么终极灭世吗？拿出来吧！大家一起完蛋得了！”

江离默默地听着，直到有莘不破停下来，才道：“这一切，你没法改变，我也没法改变。当初雒灵和我本有个约定的，希望能够扭转这个命运轮盘，可惜她已经先走一步了。在这个世界上，我连一个知己也没有了。师父走了，师兄走了，我的国家和亲人已经被你和你爷爷灭了。我已经不知道自己留在这个世上还有什么价值……”

有莘不破哈哈笑道：“不错！大家都活得没意思了，那就快把你那终极灭世施展出来吧，我不想再重复一次那种见鬼的日子！”

江离却摇头道：“不。如果你在夏都沦陷之前来到，我就可以狠下心来，把你杀了，然后拿你的人头去挽救那座摇摇欲坠的宫殿。可现在，我已经没有杀你的理由了。”

“好！你不杀我，我就杀你！”有莘不破大笑道，“反正你注定要死的，就让我来动手！让那个什么见鬼的‘注定’在我手上完成算了！”

江离听见这句话竟然笑了，似乎是看见了一件盼望已久的事情。

有莘不破怒道：“你笑什么！”

江离道：“没什么。我只是在想，我们好像从来没打过架。就朋友而言，这未始不是一种遗憾。来吧，尽管来吧。不过，不破啊，我也不会束手待毙的。”

有莘不破哼了一声道：“打架……我是要你的命！”劈出一道光芒，这道光芒已不仅仅是有莘羖传授的精金之芒，也不仅仅是季丹洛明传授的破甲罡气，这道光芒发出之际，整个昆仑都颤抖起来。一条大河冲了过来试图拦住，那道剑光却在一瞬间化作三万万点星辉，刺破藏在大河中的每一寸灵气，一个老者的惨叫声中，大河化为乌有。

有莘不破狂笑道：“原来你还有些手下！好，我就先把这些杂碎解决掉！看招！”将白云紫气凝聚在心剑上，卷起两个大旋风，那旋风竟然是紫色的！两个旋风一个卷向东边，一个卷向西边，把乌云幻日绞成粉碎。

一座山峰耸起，挡在江离前面，山鬼的声音从山中传出：“宗主！快呼唤神龙！你的血肉之躯挡不住他的！”

有莘不破冷笑道：“就是把那条长虫叫出来也没用了，来什么我都照样杀！”举剑横斩，一道血光射出，把那座千丈高山劈成两半，山中显出一个女子的身影，但很快便被血光所兵解。

高山没完全挡住血光，那道红色剑气的余威继续向江离刺去，花草合拢，巨木当道，却全部被撕成粉碎。红色剑气直逼到江离身边，一阵扭曲把剑气化作清风，但江离的脸上依然留下了一道头发般的血痕。

远处的登扶竟也不禁站了起来，决战，终于开始了。一股青气从奇点之界的边缘一直延伸到长生之界的边缘，青气一张，竟然把有莘不破远远弹了开去。

再看时，只见江离站在九十丈高的祭台上，祭台下是刚刚耸起的一座三千六百丈高的山峰，而那座三千六百丈的山峰，大小仅仅相当于一片青鳞——青鳞的主人，就是傲视东方的神兽至尊——神龙！

登扶竟叹道：“这就是祂的完全形态吗？”青龙以如此宏伟的姿态出现，不要说登扶竟和师韶，连江离自己也未曾见过。

“小江离……”青龙环顾左右，“没想到你能让我以这种形态现身，看来你和你师父也差不多了。咦，这次是在昆仑啊，对手是谁？”

“嘿嘿！长虫！你终于出现了。”有莘不破满脸的狰狞，左手握住了心剑，把心剑染成了血剑。血流过剑柄，滴在泥土中，便有一座土山隆起，飘在风中，便幻化为透明的精铜。

神龙讶异道：“这不是玄鸟小子吗？这才过了多久！你怎么就变成这样啊！”

有莘不破鲜血融入的泥土渐渐显出一条山脉了，宽八百里，沿着青龙伸展，竟不知有多长！

师韶沉吟道：“师父，我好难决断该帮谁。于私，这两个人都算是我的朋友，于公……”却说不下去了。

登扶竟叹道：“于公？现在没有公事了。天下大势已定，现在要解决的，仅仅是这两个孩子命运中的死结。再说，我们消耗成这个样子，只怕也帮不上什么忙的了。”

那列横贯万里的山脉竟然耸动起来，无数山头蓦地爆发，喷出的却不是火焰岩浆，而是蚕丝！蚕丝织成一片锦缎，把整个大地都铺满了。

“兹兹兹兹……”

师韶高声传音过去：“不破，刚才说话的是巴国之蚕祖，祂告诉你祂已经用‘衣被天下’抵消了子虚乌有境界大部分的限制力，而祂能帮你的也就这么多了。”

有莘不破一言不发，仿佛没有听见，青龙却笑道：“这里是混沌之界，只要有我在，就算其他所有的始祖神兽全来了也别想伤害江离分毫！”

一声虎吼打断了青龙的冷笑，在一种不知名的力量的作用下，高空的狂风变得像青铜一般坚硬，又如水晶一般透明。“青龙老大！有些话还是别说得太满的好！在这个世界里，你做老大的时间已经不多了。”

“嘿！白虎！”青龙道，“你也来了吗？怎么这么没出息，竟然作为影从来帮这小子！有莘一脉已绝，你就不会去找个新的供奉者吗？”

“哼！我的事情你少担心，你还是先操心你自己吧！有莘不破！看在你以有莘之名横行天下的分上，我借给你最强的精金之芒！不过，正面和青龙抗衡的事情，你还是找你自己的祖宗去吧！”

一个虎头在血色的心剑中一闪而逝，然而整柄剑却蓦地不同起来！

连那血光也显现着金属的光芒。

有莘不破大吼一声，一股空前强大的力量自内而外爆发，他的身形伸张起来，越张越大，直到几乎要顶破混沌之界的天空。

青龙笑道："看来这个世界对你我来说，还是有点太小了。"笑声中祂喷出云气，飘向混沌之界的上下左右前后，竟然让混沌之界膨胀起来，比原来大了十倍。

精金之芒围绕着有莘不破藐视山岳的雄伟身躯，夹带着紫气形成一十三层精金之甲。

和有莘不破相比，站在龙角上的江离微小得如一粒细沙。青龙喷出雷息，形成三十六环生生不绝的电流，把龙角周围的空间团团护住。

江离眼前的有莘不破，身后有重重叠叠的影子：有些认识，像是季丹洛明，像是有莘羖；有些不认识，或是一道血光，或是一层紫气。他就这么一步步向自己迈来，风阵挡不住他，云阵挡不住他，雷阵挡不住他，鳞阵也挡不住他。

"好厉害。"江离叹息着——那叹息却像是赞叹。对江离来说，这场仗的胜负根本就没什么意义了。他还要打，只因为作为太一宗的传人，作为大夏九鼎的守护者，他没有束手就死的理由。他要死，也得胜利之后再死。

"呼——"神龙喷出了龙息，那是来自太古、贯穿未来的神秘力量，一道同样蕴含时间奥秘的紫气化解了龙息，然而有莘不破还是被逼退了。

可这个顽强的朋友，还是再次逼进。他手上的剑，是白虎的精金之芒？是季丹的破甲之劲？是伊挚的紫气氤氲？还是血剑宗的血剑光华？

鳞光被破了，雷光被破了，龙角之森也被破了，有莘不破再一次逼近过来。

"呼……"神龙第二次喷出龙息，凝聚着精金之芒的无明甲挡住了龙息，无明甲破碎，而有莘不破也再次被震开。

"江离啊……"青龙道，"你还不出手吗？这样下去，我支持不了多久的！”

“嗯。”雷影中的江离却还没有出手的意思。有莘不破每一次剑光荡漾都令他想起了许多事情：和不破、和雒灵、和羿令符、和桑谷隽……那些事情江离都记得，可是总感到失去了什么。

他忽然想起，血祖都雄魁并不擅长精神力量，然而他如何能勾起自己童年的回忆？他忽然想起，那时候在天山，雒灵的师父独苏儿好像也在。

“难道当时真正动手的，是她？”他忽然怀疑起来。独苏儿除了让他恢复童年的记忆，是不是还对他做了些什么？脑中电光一闪，他忽然想起了川穹——那个天山事件后忽然出现的洞天派传人，那个正去至黑之地企图迎回两位前辈遗体的美少年……

“他，是不是和我有些什么关系？”

青龙仿佛洞见了江离的思疑，叹息道：“难道你还不明白吗？那个少年，和你是同一个人啊。你们是一体的。”

“什么？”江离惊道，“会有这样的事情？”

“宇和宙，时间与空间，从来都是一体的。”青龙道，“不但你，你的师父祝宗人，和藐姑射也是一体的。这是两大宗派的宿命。不过，江离啊！”青龙叹道，“我们没有时间琢磨这些了。看玄鸟小子这来势，他是真的要杀了我们啊！”

青龙与有莘不破的对决已经把混沌之界搅得一片混乱——不但山川混乱，连时空也混乱起来。

江离也轻轻叹了一口气，他的确已经没时间多想了，而且，那些事情想多了也不见得有用。

有莘不破举起心剑，脚踏蚕丝，剑投虎影，一个威武的影子正在他头顶形成——那是他的始祖玄鸟凤凰傲视天地古今的雄姿。

看有莘不破眼睛仿佛透射出必胜的光芒，江离忽然笑了。他的人从雷电中漂浮起来，面对比他大上千万倍的有莘不破，笑了，笑得那么骄傲，却又那么寂寞：“不破啊，下界的事情，我已经彻底输了。可在这里，我依然是无敌的！”

有莘不破冷笑。

江离道："我敢在这里等待血剑宗和伊挚师伯，这勇气来源于我的自信，而这自信，则来源于力量！太一宗和龙族结合后震慑天地、威压三宗的力量，你想看看吗？"

有莘不破依然冷笑，他出手了，剑光与风影像火，又像血，心剑之中，不但带有心宗的力量，甚至还暗藏着血剑的力量！

江离脸上的表情像一片水晶碎裂前的凄美芳华，这一次，剑光与风影来得并不快，但那是摧毁一切的力量，那是避无可避的正面攻击。

"命运……祂连让我找出答案的时间都不给吗？"江离手捏法诀，默默道，"昨日之神龙，明日之神龙，去岁之神龙，来年之神龙，太古之神龙，未来之神龙，前生之神龙，来世之神龙……现身！"

八个大同而小异的庞大身躯在时空扭曲中现身，这个比拟下界天地四分之一的空间竟似也容不下祂们雄伟的身子。

神龙！九尊神龙一起出现，从各个角度把有莘不破包围起来。今日神龙、昨日神龙和明日神龙一起喷出龙息，把有莘不破的大攻势化于无形。

江离淡淡笑道："不破啊！在三天子障山的铜车中，我想过要杀你，可后来终于没动手。但现在……现在龙尊们一起出现以后，我也无法控制这个局势了。"

有莘不破哼了一声道："你当时为什么要杀我？"

江离道："因为你很危险。"

有莘不破道："那你后来为什么又不动手？"

江离怔住了，为什么？按理说，按现在的想法，当时应该杀了他才对，可为什么不呢？他想不起原因。

忽然，神龙们动了，江离大惊道："别！不要！等等！"

然而来不及了，九道龙息一起喷出时，一尊比九大神龙更伟岸的身躯出现了。

那是龙族中的王者，是龙神中的龙神，混沌之界连时间都静止了一般，整个儿陷入黑暗，跟着一点光明从那最伟岸的龙祖口中发出，才照耀了整个昆仑。

烛龙——竟然出现了！

这一尊龙神的存在，似乎连整个天地都容纳不下，哪怕此刻出现的只是祂的影像，也足以主宰整个时空。

烛龙的口中喷出了一道龙息。

在这毁灭时空的龙息之下，就是神魔也要化作太清一气。

有莘不破的人——连同他背后支持着他的影子在龙息中灭亡了——彻底地灭亡了。

然后，烛龙的影像便消失了，混沌之界内，便又只剩下九尊神龙。

江离趺坐在青龙的角上，若有所思。

“江离啊，”青龙道，“当初，你若果断一些的话，以后很多事情就不会发生了。”

江离喃喃道：“可我为什么没那么做呢？我记得，是我阻止了你，对吗？”

青龙没有回答。

忽然，江离看见在有莘不破消失的地方，竟然闪现着一点微弱的光芒，似乎是一把数尺长的剑——心剑！

“怎么可能？”青龙奇道，“在烛龙之息下，没什么物质不被化解的，这是怎么回事？”

江离跳下龙角，走了过去，伸手去抓心剑，那心剑却化作两点光芒碎了，青龙叫道：“原来不是实体，而只是一个影子……心宗！是心宗残留下来的想象！江离，小心一点。”

江离却仿佛没有听见，他伸出去触碰心剑的手停在那里，眼神不断地闪烁着，到最后竟然笑了起来，那是大笑，那是欢笑，那是领悟之笑：“我想起来了……我终于想起来了！”

心剑的残影，附带着雒灵留下的最后力量。

雒灵似乎在最后的一瞬，参透了江离身上发生的事情，她留下的最后一点力量，化解了独苏儿留在江离心灵深处的后遗症。

猛然间，江离对有莘不破的好感回来了。独苏儿的确没有剥夺江离的任何记忆，相反还帮他勾引出被祝宗人封锁了的童年记忆，可是却巧妙地把江离对有莘不破的好感给剥夺了。

没错，那只是一点非常微妙的感觉，却足以改变一切！当初在大荒原附近，江离就是心中对有莘不破存着这样一点好感，所以才没下杀手，而这点好感被剥离之后，所有事情就都转向。

江离忽然明白了过来，可是现在才明白，会不会太迟了？

在一瞬间之前，有莘不破的死只是令他感到惋惜，但现在，想到最好的朋友也死在自己手上……

“唉，为什么会这么心酸？”

青龙大惊道：“小心！江离！忍住！不要落泪！千万不要落泪！那是心宗的伤心诀！”

然而已经来不及了，江离眼帘一合拢，两行清泪从眼眶中流出，他的人就再也不动了。

许久，许久，九尊神龙一起叹息，低下了头，一团火在虚无中烧起，无名的火焰越来越艳丽，越来越壮观，有莘不破在火焰中跌下，玄鸟凤凰在火焰中飞了出来，向九鼎冲去。

九尊神龙化做一尊，祂望了龙纹九鼎一眼，便在时空的激荡中消失。

凤凰焚灭了巨树，在九鼎上锻出自己的影子。

面对眼前这一切，师韶知道自己无力改变，甚至无力插手。混沌之界的色彩渐渐消退，是非之界的色彩渐渐浓烈，在凤凰的鸣叫声中，昆仑四界重新鼎定，是非之界居上，混沌之界被分离出去与长生之界、起奇点之界并列，连同江离那魂飞魄散了的身体一起退出师韶的感应中。

师韶摸近心宗历代祖师的遗蜕之峰，喃喃道：“你们赢了，可是你们连一个传人也没有了，这到底是赢了，还是输了？”

登扶竟道：“别感叹了，通往下界的门就快关闭了，我们还是快下去吧。”

师韶道：“那江离和血宗那个小伙子……”

登扶竟道：“江离小宗主元神已灭，他的身体留在混沌之界正得其所。至于血宗那人，他要走自己会走。不过他没有空间跳跃的力量，我怕这大门一关，他就会被困在这里。你还是传音给他吧。”

师韶依言传音，但好半晌却没反应。登扶竟叹道：“他只怕是处在入神的境界中，外人没法影响他了。”

凤凰鸣叫数声，夹带九鼎冲了下去。

登扶竟道：“走吧，要不然就来不及了。”

师韶一手牵着师父，一手扛起昏迷中的有莘不破，感应着前方的玄鸟，离开了这埋葬着无数英灵的昆仑。

背后的通道消失，脚下却是瓦砾之声。登扶竟叹道：“这里应该是夏都九鼎宫才对，怎么这么萧索？”

师韶叹道：“兵火过后，此处只怕已成一片废墟。”

两人守了许久，一直守到玄鸟离去，守到有莘不破醒来。师韶叹道：“谢天谢地，你终于醒了。”

“师韶……这里……这里是哪里？”

“是夏都。”

“夏都？夏都怎么变成这样！”

“经过战火，总难免的。”

“我们为什么会在这个地方，江离呢？”

师韶叹道：“这里是九鼎宫的旧址啊，昆仑最后一个通道，出口就在这里。”

“昆仑最后一个通道？那……那昆仑……”

师韶道：“都已经结束了。当时太过混乱，你又昏迷不醒，玄鸟携带九鼎冲出来后，我们只来得及把你带下来……”

“等等！”有莘不破打断了他，问道，“你什么意思？只来得及把我带下来，这么说昆仑上面还有人？”

师韶道：“对。血宗的传人彭陆应该还在长生之界，临走时我传音给他，但他却没有回应，可能他还沉浸在他正在做的事情里面，也可能他来不及出来……”

“谁问你这个！”有莘不破大声道，“血宗传人关我什么事？我是问江离，他怎么样了？”

师韶登时不知该如何说才好，登扶竟叹道：“迟早都要说的事情，搪塞隐瞒又瞒得住多久。”

有莘不破暗叫不妙，果然师韶道：“江离已经死了。”

这一句话震得他太阳穴嗡嗡作响，一阵天摇地晃之后，有莘不破叫道：“你胡说！他怎么会死？他……”

师韶叹道：“他肉身虽存，元神已散。大变之时我和师父觉得还是把他留在昆仑的好。他应该是属于那里的。”

“混账！”有莘不破吼道，“死了……哈哈！我知道！这一定又是什么破烂时空！死吧！死吧！都去死吧！”

师韶大惊道：“不破！你怎么了？”

有莘不破怒道：“滚！你不是我朋友！你跟我一点关系都没有！”

师韶惊骇莫名，登扶竟却拉住他道：“这个时候不要去惹他。等他沉静下来再说。”

师韶道：“那我们……”

“现在说什么也没用。”登扶竟道，“而且，看他的举动，这个他应该才从那个平行的过去中回来。”

“什么？”师韶道，“难道那时候不是玄鸟让他复活，而是说他才从那个世界回来？”

登扶竟道：“有可能是，除此之外，我也想不出有别的可能。”

师韶道：“那不破对昆仑的那段记忆，应该是一片空白了？”

登扶竟道：“本来就还未经历过，哪里来的记忆！”

师韶道：“那我们怎么办？”

“等。”登扶竟道，“等到你的乐音传来，再把他送回去。”

师韶道：“送回去……他若回去，岂不是会被江离给……”

登扶竟道：“那烛龙之息，也未必是真的杀人。也许只是令他进入某种状态之中。再说，就算如此，我们也没有其他办法了，有些事情，对不破来说虽然还没有发生，但却已经注定了。”

师韶叹了口气，道：“也只有如此了。”

六年后，祝融城。

天下平宁已有数载。一群平民正在听一个盲乐师歌唱，歌声雄浑而苍劲，然而听了不到一会，人群便散得七七八八。盲乐师唱毕，发现应者寥寥，不免有些落寞。不过那屈指可数的几个欣赏者，总算给了他把歌曲唱完的力量。

曲终人散，他收起地上的破碗，里面一个小钱都没有，只装着几声已经消散了的喝彩。

“师父，今天又没什么收成。”

盲乐师说着，背起角落里一个老得只剩下几两肉的盲者就要走，却被一只手给抓住了。那只手十分圆厚，想来是个胖子。

“这位听客，有什么事情吗？”

“嗯，是这样的，我刚才在这里听到你唱歌，那歌……那歌……”那声音很憨，似乎在想如何措辞。

盲乐师只道遇见知音，微微一笑道：“好听吗？要不要我再唱一曲？”

谁知道那胖子却道：“一点也不好听。”

盲乐师一怔，无奈地摇了摇头，他背上那老人听见了也是莞尔一笑。

那胖子道：“虽然不好听，可是我在里面好像听到了我弟弟的声音。你是不是见过他？”

盲乐师道：“你弟弟是谁？”

那胖子道：“我弟弟叫马蹄，是个很了不起的人。嗯，我叫马尾，我是我弟弟的哥哥。”

盲乐师想了想道：“我没见过这个人。”

“哦……”马尾有些失望，放开了他就要走。忽然马蹄声响，一行人骑马奔了过来。领头的是个英挺的青年，座下却是一头猛兽，奔近前来，翻身着地，叫道：“师韶师大哥！”

盲乐师师韶微笑道：“是芈压吗？”

芈压道：“师大哥你到祝融，怎么不来找我！”

师韶道：“我卖乐乞食，足以供养自己和师父，又何必扰你们。”

芈压听说，忙道：“你背上就是登扶竞前辈吗？”听师韶称是，忙行礼道，“晚辈芈压，见过前辈。”

登扶竟点了点头。

芈压道：“师大哥，你从哪里来？要去哪里？”

师韶道：“不破去给他祖父守坟以后，我便离开了甸服，一路游历，却也没个定向。”

芈压道：“不破哥哥他……他还被困在桐宫吗？”

师韶道：“应该是吧。”

芈压黯然道：“都不知道不破哥哥为什么会这样？”

师韶叹道：“这也怨不得他，命也，命也。”

芈压道：“当初大家一起西行历险，虽然一路上总有些坎坷，可仍然快活得紧。现在不破哥哥被关了起来，雒灵姐姐没了，羿哥哥没了，江离哥哥也没了……就是桑哥哥，每天也为燕姐姐的事情愁眉不展……”

师韶道：“他妻子还没临盆吗？”

芈压摇头道：“没有，都好几年了，比当年血祖预言的还久。桑哥哥又盼着孩子快点出世，又盼着孩子不要出世。唉……”他停了一下，问道，“师大哥，你要往西边去吗？”

师韶道：“还不知道。”

芈压道：“若去巴国，记得去找桑哥哥。不要和今天一样，若不是我远远听到你的歌声，都不知道你来祝融。”

师韶微笑道：“再说吧。”

两人说着，忽听他的坐骑驺吾叫了一声，芈压眼睛一瞥，见一个胖子正逗着它玩儿，不由得大奇。此时驺吾已经长成，就是虎豹听到它的吼声也要远远避开。虽住在宫中，野性不退，祝融城寻常的勇士都不敢接近，这胖子居然拿着半块饼在逗它。

芈压见了奇道：“你是谁？怎么不怕驺吾？”

马尾道：“我当年喂过它啊，它还记得我呢。”

芈压一怔道：“你喂过它？咦，说起来你还真有点眼熟……啊！你是马……那个那个马什么来着？”

“我是马尾。”

“啊！对了，你叫马尾。”芈压见到有穷商队时代的故人，颇为高兴道，“我记得你还有个弟弟，叫做……叫做……”

“我弟弟叫做马蹄。”马尾有些不高兴，因为这人居然不记得马蹄的名字。

芈压道：“没错！马尾，马蹄！你怎么在这里的？”

马尾道：“我在等我弟弟。”

“等你弟弟？”芈压问道，“他去哪里了？”

马尾道：“他打仗去了。”

“打仗？”马蹄道，“现在天下太平，还打什么仗啊。”

芈压的一个下属走了过来道：“国主，这人我认得。”

“哦？”

“他说的打仗，是鼎革之战。当时我还是个小吏，给他弟弟登记的，就是我。”

“鼎革之战，都过了好几年了。那他弟弟……”

“我们被血潮追赶的时候，他弟弟是惑军的首领之一。”

芈压啊了一声，神色一黯道：“那么，他应该已经……”

“嗯，应该已经为国捐躯了。所以这几年我们都有接济这个……这个马尾大哥。”

马尾道：“什么叫为国捐躯？”

芈压一时不知如何回答。登扶竟哼了一声道：“就是死了，你不用再等了。”

马尾怒道：“你胡说八道！我弟弟不会死的！不！他没有死！”

登扶竟淡淡道：“人哪有不死的。”

马尾道：“你胡说！我弟弟没死，而且我知道他就快回来了！我知道的！我……我不理你们了！”说着就要离开。芈压叫道：“等等。”转身对下属道，“这人也算是我的旧部，好好照顾他。看他衣服破烂，回头给他制几身新衣服，再给他找个好点的房子……”

马尾叫道：“我不要你们的东西！等我弟弟回来，我问他要就行，他什么都有。”说完转身就走。

芈压呆住了。师韶叹道："也是个倔强的人！"刚说完忽然脸色大变，仿佛听见了什么声音。

芈压道："怎么了？"

登扶竟却道："来了？"

师韶点头道："应该是，没错！我该怎么办？要应和吗？"

登扶竟道："当然要应和。若不应和，过去那个自己岂不是废然无功？"

师韶道："但要是把现在这个不破给送回去，那……那不破岂不是会就此消失？"

芈压道："前辈，师大哥，你们在说什么啊？"

师韶道："这事一时半会讲不清楚，待会再跟你说。"

登扶竟道："要应和就快应和！别忘了昆仑上的那个你支持不了多久的。"

师韶轻叹一声，忽而失神，他开始呼应九天之外传来的乐声，凭着这乐声的呼应，一个时空通道打开了。

与此同时，成汤的坟墓边上，一个守墓的屋子已经变成了一个君主被软禁时的囚室。这个囚室就是桐宫。

在桐宫之内，被伊尹囚禁起来的有莘不破已经自暴自弃了不知多久，直到这一天，他发现了时空异动……

"来了？终于来了？"他知道，是时候回到昆仑，去了结那一切了。

"我一定要救她，我一定要救活她！还有江离！"

非常悖逆的是，那是已经发生过的一切……

而在祝融城内，除了登扶竟，没人知道发生了什么事情。

"师父……"师韶道，"不破现在应该回到那个时候的昆仑了吧。"

"应该是。"

"那桐宫……现在岂不是已经空了？"

"……应该是。"

已经远远走开的马尾没有见到这一切，就是见到了他也不会关心。他回到了他的住处——祝融城的贫民窟，把剩下那半块饼啃下便睡了。这时天气颇冷，马尾为人蠢钝，争不过贫民窟的贫儿乞丐，被赶到最当风口的地方睡觉，整个人蜷成一团，不住地哆嗦——不过他也真有福气，这种情形下居然还能睡着。

遥远的昆仑，一个年轻男子发出了一声长笑。那是留在了长生之界的彭陆。

“我成功了，我成功了！”

在昆仑即将重新化为一股清气时，一个复活的女子出现了。

昆仑最顶端的是非之界传来了一曲普通人听不到的歌声，跟着女子睁开了双眼。那一双眼睛清澈如泉，是一种死后重生的洗练。

复活的人，竟然是雒灵！

“可惜……”彭陆叹道，“虽然我令你复活，但我们转瞬间却就都要死了，我能感到这个昆仑就要变成一团混沌了。”

“是吗？”雒灵发出一声轻笑，“还有一点时间吧。”

“时间？”

雒灵道：“在遥远的至黑之地，不知道那个人已经湮灭了没有，如果还没有，那么我们就还有一点机会。”

“你是说……川穹？”

“藐姑射已经死了，只有他，能带我们回去。”

“可是他怎么回来？”

“有一个人，能带他回来的。”

“谁？”

“一个在上一轮命运中，被我杀死了的人。”

在雒灵的指引下，彭陆看到了失去灵魂、只剩下躯体的江离。

“你能救他？”

“这个世界上，只有你能救我，也只有我能救他。只要他活过来，川穹就能回来，然后，我们就都能回去了。”

“如果那样，那我们可就都得救了。不过，我听说过一件事情哦。”

“什么事情？”

彭陆有点不怀好意地笑道：“我听说，你夫君死了。”

“是吗？”

昆仑在化为一股清气之前，充斥着无数游离的记忆流，雒灵从这些混乱的记忆流中，寻觅到了有莘不破被烛龙龙息卷入那一瞬间的画面。

可是，雒灵脸上却未见一点哀伤。她斜睨了彭陆一眼，忽然冷笑道：“现在都什么时候了，你居然还不忘打击我，你们血宗一脉，永远都变不了好人！”

她不再理会彭陆，伸出手指，朝僵硬的江离额前点去。

就在昆仑彻底消失的一瞬间，四股力量同时出现在了桐宫上方。

空荡荡的坟墓，空荡荡的桐宫。

但此时天上地下，人神妖兽，只要看见桐宫上空闪现着的四种不同光芒，就都会远远躲开，因为那四种光芒代表了四个人——分别掌握了时间奥秘、空间奥秘、生命奥秘和心灵奥秘的四大宗师。

一个人影首先着地，竟是彭陆，他绕着桐宫走了一圈，忽然道：“我听说，在烛龙之息下，没什么物质不被化解，被烛龙之息彻底毁灭的人，真的还能复活吗？他现在肉身也没有了，灵魂也没有了——这可不是复活了，这是凭空创造！”

其中一个飘在空中，皎洁得像天上的月亮，在空间力量的笼罩中，一个缥缈的声音说道：“宇和宙都是守恒的，万物不会彻底消失，灵魂也不会真的毁灭，我去过至黑之地，在那里体验到了最接近毁灭的状态，但就在那时，我忽然不害怕了，因为我发现在那最黑暗的背后，应该会有一片最光明的所在。如果我跨过了那至黑之地，应该就会在光明的彼岸重构重生。”

竟然是川穹！

离桐宫最近的一人，笼罩在一团雾气之中，只听他淡淡道：“所以你就准备借用凤凰之火，打通至黑与至白之间的通道，建立重生之门吗？”竟是江离的声音。

川穹道：“凭我们俩的力量，就算可以重建这样一道门户，但是能接引过来的也不过是无灵之物，要想将有生命有灵魂的人接引回来，并于瞬息间重构肉身与灵魂，就得有他们两位的帮忙了。”

彭陆忽然一笑，道：“当初我在昆仑重塑雒灵，是想修炼我令生命重生的手段，但现在……我为什么要帮忙？”

一个女子落在草地上，缥缈得让人以为那只是个影子，但依稀还是令人辨认得出那是雒灵。“昆仑的通天建木，指向神界，我宗历代祖师所希望强渡的弱水背后，或许就是川穹说的光明所在。”

“那又怎么样？”彭陆反问。

雒灵道：“四宗千年以降，为永生的问题争论难下。你们血宗追求的是在此岸世界的不灭，而我们心宗追求的是在彼岸世界的解脱。难道你就不想知道，究竟谁对谁错吗？”

彭陆道：“这个问题，根本就不会有答案！”

“如果令不破复活，他就会成为去过彼岸又回来的一个人，那时或许就有答案了，不是吗？”

彭陆的脸沉了下来：“如果按照你们所说，这边的生就是那边的死，这边的死，就是那边的生。听起来好像有点道理……可是你们别忘了，如果真要这么做，那我们要打通的，可就是一条通往彼岸的世界，如果说这边是人的世界，那么那边就是鬼的世界！你们可曾想象过，把那边的一个人或者鬼带回来后，会有什么样的后果？”

“会有什么样的后果，自然是谁也不知道的。”雒灵没有回答他，却反问道，“你怕了？”

“怕？”彭陆哈哈大笑了起来！

数十弹指之后，一声凤鸣从桐宫上空响起，跟着一道火光从桐宫之中猛窜了出来，火光之中，有莘不破的身影冉冉明晰……

商朝的开国君主成汤逝世之后，因为太子太丁未能即位而早亡……伊尹就拥立太丁之子太甲为帝。太甲，是成汤的嫡长孙，也就是太甲帝。太甲元年，伊尹为谏训太甲，作了《伊训》《肆命》《徂后》。

太甲帝临政三年之后，昏乱暴虐，违背了汤王的法度，败坏了德业，因此，伊尹把他流放到汤的葬地桐宫。此后的三年，伊尹代行政务，主持国事，朝会诸侯。

太甲在桐宫住了三年，悔过自责，重新向善，于是伊尹又迎接他回到朝廷，把政权交还给他。从此以后，太甲帝修养道德，诸侯都来归服，百姓也因此得以安宁。伊尹对太甲帝很赞赏，就作了《太甲训》三篇，赞扬帝太甲，称他为太宗。

——汉朝·司马迁《史记》

后 记

《山海经密码》的密码

写《山海经密码》，是大学毕业后没多久的事情了。那时候刚刚参加工作，在一家商业周刊做记者，后来又转为编辑。由于人还年轻，在高强压的传媒工作缝隙中，也仍然满脑子都是各种千奇百怪的幻想。作为一个钻惯了故纸堆的文科男，这些幻想又往往会与各种古籍史料扯上关系，比如《老子》《庄子》，比如《楚辞》，比如《山海经》。

《山海经》的故事是很小的时候就接触了，但正式去阅读它则是大学以后。那几年里头我同时迷恋的还有量子物理学——很奇怪是不是？然而情况就是如此。

当然，由于我在数理化方面是彻底的白痴，所以我所迷恋的不是物理学的推演过程，而只是科普作者们关于现代物理宏观极致与微观极致的描述。我接触这一类的抽象阐释，然后在我的脑海中形成各种形象幻想，最后转化为哲学思维，这大概是一个文科生所能达到的极限。

这些现代物理学接触得多了之后，我逐渐发现，中小学政治书中所讲的唯物论有时候会显得很尴尬，反而是上古的典籍，先秦的宏论，比如《老子》的玄理与《山海经》的神话，在一些方面与最前沿的物理学简直是呼应得丝丝入扣，令人惊叹不已，想通了其中道理后又心旷神怡。

在我非理性的观感中，人类的历史不是一条直线而像是一个循环的螺旋。遥远的过去与遥远的未来有时候离得很近，近得超乎我们的想象，近得几乎要重叠。过去我们认为荒谬的神话其实暗藏真理，而物理学的终极指向则犹如神话般虚无缥缈。

我无力于去推演物理定律，然而我却想用一个故事来抒发我的这种感受，用小说来为神话玄理与量子力学做媒，于是有了《山海经密码》。

这本小说的初稿我写了大概一年，写作全程处于繁忙的工作缝隙中。隔了五年之后修改出版时，有许多地方我看着竟觉得相当陌生，仿佛写作这本书的人不是我自己似的。有时候实在想不明白，自己当初怎么可能在那样一个环境下完成这本书的初稿。

这本书不是对《山海经》的解释和探讨，它其实是一个故事。故事肇始于《史记》里的一句话，我已经忘记了当初为什么会因为那句话而想着去写一个故事，然而从那句话开始，不知道从哪里跑来了许多人物。从有莘不破到江离，从羿令符到雒灵，他们仿佛活了一样，有着我也无法完全控制的生命力，他们自己去演绎自己的故事，而他们活动的世界就是《山海经》所记载的远古大陆。

选择《山海经》并不是出自我的意愿，而更像是一种冥冥中的注定。当我要叙述这个故事的时候，我发现我必须为他们寻找一个舞台。这个舞台包括历史事件、神话传说以及上古地理，而符合这些条件的先秦典籍，也只有《山海经》。

在初稿的写作过程中，当一个又一个的神兽妖兽逐渐冒出来，当一个又一个传说闯入我的笔下，一个蛮荒而又充满历史真实感的世界诞生了。没错，那就是《山海经》中所记载的世界。

在初稿写完后的几年里，我又断断续续地对它进行修改。在修改中我重新回去阅读《山海经》这本阔别甚久的“怪力乱神”之祖，并旁及一切和它有关的史料。慢慢地我发现，在诸神传说的背后，隐藏着许多被湮没了的历史真相。一个个荒诞不经的记载，就像一个个的密码一样，是打开远古历史真实的钥匙，而那些骇人听闻的真相，就藏在历史长河遥远的彼端。

我以《山海经》为导航，从远古神话进入，在这条历史长河中慢慢往下游弋着。一路上仿佛看到了炎黄战争的遗址，看到了蚩尤战败前的悲怒，看到了尧帝和他儿子丹朱的第一盘棋局，看到了娥皇女英在湘江边的啜泣。再往下，终于见证了大禹治水，定九州、铸九鼎，并将沿途见闻集成山海社稷图，铭刻在九鼎之上。看见秦始皇的远祖伯益呕心沥血地为《山海图》做注解，集结为《山海经》的最初版本——当然那个时候还没有这个书名。

自大禹以降，历经夏商周三代，两千年间不断有史官修缮这本玄奇神幻的经书，为之增补内容。秦始皇统一六国，他从周王室那里夺取了传国九鼎，并将之从洛阳迁往咸阳。可是在九鼎西迁的路上，承载着《山海图》的九鼎却神秘地失踪了，从此世界就只剩下九鼎的拓本《山海图》以及它的文字注解《山海经》了。

秦传两汉，汉分三国，三国归晋，到两晋之际，连《山海图》也在动荡中丢失了。自此我们就只能依靠着《山海经》的文字记载来凭空想象远古时期的神仙英雄、魔怪妖兽了。

这是一次如梦如幻的神游。而在这段时间里头，现实中的我一直在广州漂着，只不过已经辞掉了传媒的工作，回到母校拿到了一个历史学的硕士学位。这两年里，我度过了人生中十分惬意的一段生活。

然而到了2008年、2009年，我开始对这种生活感到疲倦。大城市的确充满了各种际遇与诱惑，可在这里生活得久了却令人感到窒息。我开始想念我的故乡，想念家乡的美食，想念家乡的平静，想念家乡的悠闲，当然最重要的，是渐渐年老的父母。

我不想待在广州了。于是我回到了乡下——一座没什么特点，却装载着我童年美梦的小城市。我找到了家乡唯一的大学，开始了闲散的高校教书生活，并于闲暇之际继续修改《山海经密码》。差不多同时，我还着手完成了另外一本小说。这本小说是从2006年就已经下笔搭架构，从2006年到2011年，中间隔了好几年，就是预定的发表平台也换了好几个，但一直没能写完它，因为心态不对，直到回到老家之后，才又一发不可收拾。

新书是用一个古代的故事，从《山海图》失踪的年代开始切入，叙述另外一段历史、另外一段玄奇，用以隐晦地表达我的一些想法，关于现代式的归隐，关于家庭，关于亲人，关于爱。

那是我心态的证明。

没有人会在乎别人的生活，在乎我们生活的，只有我们自己。作为一个普通人，如果不想在现在就丢失了过去，或者在未来丢失了现在，则只能用键盘来纪录关于自己的一切；不为他人阅读而欢喜，只为了自己老去以后，可以借由《山海经》回忆起年轻时候的梦想，借由《桃花源》想起暴风雨过后那种艰辛与欢喜交错到来的生活状态。

生活不是小说，只是有时候小说比生活更加真实。

西元 2012年4月28日

阿菩 于 揭阳·紫峰山下

《山海经密码》写作及编辑出版所用部分参考书目

《〈山海经〉释义》，王崇庆著，中国社会科学院近代研究所图书馆藏嘉靖戊戌（1538年）刊本

《〈山海经〉广注》，吴任臣著，中国社会科学院近代研究所图书馆藏康熙五年（1666年）刊本

《〈山海经〉补注》，杨慎著，浙江古籍出版社1998年8月第一版（影印）

《〈山海经〉新校正》，毕沅著，上海古籍出版社1989年3月第一版（影印）

《〈山海经〉笺疏》，郝懿行著，巴蜀书社1985年6月第一版（影印）

《中国上古史研究讲义》，顾颉刚著，中华书局1988年11月第一版

《史学方法导论》，傅斯年著，中国人民大学出版社2004年9月第一版

《青铜时代》，郭沫若著，中国人民出版社2005年2月第一版

《伏羲考》，闻一多著，上海古籍出版社2006年11月第一版

《同源词典》，王力著，商务印书馆1982年10月第一版

《穆天子传西征讲疏》，顾实著，中国书店1990年8月第一版

《十三经注疏》，中华书局1980年9月第一版

《史记》，中华书局1982年11月第二版

《礼记集解》，中华书局1989年2月第一版

《诸子集成》，上海书店1986年7月第一版

《说文解字》，中华书局1963年12月第一版

《楚辞集注》，上海古籍出版社1979年10月第一版

《水经注校》，上海人民出版社1984年5月第一版

《图解山海经》，徐克编著，南海出版公司2010年3月第二版

激发个人成长

多年以来，千千万万有经验的读者，都会定期查看熊猫君家的最新书目，挑选满足自己成长需求的新书。

读客图书以“激发个人成长”为使命，在以下三个方面为您精选优质图书：

1、精神成长

熊猫君家精彩绝伦的小说文库和人文类图书，帮助你成为永远充满梦想、勇气和爱的人！

2、知识结构成长

熊猫君家的历史类、社科类图书，帮助你了解从宇宙诞生、文明演变直至今日世界之形成的方方面面。

3、工作技能成长

熊猫君家的经管类、家教类图书，指引你更好地工作、更有效率地生活，减少人生中的烦恼。

每一本读客图书都轻松好读，精彩绝伦，充满无穷阅读乐趣！

认准读客熊猫

读客所有图书，在书脊、腰封、封底和前后勒口都有“**读客熊猫**”标志。

两步帮你快速找到读客图书

1、找读客熊猫

2、找黑白格子

马上扫二维码，关注“**熊猫君**”

和千万读者一起成长吧！

《清明上河图密码》全国热卖中！

全图824个人物逐一复活
揭开隐藏在千古名画中的阴谋与杀局

《清明上河图》描绘人物824位，牲畜60多匹，木船20多只……5米多长的画卷，画尽了汴河上下十里繁华，乃至整个北宋近两百年的文明与富饶。

然而，这幅歌颂太平盛世的传世名画，画完不久金兵就大举入侵，杀人焚城，汴京城内大火三日不熄，北宋繁华一夕扫尽。

这是北宋帝国的盛世绝影，在小贩的叫卖声中，金、辽、西夏、高丽等国的间谍和刺客已经潜伏入画，死亡的气息弥漫在汴河的波光云影中：

画面正中央，舟楫相连的汴河上，一艘看似普通的客船正要穿过虹桥，而由于来不及降下桅杆，船似乎就要撞上虹桥，船上手忙脚乱，岸边大呼小叫，一片混乱之中，贼影闪过，一阵烟雾袭来，待到烟雾散去，客船上竟出现了二十四具尸体，所有人都目瞪口呆……

翻开本书，一幅旷世奇局徐徐展开，错综复杂，丝丝入扣，824个人物逐一复活，为你讲述《清明上河图》中埋藏的帝国秘密。